中国20世纪
名家散文经典

郁达夫散文集

郁达夫◎著
林非◎主编

他的散文直抒胸臆，毫无隐饰地表现了一个富有才情的知识分子在动乱社会里的苦闷心情，写得清新秀丽，富有气势和神韵。

陕西新华出版
太白文艺出版社·西安

图书在版编目（CIP）数据

郁达夫散文集 / 郁达夫著. -- 西安 : 太白文艺出版社, 2016.3（2024.5重印）
（中国20世纪名家散文经典 / 林非主编）
ISBN 978-7-5513-0884-7

Ⅰ. ①郁… Ⅱ. ①郁… Ⅲ. ①散文集—中国—现代 Ⅳ. ①I266

中国版本图书馆CIP数据核字(2016)第004497号

郁达夫散文集

YU DAFU SANWENJI

作　　者　郁达夫
主　　编　林　非
责任编辑　王大伟　荆红娟　张　笛
整体设计　和兴文化
出版发行　太白文艺出版社
经　　销　新华书店
印　　刷　三河市嵩川印刷有限公司
开　　本　700mm × 960mm　1/16
字　　数　197千字
印　　张　13
版　　次　2016年3月第1版
印　　次　2024年5月第2次印刷
书　　号　ISBN 978-7-5513-0884-7
定　　价　49.80元

联系电话：029-81206800
出版社地址：西安市曲江新区登高路1388号（邮编：710061）
营销中心电话：029-87277748　029-87217872

主　编　　林　非

副主编　　陈华昌

编　委　　（以姓氏笔画为序）

王湜华　乔继堂

刘应争　张品兴

苏　冰　李晓丽

惠西平

序　　言

林 非

郁达夫在《〈中国新文学大系〉散文二集·导言》中说,“现代的散文之最大特征,是每一个作家的每一篇散文里所表现的个性,比从前的任何散文都来得强”,这个判断无疑是完全符合于中国现代散文史的全部实际情况的。

先不说像鲁迅和冰心这样杰出的散文家,自然都表现出了强烈和突出的思想与艺术个性,就以郁达夫自己来说,也完全是属于这样的情况。郁达夫在《〈中国新文学大系〉散文二集·导言》中还进一步指出,“现代的散文,却更是带有自叙传的色彩了,我们只消把现代作家的散文集一翻,则这作家的世系,性格,嗜好,思想,信仰,以及生活习惯等等,无不活泼泼地显现在我们的眼前。这一种自叙传的色彩是什么呢,就是文学里所最可宝贵的个性的表现”,简直可以看作是他的夫子自道,“五四”以后的散文家中间,他在这些方面可以说是表露得最为突出的。正因为这样,他的许多散文至今还依旧有着广大的读者群,始终在他们中间流传着,被他们欣赏、探讨和喜爱。

郁达夫散文的思想倾向,确实是表现出了自己独特的个性,他对于旧中国那种阴暗发霉的生活,充满着一种强烈的愤懑情绪,用一种极端憎恶和彻底决裂的心态,大声疾呼地去痛斥它,揭露它。像他的《给一位文学青年的公开状》,以满腔同情的语气,告诉一位贫困和毫无出路的文学青年,劝他别去上大学,因为在贿赂公行的腐败氛围中,只要具备“大刀枪在后面援助”的背景,哪怕是“爬乌龟钻狗洞的人”,都能够飞黄腾达,而普通人即使大学毕业了,也照样会失业,对当时黑暗社会的揭露,真是出语惊人。接着又劝他赶紧“去找一点事情干干”,可是在无法找到相应职

业的情况底下，如果要“去革命”的话，又怕他没有勇气，而如果回老家去吃“草根树根”，不仅缺乏路费，连铁路也因战乱频仍而不通，于是就劝他去“做贼”，去“偷窃”，因为号称“大慈善家”的富豪，他们大量的金钱也是“偷来抢来的”。他又怕这位文学青年不敢偷窃，于是劝他硬着心肠先到自己的住处练习一番偷窃本领。

这篇散文的思想异常愤激，感情也十分昂扬，对半封建中国的浑浊社会充满了仇恨；然而郁达夫对这文学青年却多么耐心地诉说，多么委婉的同情，当知道他无路可走时，就流露出一种在绝望之后显得玩世不恭的诙谐笔调。劝他去偷窃，自然是仇恨当时黑暗现实而说的赌气话儿，表面上似乎信口雌黄，其实感情的波涛却在翻滚奔腾，内心的痛苦是十分深沉和强烈的。这种愤怒地谴责现实，和迷惘地憧憬未来的情怀，显示了郁达夫思想和感情倾向的特征，正像他的短篇小说《沉沦》一样。

郁达夫是在“五四”启蒙运动中涌现出来的一位著名作家，他对于个性解放与人的觉醒之追求，是十分自觉和执着的，而且他还不止于此，在后来紧接着出现的马克思主义启蒙运动中，他也受到了很大的影响，他的那篇《文学上的阶级斗争》，就说是“我想学了马克思和恩格斯的态度，大声疾呼地说，‘世界上受苦的无产阶级者，在文学上社会上被压迫的同志，凡对有权有产阶级的走狗对敌的文人，我们大家不可不团结起来，结成一个世界共和的阶级，百屈不挠地来实现我们的理想’！”否定封建主义和资本主义文明的社会主义理想，对他产生过鼓舞的作用。然而在那时面对着许多纷至沓来的社会政治思潮时，他所接受的影响无疑是相当庞杂的，像前面提及的《给一位文学青年的公开状》，就让人更多地想到了无政府主义的先驱者蒲鲁东。

郁达夫并不以说理和议论的散文见长，他的不少杂文固然也写得犀利晓畅，痛快淋漓，这明显地是他坦率和热忱的个性之流露，不过从杂文写作艺术的视角分析起来，显然还不够强劲与深沉。他在散文创作方面的最大艺术成就，表现于游记、日记、书简以及抒情和叙事性的小品这些方面，他无疑是这个领域中的一位大师。

他很多抒情和叙事性的小品，都是以生活中落魄不羁的“零余者”身份，赤裸裸地抒写出自己在漂泊生涯中感伤和颓丧的心境，像《还乡记》《一个人在途上》《灯蛾埋葬之夜》《移家琐记》这些篇章，都曾饱含着一

股澎湃的激情，描绘出绚丽的山水风光，而关怀人世的思绪，又使他忍不住将眼光投向满目疮痍的土地，和阴冷酷烈的社会，这反过来更触发他歔欷感叹，悲痛欲绝，于是将自己凄凉的身世和整个悲怆的人寰，很自然地跟秀丽明媚的自然风光形成鲜明对照，透露出一种感人肺腑的情韵，不能不使读者对这两个不同的侧面，都受到深深的感染，也会随着他感情波涛的起伏，压抑不住地悲欣交集起来。

他的许多游记，跟这部分抒情与叙事性小品的艺术风格十分接近，也是写得极为优美的篇章，具有很高的艺术鉴赏价值，无疑是中国现代散文史上最具艺术魅力的作品。这里，同样也有不满现实的牢骚，和关心民众的情愫，却把更多的笔触投向对大自然的描绘，而在抒写时又洋溢着一股热烈的情感，就使他笔下的山水风光也变得含情脉脉起来，似乎既在勾勒自然景色的神态，又在宣泄内心世界的情怀，这种写法正像他自己所说的，“使读者几乎不能辨出这美丽的大自然是不是多情善感的主人公的身体的一部分”（《小说论》），正是这样将自己多情的个性完全赋予了山水风光，才显出一种独特的美感。古往今来的多少读者，赞赏过吴均、郦道元、王维和柳宗元笔下的山水风光，然而郁达夫笔下融合了自己千种情思的美景，也许可以说是显得尤为出色的。

郁达夫在描绘自然风景的神韵和气势时，善于运用多种笔触进行烘托，像他著名的篇章《钓台的春昼》，用“死灭的静”此种沉默无声的画面，渲染它幽深的氛围与意境；《半日的游程》却点染着正在静极的溪水旁边冥想时，突然从半天里飞过一只鹰来；它的叫声竟“像霹雳似的”，震动出山谷里的回音，反衬着一种极静的境界，就是很好的例证。郁达夫每篇成功的游记，几乎都是一幅充满着神韵与气势的画卷，清晰和生动地呈现在读者的面前。

他在叙述自己撰写游记的经验时说过，“自然的变化，实在多而且奇，没有准备的欣赏者，对于他的美点也许会捉摸不十分完全的；就单说一个天体罢，早晨的日出，中午的晴空，傍晚的日落，都是最善也没有的景象”“更不必去说暗夜的群星，月明的普照，或风雷雨雪的突变，与四季寒暖的更迭了”（《山水及自然景物的欣赏》）。细腻地感受山水风光在不同气候和季节中的瞬息万变，并且用充满着情致的笔触把它抒写出来，这样就使他的游记显得神韵丰盈，多彩多姿，读这些作品而不拍案叫绝，神往

之至的话，那就显出几乎连一点儿审美的冲动和素质都不具备。如果确实是缺乏这种审美情操的读者，仔细地去阅读和吟味这些游记，也许还是可以逐步地有所提高的吧。

郁达夫是一位感情分外奔放和热烈的作家，写起侧重于表现自己内心感受和体验的散文来，自然很容易出现众多的佳篇，他的不少抒情和叙事性小品以及游记篇章，确实可以说是中国现代散文史上的经典之作，而他的日记、书简和自传，也同样取得了重大的成功。因为这些体裁的散文，最契合于他袒露内心的浪漫主义艺术气质，所以他说"由我个人的嗜好来讲，我在暇时翻阅旁人的著作的时候，最喜欢读的，是他的日记，其次，是他的书简"，还认为"在日记里，无论什么话，什么幻想""全可以自由自在地记叙下来"，因此"是文学里的一个核心，是正统文学以外的一个宝藏"(《日记文学》)。他已经发表过的二十余篇日记，确实可以说是这种文体的一个标本，他写得多么坦率和诚挚，把自己的内心都赤裸裸地呈现了出来，内心苦闷的隐秘，喜怒哀乐的情怀，甚至是百无聊赖的思绪，都写得洋溢出一股动人的情致，而且也还有不少清新优美的风景描写穿插其间，更显得五彩缤纷，美不胜收。

郁达夫认为他自己"关于日记体的作品所说的话，是完全可以应用在书简体的作品上面的"(《日记文学》)，这是因为书简同样可以毫无拘束和遮掩地写出自己内心的一切体验和愿望。他写给许多朋友的信函，尤其是给妻子王映霞所写的大量书简中，可以看出壮怀激烈的豪气，多情善感的才气，甚或是种种畸形的病态，充分显露出自己全部丰富复杂的个性来。从他这种大胆的自我暴露中，既可以看出他的某些缺失，却又不能不深深地同情和喜爱他的真诚。

真诚，这也是郁达夫对传记的根本要求，他认为"新的传记，是在记述一个活泼泼的人的一生""他的美点，自然应当写出，但他的缺点与特点，因为要传述一个活泼泼而且整个的人，尤其不可不书。所以若要写新的有关文学价值的传记，我们应当将他外面的起伏事实与内心的变革过程同时抒写出来，长处短处，公生活与私生活，一颦一笑，一死一生，择其要者，尽量来写，才可以见得真，说得像"(《什么是传记文学?》)他的九篇《自传》正是显出了这种坦率和诚挚的品性，而且写得感情激越，诗意盎然，在放荡不羁甚至厌世而趋于病态的表层底下，蕴含着一种相当严肃的

人生理想。他过分地贬抑自己，恰巧是为了正视自己的弱点，期待着踏踏实实地走向更高的人生境界，在这一点上多少能使读者想到卢梭的《忏悔录》。

郁达夫的散文实在太丰富多彩了，有多少佳篇值得反复地去咀嚼。从思想内容方面来说，可以通过这些作品理解郁达夫以及他所处的时代，可以看出他不少畸形和病态的情思，也正是被这社会阴狠和暴虐地迫害所致；至于从艺术技巧方面来说，则可以极大地有益于读者审美情操的陶冶和升华。如果进一步总括他的艺术风格来说，却又可以说是表现出一种热情和明朗的基调，他不像鲁迅那样具有丰富复杂的风格，而是表现为风格单纯的文学大师。他在《清新的小品文学》中说，“原来小品文字的所以可爱的地方，就在它的细、清、真的三点”，他主张写得“情景兼到，既细且清，而又真切灵活”“简洁周至”。他自己的散文也正是表现出这种清新、细腻、真切、灵活、简洁周至的高度境界，这是多么难以达到的一种艺术境界啊！那么就让读者朋友们赶快进入这种优美的境界中去，充满兴味地认识和判断这位散文家，鉴赏和分析他给我们留下的这些散文作品吧！

1992年8月7日于北京

目　录

我的梦，我的青春！

——自传之二

不晓得是在哪一本俄国作家的作品里，曾经看到过一段写一个小村落的文字，他说："譬如有许多纸折起来的房子，摆在一段高的地方，被大风一吹，这些房子就歪歪斜斜地飞落到了谷里，紧挤在一道了。"前面有一条富春江绕着，东西北的三面尽是些小山包住的富阳县城，也的确可以借了这一段文字来形容。

虽则是一个行政中心的县城，可是人家不满三千，商店不过百数；一般居民，全不晓得作什么手工业，或其他新式的生产事业，所靠以度日的，有几家自然是祖遗的一点田产，有几家则专以小房子出租，在吃两元三元一月的租金；而大多数的百姓，却还是既无恒产，又无恒业，没有目的，没有计划，只同蟑螂似的在那里出生，死亡，繁殖下去。

这些蟑螂的密集之区，总不外乎两处地方：一处是三个铜子一碗的茶店，一处是六个铜子一碗的小酒馆。他们在那里从早晨坐起，一直可以坐到晚上上排门的时候；讨论柴米油盐的价格，传播东邻西舍的新闻，为了一点不相干的细事，譬如说罢，甲以为李德泰的煤油只卖三个铜子一提，乙以为是五个铜子两提的话，双方就会得争论起来；此外的人，也马上分成甲党或乙党提出证据，互相论辩；弄到后来，也许相打起来，打得头破血流，还不能够解决。

因此，在这么小的一个县城里，茶店酒馆，竟也有五六十家之多；于是大部分的蟑螂，就家里可以不备面盆手巾，桌椅

板凳,饭锅碗筷等日常用具,而悠悠地生活过去了。离我们家里不远的大江边上,就有这样的两处蟑螂之窟。

在我们的左面,住有一家砍砍柴,卖卖菜,人家死人或娶亲,去帮帮忙跑跑腿的人家。他们的一族,男女老少的人数很多很多,而住的那一间屋,却只比牛栏马槽大了一点。他们家里的顶小的一位苗裔年纪比我大一岁,名字叫阿千,冬天穿的是同伞似的一堆破絮,夏天,大半身是光光地裸着的;因而皮肤黝黑,臂膀粗大,脸上也像是生落地之后,只洗了一次的样子。他虽只比我大了一岁,但是跟了他们屋里的大人,茶店酒馆日日去上,婚丧的人家,也老在进出;打起架吵起嘴来,尤其勇猛。我每天见他从我们的门口走过,心里老在羡慕,以为他又上茶店酒馆去了,我要到什么时候,才可以同他一样的和大人去夹在一道呢!而他的出去和回来,不管是在清早或深夜,我总没有一次不注意到的,因为他的喉音很大,有时候一边走着,一边在绝叫着和大人谈天,若只他一个人的时候哩,总在啰嗦地唱戏。

当一天的工作完了,他跟了他们家里的大人,一道上酒店去的时候,看见我欣羡地立在门口,他原也曾邀约过我;但一则怕母亲要骂,二则胆子终于太小,经不起那些大人的盘问笑说,我总是微笑着摇摇头,就跑进屋里去躲开了,为的是上茶酒店去的诱感性,实在强不过。

有一天春天的早晨,母亲上父亲的坟头去扫墓去了,祖母也一清早上了一座远在三四里路外的庙里去念佛。翠花在灶下收拾早餐的碗筷,我只一个人立在门口,看有淡云浮着的青天。忽而阿千唱着戏,背着钩刀和小扁担绳索之类,从他的家里出来,看了我的那种没精打采的神气,他就立了下来和我谈天,并且说:

"鹳山后面的盘龙山上,映山红开得多着哩;并且还有乌米饭(是一种小黑果子),彤管子(也是一种刺果),刺莓,等等,你跟了我来罢,我可以采一大堆给你。你们奶奶,不也在北面山脚下的真觉寺里念佛么?等我砍好了柴,我就可以送你上寺里去吃饭去。"

阿千本来是我所崇拜的英雄,而这一回又只有他一个人去砍柴,天气那么的好,今天清早祖母出去念佛的时候,我本是嚷着要同去的,但她因为怕我走不动,就把我留下了。现在一听到了这一个提议,自然是心里急跳了起来,两只脚便也很轻松地跟他出发了,并且还只怕翠花要出来阻挠,跑路跑得比平时只有得快些。出了弄堂,向东沿着江,一口气跑出了县城之后,天地宽广起来了,我的对于这一次冒险的惊惧之心就马上被大自然的威力所压倒。这样问问,那样谈谈,阿千真像是一部小小的自然界的百科大辞典;而到盘龙山脚去的一段野路,便成了我最初学自然科学的模范小课本。

麦已经长得有好几尺高了，麦田里的桑树，也都发出了绒样的叶芽。晴天里舒叔叔的一声飞鸣过去的，是老鹰在觅食；树枝头吱吱喳喳，似在打架又像是在谈天的，大半是麻雀之类；远处的竹林丛里，既有抑扬，又带余韵，在那里歌唱的，才是深山的画眉。

上山的路旁，一拳一拳像小孩子的拳头似的小草，长得很多；拳的左右上下，满长着了些绛黄的绒毛，仿佛是野生的虫类，我起初看了，只在害怕，走路的时候，若遇到一丛，总要绕一个弯，让开它们，但阿千却笑起来了，他说：

“这是薇蕨，摘了去，把下面的粗干切了，炒起来吃，味道是很好的哩！”

渐走渐高了，山上的青红杂色，迷乱了我的眼目。日光直射在山坡上，从草木泥土里蒸发出来的一种气息，使我呼吸感到了困难；阿千也走得热起来了，把他的一件破夹袄一脱，丢向了地下。教我在一块大石上坐下息着，他一个人穿了一件小衫唱着戏去砍柴采野果去了；我回身立在石上，向大江一看，又深深地深深地得到了一种新的惊异。

这世界真大呀！那宽广的水面！那澄碧的天空！那些上下的船只，究竟是从哪里来，上哪里去的呢？

我一个人立在半山的大石上，近看看有一层阳炎在颤动着的绿野桑田，远看看天和水以及淡淡的青山，渐听得阿千的唱戏声音幽下去远下去了，心里就莫名其妙的起了一种渴望与愁思。我要到什么时候才能大起来呢？我要到什么时候才可以到这像在天边似的远处去呢？到了天边，那么我的家呢？我的家里的人呢？同时感到了对远处的遥念与对乡井的离愁，眼角里便自然而然地涌出了热泪。到后来，脑子也昏乱了，眼睛也模糊了，我只呆呆的立在那块大石上的太阳里作幻梦。我梦见有一只揩擦得很洁净的船，船上面张着了一面很大很饱满的白帆，我和祖母母亲翠花阿千等都在船上，吃着东西，唱着戏，顺流下去，到了一处不相识的地方。我又梦见城里的茶店酒馆，都搬上山来了，我和阿千便在这山上的酒馆里大喝大嚷，旁边的许多大人，都在那里惊奇仰视。

这一种接连不断的白日之梦，不知作了多少时候，阿千却背了一捆小小的草柴，和一包刺莓映山红乌米饭之类的野果，回到我立在那里的大石边来了；他脱下了小衫，光着了脊肋，那些野果就系包在他的小衫里面的。

他提议说，时候不早了，他还要砍一捆柴，且让我吃着野果，先从山腰走向后山去罢，因为前山的草柴，已经被人砍完，第二捆不容易采刮拢来了。

慢慢地走到了山后，山下的那个真觉寺的钟鼓声音，早就从春空里传送到了我们的耳边，并且一缕青烟，也刚从寺后的厨房里透出了屋顶。向寺里看了一眼，阿千就放下了那捆柴，对我说：

“他们在烧中饭了，大约离吃饭的时候也不很远，我还是先送你到寺里去罢！”

我们到了寺里，祖母和许多同伴者的念佛婆婆，都张大了眼睛，惊异了起来。阿千走后，她们就开始问我这一次冒险的经过，我也感到了一种得意，将如何出城，如何和阿千上山采集野果的情形，说得格外的详细。后来坐上桌去吃饭的时候，有一位老婆婆问我：“你大了，打算去作什么？”我就毫不迟疑地回答她说：“我愿意去砍柴！”

故乡的茶店酒馆，到现在还在风行热闹，而这一位茶店酒馆里的小英雄，初次带我上山去冒险的阿千，却在一年涨大水的时候，喝醉了酒，淹死了。他们的家族，也一个个地死的死，散的散，现在没有生存者了；他们的那一座牛栏似的房屋，已经换过了两三个主人。时间是不饶人的，盛衰起灭也绝对地无常的；阿千之死，同时也带去了我的梦，我的青春！

水样的春愁

——自传之四

洋学堂里的特殊科目之一，自然是伊利哇拉的英文。现在回想起来，虽不免有点觉得好笑，但在当时，杂在各年长的同学当中，和他们一样地曲着背，耸着肩，摇摆着身体，用了读《古文辞类纂》的腔调，高声朗诵着皮衣啤，皮哀排的精神，却真是一点含糊苟且之处都没有的。初学会写字母之后，大家所急于想一试的，是自己的名字的外国写法；于是教英文的先生，在课余之暇就又多了一门专为学生拼英文名字的工作。有几位想走捷径的同学，并且还去问过先生，外国百家姓和外国三字经有没有得卖的？先生笑着回答说，外国百家姓和三字经，就只有你们在读的那一本泼剌玛的时候，同学们于失望之余，反更是皮哀排，皮衣啤地叫得起劲。当然是不用说的，学英文还没有到一个礼拜，几本当教料书用的《十三经注疏》，《御批通鉴辑览》的黄封面上，大家都各自用墨水笔题上了英文拼的歪斜的名字。又进一步，便是用了异样的发音，操英文说着"你是一只狗""我是你的父亲"之类的话，大家互讨便宜的混战；而实际上，有几位乡下的同学，却已经真的是两三个小孩子的父亲了。

因为一班之中，我的年龄算最小，所以自修室里，当监课的先生走后，另外的同学们在密语着哄笑着的关于男女的问题，我简直一点也感不到兴趣。从性知识发育落后的一点上说，我确不得不承认自己是一个最低能的人。又因自小就习

于孤独，困于家境的结果，怕羞的心，畏缩的性，更使我的胆量，变得异常的小。在课堂上，坐在我左边的一位同学，年纪只比我大了一岁，他家里有几位相貌长得和他一样美的姊妹，并且住得也和学堂很近很近。因此，在校里，他就是被同学们苦缠得最利害的一个；而礼拜天或假日，他的家里，就成了同学们的聚集的地方。当课余之暇，或放假期里，他原也恳切地邀过我几次，邀我上他家里去玩去；促形秽之感，终于把我的向往之心压住，曾有好几次想决心跟了他上他家去，可是到了他们的门口，却又同罪犯似的逃了。他以他的美貌，以他的财富和姊妹，不但在学堂里博得了绝大的声势，就是在我们那小小的县城里，也赢得了一般的好誉。而尤其使我羡慕的，是他的那一种对同我们是同年辈的异性们的周旋才略，当时我们县城里的几位相貌比较艳丽一点的女性，个个是和他要好的，但他也实在真胆大，真会取巧。

当时同我们是同年辈的女性，装饰入时，态度豁达，为大家所称道的，有三个。一个是一位在上海开店，富甲一邑的商人赵某的侄女；她住得和我最近。还有两个，也是比较富有的中产人家的女儿，在交通不便的当时，已经各跟了她们家里的亲戚，到杭州上海等地方去跑跑了；她们俩，却都是我那位同学的邻居。这三个女性的门前，当傍晚的时候，或月明的中夜，老有一个一个的黑影在徘徊；这些黑影的当中，有不少却是我们的同学。因为每到礼拜一的早晨，没有上课之先，我老听见有同学们在操场上笑说在一道，并且时时还高声地用着英文作了隐语，如“我看见她了！”“我听见她在读书”之类。而无论在什么地方于什么时候的凡关于这一类的谈话的中心人物，总是课堂上坐在我的右边，年龄只比我大一岁的那一位天之骄子。

赵家的那位少女，皮色实在细白不过，脸形是瓜子脸；更因为她家里有了几个钱，而又时常上上海她叔父那里去走动的缘故，衣服式样的新异，自然可以不必说，就是作衣服的材料之类，也都是当时未开通的我们所不曾见过的。她们家里，只有一位寡母和一个年轻的女仆，而住的房子却很大很大。门前是一排柳树，柳树下还杂种着些鲜花；对面的一带红墙，是学宫的泮水围墙，泮池上的大树，枝叶垂到了墙外，红绿便映成着一色。当浓春将过，首夏初来的春三四月，脚踏着日光下石砌路上的树影，手捉着扑面飞舞的杨花，到这一条路上去走走，就是没有什么另外的奢望，也很有点像梦里的游行，更何况楼头窗里，时常会有那一张少女的粉脸出来向你抛一眼两眼的低眉斜视呢！

此外的两个女性，相貌更是完整，衣饰也尽够美丽，并且因为她俩的住址接近，出来总在一道，平时在家，也老在一处，所以胆子也大，认识的人也多。她们在二十余年前的当时，已经是开放得很，有点像现代的自由女子了，因而上她们家里去鬼混，或到她们门前去守望的青年，数目特别的多，种

类也自然要杂。

我虽则胆量很小，性知识完全没有，并且也有点过分的矜持，以为成日地和女孩子们混在一道，是读书人的大耻，是没出息的行为；但到底还是一个亚当的后裔，喉头的苹果，怎么也吐它不出咽它不下，同北方厚雪地下的细草萌芽一样，到得冬来，自然也难免得有些望春之意；老实说将出来，我偶而在路上遇见她们中间的无论哪一个，或凑巧在她们门前走过一次的时候，心里也着实有点儿难受。

住在我那同学邻近的两位，因为距离的关系，更因为她们的处世知识比我长进，人生经验比我老成得多，和我那位同学当然是早已有过纠葛，就是和许多不是学生的青年男子，也各已有了种种的风说，对于我虽像是一种含有毒汁的妖艳的花，诱惑性或许格外的强烈，但明知我自己决不是她们的对手，平时不过于遇见的时候有点难以为情的样子，此外倒也没有什么了不得的思慕，可是那一位赵家的少女，却整整地恼乱了我两年的童心。

我和她的住处比较得近，故而三日两头，总有着见面的机会。见面的时候，她或许是无心，只同对于其他的同年辈的男孩子打招呼一样，对我微笑一下，点一点头，但在我却感得同犯了大罪被人发觉了的样子，和她见面一次，马上要变得头昏耳热，胸腔里的一颗心突突地总有半个钟头好跳。因此，我上学去或下课回来，以及平时在家或出外去的时候，总无时无刻不在留心，想避去和她的相见。但遇到了她，等她走过去后，或用功用得很疲乏把眼睛从书本子举起的一瞬间，心里又老在盼望，盼望着她再来一次，再上我的眼面前来立着对我微笑一回。

有时候从家中进出的人的口里传来，听说"她和她母亲又上上海去了，不知要什么时候回来?"我心里会同时感到一种像释重负又像失去了什么似的忧虑，生怕她从此一去，将永久地不回来了。

同芭蕉叶似的重重包裹着的我这一颗无邪的心，不知在什么地方，透露了消息，终于被课堂上坐在我左边的那位同学看穿了。一个礼拜六的下午，落课之后，他轻轻地拉着了我的手对我说："今天下午，赵家的那个小丫头，要上倩儿家去，你愿不愿意和我同去一道玩儿?"这里所说的倩儿，就是那两位他邻居的女孩子之中的一个的名字。我听了他的这一句密语，立时就涨红了脸，喘急了气，嗫嚅着说不出一句话来回答他，尽在拚命的摇头，表示我不愿意去，同时眼睛里也水汪汪地想哭出来的样子，而他却似乎已经看破了我的隐衷，得着了我的同意似的用强力把我拖出了校门。

到了倩儿她们的门口，当然又是一番争执，但经他大声的一喊，门里的三个女孩，却同时笑着跑出来了；已经到了她们的面前，我也没有什么别的办法了，自然只好俯着首，红着脸，同被绑赴刑场的死刑囚似的跟她们到了

室内。经我那位同学带了滑稽的声调将如何把我拖来的情节说了一遍之后，她们接着就是一阵大笑。我心里有点气起来了，以为她们和他在侮辱我，所以于羞愧之上，又加了一层怒意。但是奇怪得很，两只脚却软落下来了，心里虽在想一溜跑走，而腿神经终于不听命令。跟她们再到客房里去坐下，看他们四人捏起了骨牌，我连想跑的心思也早已忘掉，坐将在我那位同学的背后，眼睛虽则时时在注视着牌，但间或得着机会，也着实向她们的脸部偷看了许多次数。等她们的输赢赌完，一餐东道的夜饭吃过，我也居然和她们伴熟，有说有笑了。临走的时候，倩儿的母亲还派了我一个差使，点上灯笼，要我把赵家的女孩送回家去。自从这一回后，我也居然入了我那同学的伙，不时上赵家和另外的两女孩家去进出了；可是生来胆小，又加以毕业考试的将次到来，我的和她们的来往，终没有像我那位同学似的繁密。

正当我十四岁的那一年春天(一九〇九，宣统元年己酉)，是旧历正月十三的晚上，学堂里于白天给与了我以毕业文凭及增生执照之后，就在大厅上摆起了五桌送别毕业生的酒宴。这一晚的月亮好得很，天气也温暖得像二三月的样子。满城的爆竹，是在庆祝新年的上灯佳节，我于喝了几杯酒后，心里也感到了一种不能抑制的欢欣。出了校门，踏着月亮，我的双脚，便自然而然地走向了赵家。她们的女仆陪她母亲上街去买蜡烛水果等过元宵的物品去了，推门进去，我只见她一个人拖着了一条长长的辫子，坐在大厅上的桌子边上洋灯底下练习写字。听见了我的脚步声音，她头也不朝转来，只曼声地问了一声“是谁?”我故意屏着声，提着脚，轻轻地走上了她的背后，一使劲一口就把她面前的那盏洋灯吹灭了。月光如潮水似的浸满了这一座朝南的大厅，她于一声高叫之后，马上就把头朝了转来。我在月光里看见了她那张大理石似的嫩脸，和黑水晶似的眼睛，觉得怎么也熬忍不住了，顺势就伸出了两只手去，捏住了她的手臂。两人的中间，她也不发一语，我也并无一言，她是扭转了身坐着，我是向她立着的。她只微笑着看看我看看月亮，我也只微笑着看看她看看中庭的空处，虽然此处的动作，轻薄的邪念，明显的表示，一点儿也没有，但不晓怎样一股满足，深沉，陶醉的感觉，竟同四周的月光一样，包满了我的全身。

两人这样的在月光里沉默着相对，不知过了多久，终于她轻轻地开始说话了：“今晚上你在喝酒?”“是的，是在学堂里喝的。”到这里我才放开了两手，向她边上的一张椅子里坐了下去。“明天你就要上杭州去考中学去么?”停了一会，她又轻轻地问了一声。“嗳，是的，明朝坐快班船去。”两人又沉默着，不知坐了几多时候，忽听见门外头她母亲和女仆说话的声音渐渐儿的近了，她于是就忙着立起来擦洋火，点上了洋灯。

她母亲进到了厅上，放下了买来的物品，先向我说了些道贺的话，我也

告诉了她，明天将离开故乡到杭州去；谈不上半点钟的闲话，我就匆匆告辞出来了。在柳树影里披了月光走回家来，我一边回味着刚才在月光里和她两人相对时的沉醉似的恍惚，一边在心的底里，忽儿又感到了一点极淡极淡，同水一样的春愁。

孤独者

——自传之六

里外湖的荷叶荷花,已经到了凋落的初期,堤边的杨柳,影子也淡起来了。几只残蝉,刚在告人以秋至的七月里的一个下午,我又带了行李,到了杭州。

因为是中途插班进去的学生,所以在宿舍里,在课堂上,都和同班的老学生们,仿佛是两个国家的国民。从嘉兴府中,转到了杭州府中,离家的路程,虽则是近了百余里,但精神上的孤独,反而更加深了!不得已,我只好把热情收敛,转向了内,固守着我自己的壁垒。

当时的学堂里的课程,英文虽也是重要的科目,但究竟还是旧习难除,中国文依旧是分别等第的最大标准。教国文的那一位桐城派的老将王老先生,于几次作文之后,对我有点注意起来了,所以进校后将近一个月光景的时候,同学们居然赠了我一个“怪物”的绰号;因为由他们眼里看来,这一个不善交际,衣装朴素,说话也不大会说的乡下蠢才,作起文章来,竟也会得压倒侪辈,当然是一份非怪物不能的天大的奇事。

杭州终于是一个省会,同学之中,大半是锦衣肉食的乡宦人家的子弟。因而同班中衣饰美好,肉色细白,举止娴雅,谈吐温存的同学,不知道有多少。而最使我惊异的,是每一个这样的同学,总有一个比他年长一点的同学,附随在一道的那一种现象。在小学里,在嘉兴府中里,这一种风气,并不是说没有,可是决没有像当时杭州府中那么的风行普遍。而有几个这样的同学,非但不以被视作女性为可耻,竟也有熏香敷粉,

故意在装腔作怪,卖弄富有的。我对这一种情形看得真有点气,向那一批所谓Faoe的同学,当然是很明显地表示了恶感,就是向那些年长一点的同学,也时时露出了敌意;这么一来,我的“怪物”之名,就愈传愈广,我与他们之间的一条墙壁,自然也愈筑愈高了。

在学校里既然成了一个不入伙的孤独的游离分子,我的情感,我的时间与精力,当然只有钻向书本子去的一条出路。于是几个由零用钱里节省下来的仅少的金钱,就作了我的唯一娱乐积买旧书的源头活水。

那时候的杭州的旧书铺,都聚集在丰乐桥,梅花碑的两条直角形的街上。每当星期假日的早晨,我仰卧在床上,计算计算在这一礼拜里可以省下来的金钱,和能够买到的最经济最有用的册籍,就先可以得着一种快乐的预感。有时候在书店门前徘徊往复,稽延得久了,赶不上回宿舍来吃午饭,手里夹了书籍上大街羊汤饭店间壁的小面馆去吃一碗清面,心里可以同时感到十分的懊恨与无限的快慰。恨的是一碗清面的几个铜子的浪费,快慰的是一边吃面一边翻阅书本时的那一刹那的恍惚;这恍惚之情,大约是和哥伦布当发现新大陆的时候所感到的一样。

真正指示我以作诗词的门径的,是《留青新集》里的《沧浪诗话》和《白香词谱》。《西湖佳话》中的每一篇短篇,起码我总读了两遍以上。以后是流行本的各种传奇杂剧了,我当时虽则还不能十分欣赏它们的好处,但不知怎么,读了之后的那一种朦胧的回味,仿佛是当三春天气,喝醉了几十年陈的醇酒。

既与这些书籍发生了暧昧的关系,自然不免要养出些不自然的私生儿子!在嘉兴也曾经试过的稚气满幅的五七言诗句,接二连三地在一册红格子的作文簿上写满了;有时候兴奋得利害,晚上还妨碍了睡觉。

模仿原是人生的本能,发表欲,也是同吃饭穿衣一样地强的青年作者内心的要求。歌不像歌诗不像诗的东西积得多了,第二步自然是向各报馆的匿名的投稿。

一封信寄出之后,当晚就睡不安稳了,第二天一早起来,就溜到阅报室去看报有没有送来。早餐上课之类的事情,只能说是一种日常行动的反射作用;舌尖上哪里还感得出滋味?讲堂上更哪里还有心思去听讲?下课铃一摇,又只是逃命似的向阅报室的狂奔。

第一次的投稿被采用的,记得是一首模仿宋人的五古,报纸是当时的《全浙公报》。当看见了自己缀联起来的一串文字,被植字工人排印出来的时候,虽然是用的匿名,阅报室里也决没有人会知道作者是谁,但心头正在狂跳着的我的脸上,马上就变成了朱红。哄的一声,耳朵里也响了起来,头脑摇晃得像坐在船里。眼睛也没有主意了,看了又看,看了又看,虽则从头

至尾，把那一串文字看了好几遍，但自己还在疑惑，怕这并不是由我投去的稿子。再狂奔出去，上操场去跳绕一圈，回来重新又拿起那张报纸，按住心头，复看一遍，这才放心，于是乎方始感到了快活，快活得想大叫起来。

当时我用的假名很多很多，直到两三年后，觉得投稿已经有七八成的把握了，才老老实实地用上了我的真名实姓。大约旧报纸的收藏家，翻起二十几年前的《全浙公报》《之江日报》以及上海的《神州日报》来，总还可以看到我当时所作的许多狗屁不通的诗句。现在我非但旧稿无存，就是一联半句的字眼也想不起来了，与当时的废寝忘食的热心情形来一对比，进步当然可以说是进了步，但是老去的颓唐之感，也着实可以催落我几滴自伤的眼泪。

就在那一年(一九〇九年)的冬天，留学日本的长兄回到了北京，以小京官的名义被派上了法部去行走。入陆军小学的第二位哥哥，也在这前后毕了业，入了一处隶属于标统底下的旁系驻防军队，而任了排长。

一文一武的这两位芝麻绿豆官的哥哥，在我们那小小的县里，自然也耸动了视听；但因家里的经济，稍稍宽裕了一点的结果，在我的求学程序上，反而促生了一种意外的脱线。

在外面的学堂里住足了一年，又在各报上登载了几次诗歌之后，我自以为学问早就超出了和我同时代的同年辈者，觉得按部就班的和他们在一道读死书，是不上算也是不必要的事情。所以到了宣统二年(一九一〇)的春期始业的时候，我的书桌上竟收集起了一大堆大学中学招考新生的简章！比较着，研究着，我真想一口气就读完了当时学部所定的大学及中学的学程。

中文呢，自己以为总可以对付的了；科学呢，在前面也曾经说过，为大家所不重视的；算来算去，只有英文是顶重要而也是我所最欠缺的一门。“好！就专门去读英文罢！英文一通，万事就好办了！”这一个幼稚可笑的想头，就是使我离开了正规的中学，去走教会学堂那一条捷径的原动力。

清朝末年，杭州的有势力的教会学校，有英国圣公会和美国长老会浸礼会的几个系统。而长老会办的育英书院，刚在山水明秀的江干新建校舍，改称大学。头脑简单，只知道崇拜大学这一个名字的我这毛头小子，自然是以进大学为最上的光荣，另外更还有什么奢望哩？但是一进去之后，我的失望，却比在省立的中学里读死书更加大了。

每天早晨，一起床就是祷告，吃饭又是祷告；平时九点到十点是最重要的礼拜仪式，末了又是一篇祷告。《圣经》，是每年级都有的必修重要课目；礼拜天的上午，除出了重病，不能行动者外，谁也要去作半天礼拜。礼拜完后，自然又是祷告，又是查经。这一种信神的强迫，祷告的叠来，以及校内枝节细目的窒塞，想是在清朝末年曾进过教会学校的人，谁都晓得的事实，我在此地落得可以不说。

这种叩头虫似的学校生活，过上两月，一位解放的福音宣传者，竟从免费读书的候补牧师中间，揭起叛旗来了；原因是为了校长偏护厨子，竟被厨子殴打了学膳费全纳的不信教的学生。

学校风潮的发生，经过和结局，大抵都是一样的；起始总是全体学生的罢课退校，中间是背盟者的出来复课，结果便是几个强硬者的开除。不知是幸呢还是不幸，在这一次的风潮里，我也算是强硬者的一个。

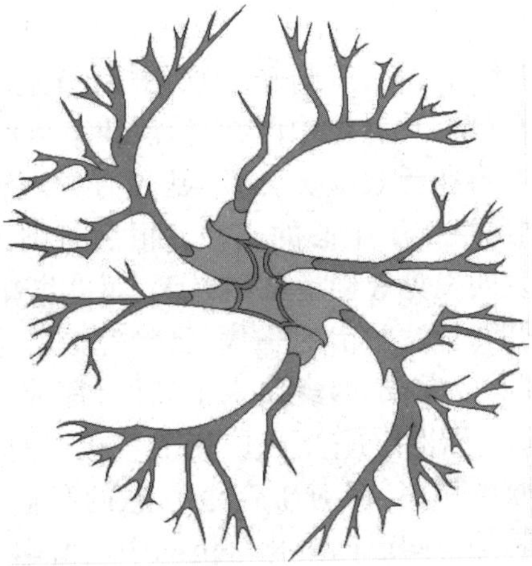

雪夜

——自传之一章

日本的文化，虽则缺乏独创性，但她的模仿，却是富有创造的意义的；礼教仿中国，政治法律军事以及教育等设施法德国，生产事业泛效欧美，而以她固有的那种轻生爱国，耐劳持久的国民性作了中心的支柱。根底虽则不深，可枝叶却张得极茂，发明发见等创举虽则绝无，而进步却来得很快。我在那里留学的时候，明治的一代，已经完成了它的维新的工作；老树上接上了青枝，旧囊装入了新酒，浑成圆熟，差不多丝毫的破绽都看不出来了；新兴国家的气象，原属雄伟，新兴国民的举止，原也豁荡，但对于奄奄一息的我们这东方古国的居留民，尤其是暴露己国文化落伍的中国留学生，却终于是一种绝大的威胁。说侮辱当然也没有什么不对，不过咎由自取，还是说得含蓄一点叫作威胁的好。

只在小安逸里醉生梦死，小圈子里夺利争权的黄帝之子孙，若要教他领悟一下国家的观念的，最好是叫他到中国领土以外的无论那一国去住上两三年。印度民族的晓得反英，商丽民族的晓得抗日，就因为他们的祖国，都变成了外国的缘故。有智识的中上流日本国民，对中国留学生，原也在十分的笼络；但笑里藏刀，深感着“不及错觉”的我们这些神经过敏的青年，胸怀那里能够坦白到像现在当局的那些政治家一样；至于无智识的中下流——这一流当然是国民中的最大多数——大和民种，则老实不客气，在态度上言语上举动上处处都直叫出来在说：“你们这些劣等民族，亡国贱种，到我们这管理你们

的大日本帝国来作什么!”简直是最有成绩的对于中国人使了解国家观念的高等教师了。

是在日本,我开始看清了我们中国在世界竞争场里所处的地位;是在日本,我开始明白了近代科学——不问是形而上或形而下——的伟大与湛深;是在日本,我早就觉悟到了今后中国的运命,与夫四万五千万同胞不得不受的炼狱的历程。而国际地位不平等的反应,弱国民族所受的侮辱与欺凌,感觉得最深切而亦最难忍受的地方,是在男女两性,正中了爱神毒箭的一刹那。

日本的女子,一例地是柔和可爱的;她们历代所受的,自从开国到如今,都是顺从男子的教育。并且因为向来人口不繁,衣饰起居简陋的结果,一般女子对于守身的观念,也没有像我们中国那么的固执。又加以缠足深居等习惯毫无,操劳工作,出入里巷,行动都和男子无差;所以身体大抵总长得肥硕完美,决没有临风弱柳,瘦似黄花等的病貌。更兼岛上火山矿泉独多,水分富含异质,因而关东西靠山一带的女人,皮色滑腻通明,细白得像似磁体;至如东北内地雪国里的娇娘,就是在日本也有雪美人的名称,她们的肥白柔美,更可以不必说了。所以谙熟了日本的言语风习,谋得了自己独立的经济来源,揖别了血族相连的亲戚弟兄,独自一个在东京住定以后,于旅舍寒灯的底下,或街头漫步的时候,最恼乱我的心灵的,是男女两性间的种种牵引,以及国际地位落后的大悲哀。

两性解放的新时代,早就在东京的上流社会——尤其是智识阶级,学生群众里——到来了。当时名女优像衣川孔雀,森川律子辈的妖艳的照相,化装之前的半裸体的照相,妇女画报上的淑女名姝的记载,东京闻人的姬妾的艳闻等等,凡足以挑动青年心理的一切对象与事件,在这一个世纪末的过渡时代里,来得特别的多,特别的杂。易卜生的问题剧,爱伦凯的恋爱与结婚,自然主义派文人的丑恶暴露论,富于刺激性的社会主义两性观,凡这些问题,一时竟如潮水似的杀到了东京,而我这一个灵魂洁白,生性孤傲,感情脆弱,主意不坚的异乡游子,便成了这洪潮上的泡沫,两重三重地受到了推挤,涡旋,淹没,与消沉。

当时的东京,除了几个著名的大公园,以及浅草附近的娱乐场外,在市内小石川区的有一座植物园,在市外武藏野的有一个井之头公园,是比较高尚清幽的园游胜地;在那里有的是四时不断的花草,青葱欲滴的列树,涓涓不息的清流,和讨人欢喜的驯兽与珍禽。你若于风和日暖的春初,或天高气爽的秋晚,去闲行独步,总能遇到些年龄相并的良家少女,在那里采花,唱曲,涉水,登高。你若和她们去攀谈,她们总一例地来酬应;大家谈着,笑着,草地上躺着,吃吃带来的糖果之类,像在梦里,也像在醉后,不知不觉,一日

的光阴,会箭也似的飞度过去。而当这样的一度会合之后,有时或竟在会合的当中,从欢乐的绝顶,你每会立时掉入到绝望的深渊底里去。这些无邪的少女,这些绝对服从男子的丽质,她们原都是受过父兄的熏陶的,一听到了弱国的支那两字,那里还能够维持她们的常态,保留她们的人对人的好感呢?支那或支那人的这一个名词,在东邻的日本民族,尤其是妙年少女的口里被说出的时候,听取者的脑里心里,会起怎么样的一种被侮辱,绝望,悲愤,隐痛的混合作用,是没有到过日本的中国同胞,绝对地想象不出来的。

在东京第一高等学校的预科里住满了一年,像上面所说过的那种强烈的刺激,不知受尽了多少次,我于民国四年(一九一五乙卯)的秋天,离开东京,上日本西部的那个商业都会名古屋去进第八高等学校的时候,心里真充满了无限的悲凉与无限的咒诅;对于两三年前曾经抱了热望,高高兴兴地投入到她怀里去的这异国的首都,真想第二次不再来见她的面。

名古屋的高等学校,在离开街市中心有两三里地远的东乡区域。到了这一区中国留学生比较得少的乡下地方,所受的日本国民的轻视虐待,虽则减少了些,但因为二十岁的青春,正在我的体内发育伸张,所以性的苦闷,也昂进到了不可抑止的地步。是在这一年的寒假考考了之后,关西的一带,接连下了两天大雪。我一个人住在被厚雪封锁住的乡间,觉得怎么也忍耐不住了,就在一天雪片还在飞舞着的午后,踏上了东海道线开往东京去的客车。在孤冷的客车里喝了几瓶热酒,看看四面并没有认识我的面目的旅人,胆子忽而放大了,于到了夜半停车的一个小驿的时候,我竟同被恶魔缠附着的人一样,飘飘然跳下了车厢。日本的妓馆,本来是到处都有的;但一则因为怕被熟人的看见,再则虑有病毒的纠缠,所以我一直到这时候为止,终于只在想象里冒险,不敢轻易的上场去试一试过。这时候可不同了,人地既极生疏,时间又到了夜半;几阵寒风和一天雪片,把我那已经喝了几瓶酒后的热血,更激高了许多度数。踏出车站,跳上人力车座,我把围巾向脸上一包,就放大了喉咙叫车夫直拉我到妓廓的高楼上去。

受了龟儿鸨母的一阵欢迎,选定了一个肥白高壮的花魁卖妇,这一晚坐到深更,于狂歌大饮之余,我竟把我的童贞破了。第二天中午醒来,在锦被里伸手触着了那一个温软的肉体,更模糊想起了前一晚的痴乱的狂态,我正如在大热的伏天,当头被泼上了一身冰水。那个无智的少女,还是袒露着全身,朝天酣睡在那里;窗外面的大雪晴了,阳光返射的结果,照得那一间八席大的房间,分外的晶明爽朗。我看看玻璃窗外的半角晴天,看看枕头边上那些散乱着的粉红樱纸,竟不由自主地流出来了两条眼泪。

"太不值得了!太不值得了!我的理想,我的远志,我的对国家所抱负的热情,现在还有些什么!还有些什么呢?"心里一阵悔恨,眼睛里就更是一

阵热泪；披上了妓馆里的缊袍，斜靠起了上半身的身体，这样的悔着呆着，一边也不断的暗泣着，我真不知坐尽了多少的时间；直到那位女郎醒来，陪我去洗了澡回来，又喝了几杯热酒之后，方才回复了平时的心状。三个钟头之后，皱着长眉，靠着车窗，在向御殿场一带的高原雪地里行车的时候，我的脑里已经起了一种从前所绝不曾有过的波浪，似乎在昨天的短短一夜之中，有谁来把我全身的骨肉都完全换了。

“沉索性沉到底罢！不入地狱，那见佛性，人生原是一个复杂的迷宫。”

这就是我当时混乱的一团思想的翻译。

还乡记

一

大约是午前四五点钟的样子，我的过敏的神经忽而颤动了起来。张开了半只眼，从枕上举起非常沉重的头，半醒半觉的向窗外一望，我只见一层灰白色的云丛，密布在微明空际，房里的角上桌下，还有些暗夜的黑影流荡着，满屋沉沉，只充满了睡声，窗外也没有群动的声息。

“还早哩！”

我的半年来睡眠不足的昏乱的脑经，这样的忖度了一下，我的有些昏痛的头颅仍复投上了草枕，睡着了。

第二天醒来，急急的跳出了床，跑到窗前去看跑马厅的大自鸣钟的时候，我的心里忽而起了一阵狂跳。我的模糊的睡眼，虽看不清那大自鸣钟的时刻，然而我的第六官却已感得了时间的迟暮，八点钟的快车大约总赶不到了。

天气不晴也不雨，天上只浮满了些不透明的白云，黄梅时节将过的时候，像这样的天气原是很多的。

我一边跑下楼去匆匆的梳洗，一边催听差的起来，问他是什么时候。因为我的一个镶金的钢表，在东京换了酒吃，一个新买的爱而近，去年在北京又被人偷了去，所以现在我只落得

和桃花源里的乡老一样，要知道时刻，只能问问外来的捕鱼者"今是何世?"

听说是七点三刻了，我忽而衔了牙刷，莫名其妙的跑上楼跑下楼的跑了几次，不消说心中是在懊恼的。忙乱了一阵，后来又仔细想了一想，觉得终究是赶不上八点的早车了，我的心倒渐渐地平静下去。慢慢的洗完了脸，换了衣服，我就叫听差的去雇了一乘人力车来送我上火车站去。

我的故乡在富春山中，正当清冷的钱塘江的曲处。车到杭州，还要在清流的江上坐两点钟的轮船。这轮船有午前午后两班，午前八点，午后二点，各有一只同小孩的玩具似的轮船由江干开往桐庐去的。若在上海乘早车动身，则午后四五点钟，当午睡初醒的时候，我便可到家，与闺中的儿女相见，但是今天已经是不行了。

不能即日回家，我就不得不在杭州过夜，但是羞涩的阮囊，连买半斤黄酒的余钱也没有的我的境遇，教我那里能忍此奢侈。我心里又发起恼来了。可恶的我的朋友，你们既知道我今天早晨要走，昨夜就不该谈到这样的时候才回去的。可恶的是我自己，我已决定于今天早晨走，就不该拉住了他们谈那些无聊的闲话的。这些也不知是从那里来的话？这些话也不知有什么兴趣？但是我们几个人愁眉蹙额的聚首的时候，起先总是默默，后来一句两句，话题一开，便倦也忘了，愁也丢了，眼睛就放起怖人的光来，有时高笑，有时痛哭，讲来讲去，去岁今年，总还是这几句话：

"世界真是奇怪，像这样轻薄的人，也居然能成中国的偶像的。"

"正唯其轻薄，所以能享盛名。"

"他的著作是什么东西呀！连抄人家的著书还要抄错！"

"唉唉！"

"还有××呢！比××更卑鄙，更不通，而他享的名誉反而更大！"

"今天在车上看见那个犹太女子真好哩！"

"她的屁股正大得爱人。"

"她的臂膊！"

"啊啊！"

"恩斯来的那本彭思生里参拜记，你念到什么地方了?"

"三个东部的野人，

　　三个方正的男子，

他们起了崇高的心愿，

　　想去看看什，泻，奥夫，欧耳。"

"你真记得牢！"

像这样的毫无系统，漫无头绪的谈话，我们不谈则已，一谈起头，非要谈到傀儡消尽，悲愤泄完的时候不止。唉，可怜有识无产者，这些清淡，这些不

平,与你们的脆弱的身体,高亢的精神者,究有何补?罢了罢了,还是回头到正路上去,理点生产罢!

昨天晚上有几位朋友,也在我这里,谈了些这样的闲话,我入睡迟了,所以弄得今天赶车不及,不得不在西子湖边,住宿一宵,我坐在人力车上,孤冷冷的看着上海的清淡的早市,心里只在怨恨朋友,要使我多破费几个旅费。

二

人力车到了北站,站上人物萧条。大约是正在快车开出之后,慢车未发之先,所以现出这沉静的状态。我得了闲空,心里倒生出了一点余裕来,就在北站构内,闲走了一回。因为我此番归去,本来想去看看故乡的景状,能不能容我这零余者回家高卧的,所以我所带的,只有两袖清风,一只空袋,和填在鞋底里的几张钞票——这是我的脾气,有钱的时候,老把它们填在鞋子底里。一则可以防止扒手,二则因为我受足了金钱迫害,借此也可以满足满足我对金钱复仇的心思,有时候我真有用了全身的气力,拼死蹂践它们的举动——而已,身边没有行李,在车站上跑来跑去是非常自由的。

天上的同棉花似的浮云,一块一块的消散开来,有几处竟现出青苍的笑靥来了。灰黄无力的阳光,也有几处看得出来。虽有霏微的海风,一阵阵夹了灰土煤烟,吹到这灰色的车站中间,但是伏天的暑热,已悄悄的在人的腋下腰间送信来了。"啊啊!三伏的暑热,你们不要来缠扰我这消瘦的行路病者!你们且上富家的深闺里去,钻到那些丰肥红白的腿间乳下去,把她们的香液蒸发些出来罢!我只有这一件半旧的夏布长衫,若被汗水污了,明天就没得更换的呀!"这是我想对暑热央告的话头。

在车站上踏来踏去的走了几遍,站上的行人,渐渐的多起来了。男的女的,行者送者,面上都堆着满贮希望的形容,在那里左旋右转。但是我——单只是我个人——也无朋友亲戚来送我的行,更无爱人女弟,来作我的伴,我的脆弱的心中,又无端的起了万千的哀感:

"论才论貌,在中国的二万万男子中间,我也不一定说是最下流的人,何以我会变成这样的孤苦的呢!我前世犯了什么罪来?我生在什么星的底下?我难道真没有享受快乐的资格的么?我不能信的,我不能信的。"

这样的一想,我就跑上车站的旁边入口处去,好像是看见了我认识的一位美妙的女郎来送我回家的样子。我走到门口,果真见了几个穿时样的白衣裙的女子,刚从人力车下来。其中有一个十七八岁的,戴白色运动软帽的

女学生，手里提了三个很重的小皮箧，走近了我的身边。我不知不觉的伸出了一只手去，想为她代拿一个皮箧，她站住了脚，放开了黑晶晶的两只大眼很诧异的对我看了一眼。

"啊啊！我错了，我昏了，好妹妹，请你不要动怒，我不是坏人，我不是车站上的小窃，不过我的想象力太强，我把你当作了我的想象中的人物，所以得罪了你。恕我恕我，对不起，对不起，你的两眼的责罚，是我所甘受的，你即用了你柔软的小手，批我一颊，我也是甘受的，我错了，我昏了。"

我被她的两眼一看，就同将睡的人受了电击一样，立时涨红了脸，发出了一身冷汗，心里这样的作了一遍谢罪之辞，缩回了手，低下了头，就匆匆的逃走了。

啊啊！这不是衣锦的还乡，这不是罗皮康(Rubicon)的南渡，有谁来送我的行，有谁来作我的伴呢！我的空想也未免太不自量了，我避开了那个女学生，逃到了车站大门口的边上人丛中躲藏的时候，心里还在跳跃不住。凝神屏气的立了一会，向四边偷看了几眼，一种不可捉摸的感情，笼罩上我的全身，我就不得不把我的夏布长衫的小襟拖上面去了。

三

"已经是八点四十五分了。我在这里躲藏也躲藏不过去的，索性快点去买一张票来上车去罢！但是不行不行，两边买票的人这样的多，也许她是在内的，我还是上口头的那近大门的窗口去买罢！这里买票的人正少得很呀！"

这样的打定了主意，我就东探西望的走上那玻璃窗口，去买了一张车票。伏倒了头，气喘吁吁的跑进了月台，我方晓得刚才买的是一张二等票，想想我脚下的余钱，又想想今晚在杭州不得不付的膳宿费，我心里忽而清了一清。经济与恋爱是不能两立的，刚才那女学生的事情，也渐渐的被我忘了。

浙江虽是我的父母之邦，但是浙江的知识阶级的腐败，一班教育家政治家对军人的谄媚与对平民的压制，以及小政客的婢妾的行为，无厌的贪婪，平时想起就要使我作呕。所以我每次回浙江去，总抱了一腔羞嫌的恶懔，障扇而过杭州，不愿在西子湖头作半日的勾留。只有这一回，到了山穷水尽，我委委颓颓的逃返家中，却只好仍到我所嫌恶的故土去求一个息壤！投林的倦鸟，返壑的衰狐，当没有我这样的懊丧落胆的。啊啊！浪子的还家，只

求老父慈兄，不责备我就对了，那里还有批评故乡，憎嫌故乡的心思，我一想到这一次的卑微的心境，竟不觉泫泫的落下泪来了。

我孤伶仃的坐在车里，看看外面月台上跑来跑去的旅人，和穿黄色制服的挑夫，觉得模糊零乱，他们与我的中间，有一道冰山隔住的样子。一面看看车站附近各工厂的高高的烟囱，又觉得我的头上身边，都被一层灰色的烟雾包围在那里。我深深的吸了一口气，把车窗打开来看梅雨晴时的空际。天上虽还不能说是晴朗，但一斛晴云，和几道光线，却在那里安慰旅人说：

“雨是不会下了，晴不晴开来，却看你们的运气罢！”

不多一忽，火车慢慢儿的开了。北站附近的贫民窟，同坟墓似的江北人的船室，污泥的水潴，晒在坍败的晒台上的女人的小衣，秽布，劳动者的破烂的衣衫等，一幅一幅的呈到我的眼前来，好像是老天故意把人生的疾苦，编成了这一部有系统的纪录，来安慰我的样子。

啊啊，载人离别的你这怪兽！你不终不息的前进，不休不止的前进罢！你且把我的身体，搬到世界尽处去，搬入虚无之境去，一生一世，不要停止，尽是行行，行到世界万物都化作青烟，你我的存在都变成乌有的时候，那我就感激你不尽了。

由现代的物质文明产生出来的贫苦之景，渐渐的被大自然掩盖了下去，贫民窟过了，大都会附近之小镇（Vorstadt）过了，路线的两岸，只有平绿的田畴，美丽的别业，洁净的野路，和壮健的农夫。在这调和的盛夏的野景中间，就是在路上行走的那一乘黄色人力车夫，也带有些浪漫的色彩。他好像是童话里的人物，并不是因为衣食的原因，却是为了自家的快乐，拉了车在那里行走的样子。若要在这大自然的微笑中间，指出一件令人不快的事物来，那就是野草中间横躺着的棺冢了。穷人的享乐，只有陶醉在大自然怀里的一刹那。在这一刹那中间，他能把现实的痛苦，忘记得干干净净，与悠久的天空，广漠的大地，化而为一。这是何等的残虐，何等的恶毒呢！当这样的地方，这样的时候，把人生的运命，赤裸裸的指给他看！

我是主张把中国的坟冢，把野外的枯骨，都掘起来付之一炬，或投入汪洋的大海里去的。

四

过了徐家汇，梵王渡，火车一程一程的进去，车窗外的绿色也一程一程的浓润起来，啊啊，我自失业以来，同鼠子蚊虫，蛰居在上海的自由牢狱里，

已经有半年多了。我想不到野外的自然，竟长得如此的清新，郊原的空气，会酿得如此的爽健的。啊啊，自然呀，大地呀，生生不息的万物呀，我错了，我不应该离开你们，到那秽浊的人海中间去觅食去的。

车过了莘庄，天完全变晴了。两旁的绿树枝头，蝉声犹如雨降。我侧耳听听，回想我少年时的景象不置。悠悠的碧落，只留着几条云影，在空际作霓裳的雅舞。一道阳光，偏洒在浓绿的树叶，匀称的稻秧，和柔软的青草上面。被黄梅雨盛满的小溪，奇形的野桥，水车的茅亭，高低的土堆，与红墙的古庙，洁净的农场，一幅一幅同电影似的尽在那里更换。我以车窗作了镜框，把这些天然的图画看得迷醉了，直等火车到松江停住的时候止，我的眼睛竟瞬息也没有移动。唉，良辰美景奈何天，我在这样的大自然里怕已没有生存的资格了罢，因为我的腕力，我的精神，都被现代的文明撒下了毒药，恶化成零，我那里还有执了锄耜，去和农夫耕作的能力呢！

正直的农夫吓，你们是世界的养育者，是世界的主人公，我情愿为你们作牛作马，代你们的劳，你们能分一杯麦饭给我么？

车过了松江，风景又添了一味和平的景色。弯了背在田里工作的农夫，草原上散放着的羊群。平桥浅渚，野寺村场，都好像在那里作会心的微笑。火车飞过一处乡村的时候，一家泥墙草舍里忽有几声鸡唱声音，传了出来。草舍的门口有一个赤膊的农夫，吸着烟站在那里对火车呆看。我看了这些纯朴的村景，就不知不觉的叫了起来：

“啊啊！这和平的村落，这和平的村落，我几年不与你相接了。”

大约是叫得太响了，我的前后的同车者，都对我放起惊异的眼光来。幸而这是慢车。坐二等车的人不多，否则我只能半途跳下车去，去躲避这一次的羞耻了。我被他们看得不耐烦，并且肚里也觉得有些饥了，用手向鞋底里摸了一摸，迟疑了一会，便叫过茶房来，命他为我搬一客番菜来吃。我动身的时候，脚底下只藏着两张钞票。火车票买后，左脚下的一张钞票已变成了一块多的找头，依理而论是不该在车上大吃的。然而愈有钱愈想节省，愈贫穷愈要瞎化，是一般的心理，我此时也起了自暴自弃的念头：

“横竖是不够的，节省这几个钱，有什么意思，还是吃罢！”

一个欲望满足了的时候，第二个欲望马上要起来的，我喝了汤，吃了一块面包之后，喉咙觉得干渴起来，便又起了一种自暴自弃的念头，率性叫茶房把啤酒汽水拿了两瓶来。啊啊，危险危险，我右脚下的一张钞票，已有半张被茶房撕去了。

一边饮食，一边我仍在赏玩窗外的水光云影。在几个小车站上停了几次，轰轰的过了几处铁桥，等我中餐吃完的时候，火车已经过嘉兴驿了。吃了个饱满，并且带了三分醉意，我心里虽时时想到今晚在杭州的膳宿费，和明天上富阳去的轮船票，不免有些忧郁，但是以全体的气概讲来，这时候我却是非常快乐，非常满足的：

"人生是现在一刻的连续，现在能够满足，不就好了么？一刻之后的事情，又何必去想它，明天明年的事情，更可丢在脑后了。一刻之后，谁能保得火车不出轨！谁能保得我不死？罢了罢了，我是满足得很！哈哈哈哈……"

我心里这样的很满足的在那里想，我的脚就慢慢的走上车后的眺望台去。因为我坐的这挂车是最后的一挂。所以站在眺望台上，既可细看野景，又可听听鸣蝉，接受些天风。我站在台上，一手捏住铁栏，一手用了半枝火柴在剔牙齿。凉风一阵阵的吹来，野景一幅幅的过去，我真觉得太幸福了。

五

我平生感得幸福的时间，总不能长久。一时觉得非常满足之后，其后必有绝大的悲怀相继而起。我站在车台上，正在快乐的时候，忽而在万绿丛中看见了一幅美满的家庭团叙之图，一个年约三十一二的壮健的农夫，两手擎了一个周岁的小孩，在桑树影下笑乐，一个穿青布衫的与农夫年纪相仿的农妇，笑微微的站在旁边守着他们。在他们上面晒着的阳光树影，更把他们的美满的意情表现得分外明显。地上摊着一只饭箩，一瓶茶，几只菜饭碗，这一定是那农妇送来飨她男人的田头食品。啊啊，桑间陌上，夫唱妇随，更有你两个爱情的结晶，在中间作姻缘的缔带，你们是何等幸福呀！然而我呢！啊啊我啊？我是一个有妻不能爱，有子不能抚的无能力者，在人生战斗场上的惨败者，现在是在逃亡的途中的行路病者，啊！农夫吓农夫，愿你与你的女人和好终身，愿你的小孩聪明强健，愿你的田谷丰多，愿你幸福！你们的灾殃，你们的不幸，全交给了我，凡地上一切的苦恼，悲哀，患难，索性由我一人负担了去罢！

我心里虽这样的在替他祝福，我的眼泪却连连续续的落了下来。半年以来，因为失业的原因，在上海流离的苦处，我想起来了。三个月前头，我的女人和小孩，孤苦零仃的由这条铁路上经过，萧萧索索的回家去的情状，我也想出来了。啊啊，农家夫妇的幸福，读书阶级的飘零！我女人经过的悲哀的足迹，现在更由我在一步步的践踏过去！若是有情，怎得不哭呢！

四围的景色，忽而变了，一刻前那样丰润华丽的自然的美景，都好像在那里嘲笑我的样子：

"你回来了么？你在外国住了十几年，学了些什么回来？你的能力怎么

不拿些出来让我们看看？现在你有养老婆儿子的本领么？哈哈！你读书学术，到头来还是归到乡间去啮你祖宗的积聚！”

我俯首看看飞行的车轮，看看车轮下的两条白闪闪的铁轨和枕木卵石，忽而感得了一种强烈的死的诱惑。我的两脚抖了起来，踉跄前进了几步，又呆呆的俯视了一忽，两手捏住了铁栏，我闭着眼睛，咬紧牙齿，在脚尖上用了一道死力，便把身体轻轻的抬跳起来了。

六

啊啊！死的胜利吓！我当时若志气坚强一点，早就脱离了这烦恼悲苦的世界，此刻好坐在天神 Beatrice 的脚下拈花作微笑了。但是我那一跳，气力没有用足。我打开眼睛来看时，大地高天，稻田草地，依旧在火车的四周驰骋，车轮的辗声，依旧在我的耳里雷鸣，我的身体却坐在栏杆的上面，绝似病了的鹦鹉，被锁住在铁条上待毙的样子。我看看两旁的美景，觉得半点钟以前的称颂自然美的心境，怎么也回复不过来。我以泪眼与硖石的灵山相对，觉得硖西公园后石山上在太阳光下游玩的几个男女青年，都是挤我出世界外去的魔鬼。车到了临平，我再也不能细赏那荷花世界柳丝乡的风味。我只觉得青翠的临平山，将要变成我的埋骨之乡。笕桥过了，艮山门过了。灵秀的宝叔山，奇兀的北高峰，清泰门外贯流着的清浅的溪流，溪流上摇映着的萧疏的杨柳，野田中交叉的窄路，窄路上的行人，前朝的最大遗物，参差婉绕的城墙，都不能唤起我的兴致来。车到了杭州城站，我只同死刑犯上刑场似的下了月台。一出站内，在青天皎日的底下，看看我儿时所习见的红墙旅舍，酒馆茶楼，和年轻气锐的生长在都会中的妙年人士，我心里只是怦怦的乱跳，仰不起头来。这种幻灭的心理，若硬要把它写出来的时候，我只好用一个譬喻。譬如当青春的年少，我遇着了一位绝世的佳人，她对我本是初恋，我对她也是第一次的破题儿。两人相携相挽，同睡同行，春花秋月的过了几十个良宵。后来我的金钱用尽，女人也另外有了心爱的人儿，她就学了樊素，同春去了。我只得和悲哀孤独，贫困恼羞，结成伴侣。几年在各地流浪之余，我年纪也大了，身体也衰了，披了一身破烂的衣服，仍复回到当时我两人并肩携手的故地来。山川草木，星月云霓，仍不改其美丽。我独坐湖滨，正在临流自吊的时候，忽在水面看见了那弃我而去的她的影像。她容貌同几年前一样的娇柔，衣服同几年前一样的华丽，项下挂着的一串珍珠，比从前更加添了一层光彩，额上戴着的一圈玛瑙，比曩时更红艳得多了。且更有难堪者，回头来一看，看见了一位文秀闲雅的美少年，站在她的背后，用了两手在那里摸弄她的腰背。

啊啊！这一种譬喻，值得什么？我当时一下车站，对杭州的天地感得的那一种羞惭懊丧，若以言语可以形容的时候，我当时的夏布衫袖，就不会被泪汗湿透了，因为说得出譬喻得出的悲怀，还不是世上最伤心的事情呀。我慢慢俯了首，离开了刚下车的人群与争揽客人的车夫和旅馆的招待者，独行踽踽的进了一家旅馆，我的心里好像有千斤重的一块铅石锤在那里的样子。

开了一个单房间，洗了一个手脸，茶房拿了一张纸来，要我填写姓名年岁籍贯职业。我对他呆呆的看了一忽，他好像是疑我不曾出过门，不懂这规矩的样子，所以又仔仔细细的解说了一遍。啊啊，我那里是不懂规矩，我实在是没有写的勇气哟，我的无名的姓氏。我的故乡的籍贯，我的职业！啊啊！叫我写出什么来？

被他催迫不过，我就提起笔来写了一个假名，填上了异乡人的三字，在职业栏下写了一个无字。不知不觉我的眼泪竟噗嗒噗嗒的滴了两滴在那张纸上。茶房也看得奇怪，向纸上看了一看，又问我说：

“先生府上是那里，请你写上了罢，职业也要写的。”

我没有办法，就把异乡人三字圈了，写上朝鲜两字，在职业之下也圈了一圈，填了“浮浪”两字进去。茶房出去之后，我就关上了房门，倒在床上尽情的暗泣起来了。

七

伏在床上暗泣了一阵，半日来旅行的疲倦，征服了我的心身。在朦胧半觉的中间，我听见了几声咯咯叩门声。糊糊涂涂的起来开了门，我看见祖母，不言不语的站在门外。天色好像晚了，房里只是灰黑的辨不清方向。但是奇怪得很，在这灰黑的空气里，祖母面上的表情，我却看得清清楚楚。这表情不是悲哀，当然也不是愉乐，只是一种压人的庄严的沉默。我们默默的对坐了几分钟，她才移动了那绉纹很多的嘴说：

“达！你太难了，你何以要这样的孤洁呢！你看看窗外看！”

我向她指着的方向一望，只见窗下街上黑暗嘈杂的人丛里有两个大火把在那里燃烧，再仔细一看，火把中间坐着一位木偶。但是奇极怪极，这木偶的面貌，竟完全与我的一个朋友面貌一样。依这情景看来，大约是赛会了，我回转头来正想和祖母说话，房内的电灯啪的响了一声，放起光来了，茶

房站在我的床前，问我晚饭如何？我只呆呆的不答，因为祖母是今年二月里刚死的，我正在追想梦里的音容，那里还有心思回茶房的话哩？

遣茶房走了，我洗了一个面，就默默的走出旅馆来。夕阳的残照，在路旁的层楼屋脊上还看得出来。店头的灯火，也星星的上了。日暮的空气，带着微凉，拂上面来。我在羊市街头走了几转，穿过车站的庭前，踏上清泰门前的草地上去。沉静的这杭州故郡，自我去国以来，也受了不少的文明的侵害，各处的旧迹，一天一天被拆毁了。我走到清泰门前，就起了一种怀古之情，走上将拆而犹在的城楼上去。城外一带杨柳桑树上的鸣蝉，叫得可怜。它们的哀吟，一声声沁入了我的心脾，我如同海上的浮尸，把我的情感，全部付托了蝉声，尽作梦似的站在丛残的城堞上看那西北的浮云和暮天的急情，一种淡淡的悲哀，把我的全身融化了。这时候若有几声古寺的钟声，当当的一下一下，或缓或徐的飞传过来，怕我就要不自觉的从城墙上跳入城壕，把我灵魂和入晚烟之中，去笼罩着这故都的城市。然而南屏还远，Curfew 今晚上不会鸣了。我独自一个冷清清地立了许久，看西天只剩了一线红云，把日暮的悲哀尝了个饱满，才慢慢地走下城来。这时候天已黑了，我下城来在路上的乱石上钩了几脚，心里倒起了一种莫名其妙的恐怖。我想想白天在火车上谋自杀的心思和此时的恐怖心一比，就不觉微笑起来，啊啊，自负为灵长的两足动物哟，你的感情思想，原只是矛盾的连续呀！说什么理性？讲什么哲学？

走下了城，踏上清冷的长街，暮色已经弥漫在市上了。各家的稀淡的灯光，比数刻前增加了一倍势力。清泰门直街上的行人的影子，一个一个从散射在街上的电灯光里闪过，现出一种日暮的情调来。天气虽还不曾大热，然而有几家却早把小桌子摆在门前，露天的在那里吃饭了。我真成了一个孤独的异乡人，光了两眼，尽在这日暮的长街上行行前进。

我在杭州并非没有朋友，但是他们或当科长，或任参谋，现在正是非常得意的时候，我若飘然去会，怕我自家的心里比他们见我之后憎嫌我的心思更要难受。我在沪上，半年来已经饱受了这种冷眼，到了现在，万一家里容我，便可回家永住，万一情状不佳，便拟自决的时候，我再也犯不着讨这些没趣了。我一边默想，一边看看两旁的店家在电灯下围桌晚餐的景象，不知不觉两脚便走入了石牌楼的某中学所在的地方。啊啊，桑田沧海的杭州，旗营改变了，湖滨添了些邪恶的中西人的别墅，但是这一条街，只有这一条街，依旧清清冷冷，和十几年前我初到杭州考中学的时候一样。物质文明的幸福，些微也享受不着，现代经济组织的流毒，却受得很多的我，到了这条黑暗的街上，好像是已经回到了故乡的样子，心里忽感得了一种安泰，大约是兴致来了，我就踏进了一家巷口的小酒店里去买醉去。

八

在灰黑的电灯底下，面朝了街心，靠着一张粗黑的桌子，坐下喝了几杯高粱，我终觉得醉不成功。我的头脑，愈喝酒愈加明晰，对于我现在的境遇反而愈加自觉起来了。我放下酒杯，两手托着了头，呆呆的向灰暗的空中凝视了一会，忽而有一种沉郁的哀音夹在黑暗的空气里，渐渐的从远处传了过来。这哀音有使人一步一步在感情中沉没下去的魔力，这本来也就是中国管弦乐的特色。过了几分钟，这哀音的发动者渐渐的走近我的身边，我才辨出了一种胡琴与碰击磁器的谐音来。啊啊！你们原来是流浪的音乐家，在这半开化的杭州城里想卖艺糊口的可怜虫！

他们二三人的瘦长的清影，和后面跟着看的几个小孩，在酒馆前头掠过了。那一种凄楚的谐音，也一步一步的幽咽了，听不见了。我心里忽起了一种绝大的渴念，想追上他们，去饱尝一回哀音的美味。付清了酒账，我就走出店来，在黑暗中追赶上去。但是他们的几个人，不知走上了什么方向，我拚死的追寻，终究寻他们不着。唉，这昙花的一现，难道是我的幻觉么？难道是上帝显示给我的未来的预言么？但是那悠扬沉郁的弦音和磁盘碰击的声响，还缭绕在我的心中。我在行人稀少的黑暗的街上东奔西走的追寻了一会，没有方法，就从丰乐桥直街走到西湖的边上。

湖上没有月华，湖滨的几家茶楼旅馆，也只有几点清冷的电灯，在那里放淡薄的微光，宽阔的马路上，行人也寥落得很。我横过了湖塍马路，在湖边上立了许久。湖的三面，只有沉沉的山影，山腰山脚的别庄里，有几点微明的灯火，要静看才看得出来。几颗淡淡的星光，倒映在湖里，微风吹来，湖里起了几声豁豁的浪声。四边静极了。我把一支吸尽的纸烟头丢入湖里，啾的响了一声，纸烟的火就熄了。我被这一种静寂的空气压迫不过，就放大了喉咙，对湖心噢噢的发了一声长啸，我的胸中觉得舒畅了许多。沿湖的向西走了一段，我忽在树荫下椅子上，发见了一对青年男女。他和她的态度太无忌惮了，我心里忽起了一种不快之感，把刚才长啸之后的畅怀消尽了。

啊啊！青年的男女哟！享受青春，原是你们的特权，也是我平时的主张。但是但是他们在不幸的孤独者前头，总应该谦逊一点，方能完全你们的爱情的美处。你们且牢牢记着罢！对了贫儿，切不要把你们的珍珠宝物显给他看，因为贫儿看了，愈要觉得他自家贫困的呀！

我从人家睡尽的街上，走回城站附近的旅馆里来的时候，已经是深夜

了。解衣上床，躺了一会，终觉得睡不着。我就点上一支纸烟，一边吸着，一边在看帐顶。在沉闷的旅舍夜半的空气里，我忽而听见一阵清脆的女人声音，和门外的茶房，在那里说话。

“来哉来哉！咦哟，等得诺（你）半业（日）嗒哉！”这是轻佻的茶房的声音。

“是那一那位叫的？”

啊啊！这一定是土娼了！

“仰（念）三号里！”

“你同我去呵！”

“噢哟，根（今）朝诺（你）个（的）面孔真白嗒！”

茶房领了她从我门口走过，开入到间壁念三号房里去。

“好哉，好哉！活菩萨来哉！”

茶房领到之后，就关上门走下楼去了。

“请坐。”

“不要客气！先生府上是那里？”

“阿拉（我）宁波。”

“是到杭州来耍子的么？”

“来宵（烧）香个。”

“一个人么？”

“阿拉邑个宁（人）。京（今）教（朝）体（天）气轧业（热），查拉（为什么）勿赤膊？”

“舍话语！”

“诺（你）勿脱，阿拉要不（替）诺脱哉。”

“不要动手，不要动手！”

“回（还）朴（怕）倒霉索啦？”

“不要动手，不要动手！我自家来解罢。”

“阿拉要摸一摸！”

吃吃的窃笑声，床壁的震动声。

啊啊！本来是神经衰弱的我，即在极安静的地方，尚且有时睡不着觉，那里还经得起这样淫荡的吵闹呢！北京的浙江大老诸君呀，听说杭州有人倡设公娼的时候，你们竭力的反对，你们难道还不晓得你们的子女姊妹在干这种营业，而在扰乱及贫苦的旅人的么？盘踞在当道，只知敲剥百姓的浙江的长官呀！你们若只知聚敛，不知济贫，怕你们的妻妾，也要为快乐的原因，学她们的妙技了。唉唉！邑有流亡愧俸钱，你们曾听人说过这句诗否！

九

我睡在床上，被间壁的淫声挑拨得不能合眼，没有方法，只能起来上街去闲步。这时候大约是后半夜的一二点钟的样子，上海的夜车早已到着，羊市街福绿巷的旅店，都已关门睡了。街上除了几乘散乱停住的人力车外，只有几个敝衣凶貌的罪恶的子孙在类色的空气里阔步。我一边走一边想起了留学时代在异国的首都里每晚每晚的夜行，把当时的情状与现在在这中国的死灭的都会里这样的流离的状态一对照，觉得我的青春，我的希望，我的生活，都已成了过去的云烟，现在的我和将来的我只剩得极微细的一些儿现实味，我觉得自家实际上已经成了一个幽灵了。我用手向身上摸了一摸，觉得指头触着了一种极粗的夏布材料，又向脸上用了力摘了一把，神经感得了一种痛苦。

“还好还好，我还活在这里，我还不是幽灵，我还有知觉哩！”

这样的一想，我立时把一刻前的思想打消，却好脚也正走到了拐角头的一家饭馆前了。在四邻已经睡寂的这深更夜半，只有这一家店同睡相不好的人的嘴似的空空洞洞的还开在那里。我晚上不曾吃过什么，一见了这家店里的锅子炉灶，便觉得饥饿起来，所以就马上踏了进去。

喝了半斤黄酒，吃了一碗面，到付钱的时候，我又痛悔起来了。我从上海出发的时候，本来只有五元钱的两张钞票。坐二等车已经是不该的了，况又在车上大吃了一场。此时除付过了酒面钱外，只剩得一元几角余钱，明天付过旅馆宿费，付过早饭账，付过从城站到江干的黄包车钱，那里还有钱购买轮船票呢？我急得没有方法。就在静寂黑暗的街巷里乱跑了一阵，我的身体，不知不觉又被两脚搬到了西湖边上。湖上的静默的空气，比前半夜，更增加了一层神秘的严肃。游戏场也已经散了，马路上除了拐角头边上的没有看见车夫的几乘人力车外，生动的物事一个也没有。我走上了环湖马路，在一家往时也曾投宿过的大旅馆的窗下立了许久。看看四边没有人影，我心里忽然来了一种恶魔的诱惑。

“破窗进去罢，去撮取几个钱来罢！”

我用了心里的手，把那扇半掩的窗门轻轻的推开，把窗门外的铁杆，细心的拆去了二三支，从墙上一踏，我就进了那间屋子。我的心眼，看见床前白帐子下摆着一双白花缎的女鞋，衣架上挂着一件纤巧的白华丝纱衫，和一条黑纱裙。我把洗面台的抽斗轻轻抽开，里边在一个小小儿的粉盒和一把

白象牙骨摺扇的旁边，横躺着一个沿口有光亮的钻珠绽着的女人用的口袋。我向床上看了几次，便把那口袋拿了，走到窗前，心里起了一种怜惜羞悔的心思，又走回去，把口袋放归原处。站了一忽，看看那狭长的女鞋，心里忽又起了一种异想，就伏倒去把一只鞋子拿在手里。我把这双女鞋闻了一回，玩了一回，最后又起了一种残忍的决心，索性把口袋鞋子一齐拿了，跳出窗来。我幻想到了这里，忽然回复了我的意识，面上就立时变得绯红，额上也钻出了许多珠汗。我眼睛眩晕了一阵，我就急急的跑回城站的旅馆来了。

十

奔回到旅馆里，打开了门，在床上静静的躺了一忽，我的兴奋，渐渐的镇静了下去。间壁的两位幸福者也好像各已倦了，只有几声短促的鼾声和时时从半睡状态里漏出来的一声二声的低幽的梦话，击动我的耳膜。我经了这一番心里的冒险，神经也已倦竭，不多一会，两只眼包皮就也沉沉的盖下来了。

一睡醒来，我没有下床，便放大了喉咙，高叫茶房，问他是什么时候。

“十点钟哉，鲜散(先生)!”

啊啊！我记得接到我祖母的病电的时候，心里还没有听见这一句回话时的恼乱！即趁早班轮船回去，我的经济，已难应付，那里还禁得在杭州再留半日呢？况且下午二点钟开的轮船是快班，价钱比早班要贵一倍。我没有方法，把脚在床上蹬踢了一回，只得悻悻地起来洗面。用了许多愤激之辞，对茶房发了一回脾气，我就付了宿费，出了旅馆从羊市街慢慢的走出城来。这时候我所有的财产全部，除了一个瘦黄的身体之外，就是一件半旧的夏布长衫，一套白洋纱的小衫裤，一双线袜，两只半破的白皮鞋和八角小洋。

太阳已经升上了中天，光线直射在我的背上。大约是因为我的身体不好，走不上半里路，全身的粘汗竟流得比平时更多一倍。我看看街上的行人，和两旁的住屋中的男女，觉得他们都很满足的在那里享乐他们的生活，好像不晓得忧愁是何物的样子。背后忽而起了一阵铃响，来了一乘包车，车夫向我骂了几句，跑过去了，我只看见了一个坐在车上穿白纱长衫的少年绅士的背形，和车夫的在那里跑的两只光腿。我慢慢的走了一段，背后又起了一阵车夫的威胁声，我让开了路，回转头来一看，看见了三部人力车，载着三个很淳朴的女学生，两腿中间各夹着些白皮箱铺盖之类，在那里向我冲来。她们大约是放了暑假赶回家去的。我此时心里起了一种悲愤，把平时祝福

善人的心地忘了，却用了憎恶的眼睛，狠狠的对那些威胁我的人力车夫看了几眼。啊啊，我外面的态度虽则如此凶恶，但一边心里我却在原谅你们的呀！

“你们这些可怜的走兽，可怜你们平时也和我一样，不能和那些年轻的女性接触。这也难怪你们的，难怪你们这样的乱冲，这样的兴高采烈的。这几个女性的身体岂不是载在你们的车上的么？她们的白嫩的肉体上岂不是有一种电气传到你们身上来的么？虽则原因不同，动机卑微，但是你们的汗，岂不也是为了这几个女性的肉体而流的么？啊啊，我若有气力，也愿跟了你们去典一乘车来，专拉拉这样的如花少女。我更愿意拼死的驰驱，消尽我的精力。我更愿意不受她们半分的物质上的报酬金。

走出了凤山门，站住了脚，默默的回头来看了一眼，我的眼角又忽然涌出了两颗珠露来！

“珍重珍重，杭州的城市！我此番回家，若不马上出来，大约总要在故乡永住了，我们的再见，知在何日？万一情状不佳，故乡父老不容我在乡间终老，我也许到严子陵的钓石矶头，去寻我的归宿的，我这一瞥，或将成了你我的最后的诀别，也未可知。我到此刻，才知道我胸际实在在痛爱你的明媚的湖山的，不过盘踞在你的地上的那些野心狼子，不得不使我怨你恨你罢了。啊啊，珍重珍重，杭州的城市！我若在波中淹没的时候，最后映到我的心眼上来的，也许是我儿时亲睦的你的媚秀的湖山罢！”

南行杂记

一

上船的第二日，海里起了风浪，饭也不能吃，僵卧在舱里，自家倒得了一个反省的机会。

这时候，大约船在舟山岛外的海洋里，窗外又凄凄的下雨了。半年来的变化，病状，绝望，和一个女人的不名誉的纠葛，母亲的不了解我的恶骂，在上海的几个月的游荡，一幕一幕的过去的痕迹，很杂乱地尽在眼前交错。

上船前的几天，虽则是心里很牢落，然而实际上仍是一件事情也没有干妥。闲下来在船舱里这么的一想，竟想起了许多琐杂的事情来：

“那一笔钱，不晓几时才拿得出来？

“分配的方法，不晓有没有对C君说清？

“一包火腿和茶叶，不知究竟要什么时候才能送到北京？

“啊！一封信又忘了！忘了！”

像这样的乱想了一阵，不知不觉，又昏昏的睡去，一直到了午后的三点多钟。在半醒半觉的昏睡余波里沉浸了一回，听见同舱的K和W在说话，并且话题逼近到自家的身上来了：

“D不晓得怎么样？”K的问话。

“叫他一声吧！”W答。

“喂,D! 醒了吧?”K又放大了声音,向我叫。

“乌乌……乌……醒了,什么时候了?”

“舱里空气不好,我们上‘突克’去换一换空气罢!”

K的提议,大家赞成了,自家也忙忙的起了床。风停了,雨也已经休止,“突克”上散坐着几个船客。海面的天空,有许多灰色的黑云在那里低徊。一阵一阵的大风渣沫,还时时吹上面来。湿空气里,只听见那几位同船者的杂话声。因为是粤音,所以辨不出什么话来,而实际上我也没有听取人家的说话的意思和准备。

三人在铁栏杆上靠了一会,K和W在笑谈什么话,我只呆呆的凝视着黯淡的海和天,动也不愿意动,话也不愿意说。

正在这一个失神的当儿,背后忽儿听见了一种清脆的女人的声音。回头来一看,却是昨天上船的时候看见过一眼的那个广东姑娘。她大约只有十七八岁年纪,衣服的材料虽则十分朴素,然而剪裁的式样,却很时髦。她的微突的两只近视眼,狭长的脸子,曲而且小且薄的嘴唇,梳的一条垂及腰际的辫发,不高不大的身材,并不白洁的皮肤,以及一举一动的姿势,简直和北京的银弟一样。昨天早晨,在匆忙杂乱的中间,看见了一眼,已经觉得奇怪了,今天在这一个短距离里,又深深地视察了一番,更觉得她和银弟的中间,确有一道相通的气质。在两三年前,或者又要弄出许多把戏来搅扰这一位可怜的姑娘的心意,但当精力消疲的此刻,竟和大病的人看见了丰美的盛撰一样,心里只起了一种怨恨,并不想有什么动作。

她手里抱着一个周岁内外的小孩,这小孩尽在吵着,仿佛要她抱上什么地方去的样子。她想想没法,也只好走近了我们的近边,把海浪指给那小孩看。我很自然的和她说了两句话,把小孩的一只肥手捏了一回。小孩还是吵着不已,她又只好把他抱回舱里去。我因为感着了微寒,也不愿意在“突克”上久立,过了几分钟,也就匆匆的跑回了船室。

吃完了较早的晚饭,和大家谈了些杂天,电灯上火的时候,窗外又凄凄的起了风雨。大家睡熟了,我因为白天三四个钟头的甜睡,这时候竟合不拢眼来,拿出了一本小说来读,读不上几行,又觉得毫无趣味。丢了书,直躺在被里,想来想去想了半天,觉得在这一个时候对于自家的情味最投合的,还是因那个广东女子而惹起的银弟的回忆。

计算起来,在北京的三年乱杂的生活里,比较得有一点前后的脉络,比较得值得回忆的,还是和银弟的一段恶姻缘。

人生是什么?恋爱又是什么?年纪已经到了三十,相貌又奇丑,毅力也不足,名誉,金钱都说不上的这一个可怜的生物,有谁来和你讲恋爱?在这一种绝望的状态里,醉闷的中间,真想不到会遇着这一个一样飘零的银弟!

我曾经对什么人都声明过，“银弟并不美。也没有什么特别可爱的地方。”若硬要说出一点好处来，那只有她的娇小的年纪和她的尚不十分腐化的童心。

酒后的一次访问，竟种下了恶根，在前年的岁暮，前后两三个月里，弄得我心力耗尽，一直到此刻还没有恢复过来，全身只剩了一层瘦黄的薄皮包着的一副残骨。

这当然说不上是什么恋爱，然而和平常的人肉买卖，仿佛也有点分别。啊啊，你们若要笑我的蠢，笑我的无聊，也只好由你们笑，实际上银弟的身世是有点可同情的地方在那里。

她父亲是乡下的裁缝，没出息的裁缝，本来是苏州塘口的一个恶少年，因为姘识了她的娘，他们俩就逃到了上海，在浙江路的荣安里开设了一间裁缝摊。当然是一间裁缝摊，并不是铺子。在这苦中带乐的生涯里，银弟生下了地。过了几时，她父亲又在上海拐了一笔钱和一个女子，大小四人就又从上海逃到了北京。拐来的那个女子，后来当然只好去当娼妓，银弟的娘也因为男人的不德，饮上了酒，渐渐的变成了班子里的龟婆。罪恶贯盈，她父亲竟于一天严寒的晚上在雪窠里醉死了。她的娘以节蓄下来的四五百块恶钱，包了一个姑娘，勉强维持她的生活。像这样的日子，过了几年，银弟也长大了。在这中间，她的娘自然不能安分守寡，和一个年轻的琴师又结成了夫妇。循环报应，并不是天理，大约是人事当然的结果，前年春天，银弟也从“度嫁”的身分进了一步，去上捐当作了娼女。而我这前世作孽的冤鬼，也同她前后同时的浮荡在北京城里。

第一次去访问之后，她已经把我的名姓记住，第二天晚上十一点前后醉了回家，家里的老妈子就告诉我说：“有一位姓董的，已经打了好几次电话来了。”我当初摸不着头脑，按了老妈子告诉我的号码就打了一个回电。及听到接电话的人说是蘼香馆，我才想起了前一晚的事情，所以并没有教他去叫银弟讲话，马上就把接话机挂上了。

记得这是前年九十月中的事情，此后天气一天寒似一天，国内的经济界也因为政局的不安一天衰落一天，胡同里车马的稀少，也是当然的结果。这中间我虽则经济并不宽裕，然而东挪西借，一直到年底止，为银弟开销的账目，总结起来，也有几百块钱的样子。在阔人很多的北京城里，这几百块钱，当然算不得什么一回事，可是由相貌不扬，衣饰不富，经验不足的银弟看来，我已经是她的恩客了。此外还有一件事情，说出来是谁也不相信的，使她更加把我当作了一个不是平常的客人看。

一天北风刮得很利害，寒空里黑云飞满，仿佛就要下雪的日暮，我和几个朋友，在游艺园看完戏之后，上小有天去吃夜饭去。这时候房间和散座，

都被人占去了，我们只得在门前小坐，候人家的空位。过了一忽，银弟和一个四十左右的绅士，从里面一间小房间里出来了。当她经过我面前的时候，一位和我去过她那里的朋友，很冒失的叫了她一声，她抬头一看，才注意到我的身上，窑子在游戏场同时遇见两个客人本来是常有的事情，但她仿佛是很难为情的丢下了那个客人来和我招呼。我一点也不变脸色，仍复是平平和和的对她说了几句话，叫她快些出去，免得那个客人要起疑心。她起初还以为我在吃醋，后来看出了我的真心，才很快活的走了。

好容易等到了一间空屋，又因为和银弟讲了几句话的结果，被人家先占了去，我们等了二十几分钟，才得了一间空座进去坐了。吃菜吃到第二碗，伙计在外边嚷，说有电话，要请一位姓×的先生说话。我起初还不很注意，后来听伙计叫的的确是和我一样的姓，心里想或者是家里打来的，因为他们知道我在游艺园，而小有天又是我常去吃晚饭的地方。猫猫虎虎到电话口去一听，就听出了银弟的声音。她要我马上去她那里，她说刚才那个客人本来要请她听戏，但她拒绝了。我本来是不想去的，但吃完晚饭，出游艺园的时候，时间还早，朋友们不愿意就此分散，大家你一句我一句，就决定要我上银弟那里去问她的罪。

在她房里坐了一个多钟头，接着又打了四圈牌，吃完了酒，想马上回家，而银弟和同去的朋友，都要我在那里留宿。他们出去之后，并且把房门带上，在外面上了锁。

那时候已经是一点多钟了，妓院里特有的那一种艳乱的杂音，早已停歇，窗外的风声，倒反而加起劲来。银弟拉我到火炉旁边去坐下，问我何以不愿意在她那里宿。我只是对她笑笑，吸着烟，不和她说话。她呆了一会，就把头搁在我的肩上，哭了起来。妓女的眼泪，本来是不值钱的，尤其是那时候我和她的交情并不深，自从头一次访问之后，拢总还不过去了三四次，所以我看了她这一种样子，心里倒觉得很不快活，以为她在那里用手段。哭了半天，我只好抱她上床，和她横靠在叠好的被条上面。她止住眼泪之后，又沉默了好久，才慢慢地举起头来说：

“耐格人啊，真姆拨良心！……”

又停了几分钟，感伤的话，一齐地发出来了：

“平常日甲末，耐总勿肯来，来仔末，总说两句鬼话啦，就跑脱哉。打电话末，总教老妈子回复，说‘勿拉屋里！’真朝碰着仔，要耐来拉给搭，耐回想跑回起，叫人家格面子阿过得起？……数数看，像哦给当人，实在勿配作耐格朋友……”

说到了这里，她又重新哭了起来，我的心也被她哭软了。拿出手帕来替她擦干了眼泪，我不由自主的吻了她好半天。换了衣服，洗了身，和她在被

里睡好，桌上的摆钟，正敲了四下。这时候，她的余哀未去，我也很起了一种悲感，所以两人虽抱在一起，心里却并没有失掉互相尊敬的心思。第二天一直睡到午前的十点钟起来，两人间也不曾有一点猥亵的行为。起床之后，洗完脸，要去叫早点心的时候，她问我吃荤的呢还是吃素的，我对她笑了一笑，她才跑过来捏了我一把，轻轻的骂我说：

“耐拉取笑娥呢，回是勒拉取笑耐自家?”

我也轻轻的回答她说；

“我益格沫事，已经割脱着！”

这一晚的事情，说出来大家总不肯相信，但从此之后，她对我的感情，的确是剧变了。因此我也更加觉得她的可怜，所以自那时候起到年底止的两三个月中间，我竟为她付了几百块钱的账。当她不净的时候，也接连在她那里留了好几夜宿。

去年正月，因为一位朋友要我去帮他的忙，不得不在兵荒缭乱之际，离开北京，西车站的她的一场大哭，又给了我一个很深的印象。

躺在船舱里的棉被上，把银弟和我中间的一场一场的悲喜剧，回想起来之后，神经愈觉得兴奋，愈是睡不着了。不得已只好起来，拿了烟罐火柴，想上食堂去吸烟去。跳下了床，开门出来，在门外的通路上，却巧又遇见了那位很像银弟的广东姑娘。我因为正在回忆之后，突然见了她的形象，照耀在电灯光里，心里忽而起了一种奇妙的感觉，竟瞪了两眼，呆呆的站住了。她看了我的奇怪的样子，也好像很诧异似的站住了脚。这时候幸亏同船者都已睡尽，没有人看见，而我也于一分钟之内，回复了意识，便不慌不忙的走过她的身边，对她问了一声：“还没有睡么?”就上食堂去吸烟去。

二

从上海出发之后第四天的早晨，听说是已经过了汕头，也许今天晚上可以进虎门的。船客的脸上，都现出一种希望的表情来，天也放晴，“突克”上的人声也嘈杂起来了。

这一次的航海，总算还好，风浪不十分大，路上也没有遇着强盗，而今天所走的地方，已经是安全地带了。在“突克”的左旁，一位广东的老商人，一边拿了望远镜在望海边的岛屿，一边很努力的用了普通话对我说了一段话。

太阳忽隐忽现，海风还是微微的拂上面来，我们究竟向南走了几千里路，原是谁也说不清楚，可是纬度的变迁的证明，从我们换了夹衣之后，还觉得闷热的事实上找得出来，所以我也不知不觉的对那老商人说：

"老先生,我们已经接触了南国的风光了!"

吃了早午饭,又在"突克"上和那老商人站立了一回,看看远处的岛屿海岸,也没有什么不同的变化,我就回到了舱里去享受午睡。大约是几天来运动不足、消化不良的缘故,头一搁上枕,就作了许多乱梦。梦见了去年在北京德国病院里死的一位朋友,梦见了两月前头,在故乡和我要好的那个女人,又梦见了几回哥哥和我吵闹的情形,最后又梦见我自家在一家酒店门口发怔,因为这酒家柜上,一盘一盘陈列着在卖的尽是煮熟的人头和人的上半身。

午后三点多钟,睡醒之后,又上"突克"去看了一次,四面的景色,还是和午前一样,问问同伴,说要明天午后,才得到广州,幸而这时候那广东姑娘出来了,和她不即不离的说了句极普通的话,觉得旅愁又减少了一点。这一晚和前几晚一样,看了几页小说,吸了几支烟,想了些前后错杂的事情,就不知不觉的睡着了。

船到虎门外,等领港的到来,慢慢的驶进珠江,是在开船后第五天的午后三点多钟,天空黯淡,细雨丝丝在下,四面的小岛,远近的渔村,水边的绿树,使一般船客都中心不定地跑来跑去在"突克"和舱室的中间行走,南方的风物,煞是离奇,煞是可爱!

若在北方,这时候只是一片黄沙瘠土,空林里总认不出一串青枝绿叶来,而这南乡的二月,水边山上,苍翠欲滴的树叶,不消再说,江岸附近的水田里,仿佛是已经在忙分秧稻的样子。珠江江口,汊港又多,小岛更伙,望南望北,看得出来的,不是嫩绿浓荫的高树,便是方圆整洁的农园。树荫下有依水傍山的瓦屋,园场里排列着荔枝龙眼的长行,中间且有粗枝大干,红似相思的木棉花树,这是梦境呢还是实际?我在船头上竟看得发呆了。

"美啊!这不是和日本长崎口外的风景一样么?"同舱的 K 叫着说。

"美啊!这简直是江南五月的清和景!"同舱的 W 也受了感动。

"可惜今天的天气不好,把这一幅好景致染上了忧郁的色彩。"我也附和他们说。

船慢慢的进了珠江,两岸的水乡人家的春联和门楣上的横额,都看得清清楚楚。前面老远,在空濛的烟雨里,有两座小小的宝塔看见了。

"那是广州城!"

"那是黄埔!"

像这样的惊喜的叫唤,时时可以听见,而细雨还是不止,天色竟阴阴的晚了。

吃过晚饭,再走出舱来的时候,四面已经是夜景了。远近的湾港里,时有几盏明灭的渔灯看得出来,岸上人家的墙壁,还依稀可以辨认。广州城的

灯火，看得很清，可是问问船员，说到白鹅潭还有二十多里。立在黄昏的细雨里，尽把脖子伸长，向黑暗中瞭望，也没有什么意思，又想回到食堂里去吸烟，但W和K却不愿意离开“突克”。

不知经过了几久，轮船的轮机声停止了。“突克”上充满了压人的寂静，几个喜欢说话的人，也受了这寂静的威胁，不敢作声，忽而船停住了，跑来跑去有几个水手呼唤的声音。轮船下舢板中的男女的声音，也听得出来了，四面的灯火人家，也增加了数目。舱里的茶房，不知道什么时候出来的，这时候也站在我们的身旁，对我们说：

“船已经到了，你们还是回舱去照料东西罢！广东地方可不是好地方。”

我们问他可不可以上岸去，他说晚上雇舢板危险，还不如明天早上上去的好，这一晚总算到了广州，而仍在船上宿了一宵。

在白鹅潭的一宿，也算是这次南行的一个纪念，总算又和那广东姑娘同在一只船上多睡了一晚。第二天早晨，天一亮，不及和那姑娘话别，我们就雇了小艇，冒雨冲上岸来了。

海上通信

晚秋的太阳,只留上一道金光,浮映在烟雾空蒙的西方海角。本来是黄色的海面被这夕照一烘,更加红艳得可怜了。从船尾望去,远远只见一排陆地的平岸,参差隐约的在那里对我点头。这一条陆地岸线之上,排列着许多一二寸长的桅樯细影,绝似画中的远草,依依有惜别的余情。

海上起了微波,一层一层的细浪,受了残阳的返照,一时光辉起来。飒飒的凉意逼入人的心脾。清淡的天空,好像是离人的泪眼,周围边上,只带着一道红圈。是薄寒浅冷的时候,是泣别伤离的日暮。扬子江头,数声风笛,我又上了天涯漂泊的轮船。

以我的性情而论,在这样的时候,正好陶醉在惜别的悲哀里,满满的享受一场 Sentimental sweetness。否则也应该自家制造一种可怜情调,使我自家感到自家的风尘仆仆,一事无成。若上举两事办不到的时候,至少也应该看看海上的落日,享受享受那伟大的自然的烟景。但是这三种情怀,我一种也酿造不成,呆呆的立在龌龊杂乱的海轮中层的舱口,我的心里,只充满了一种愤恨,觉得坐也不是,立也不是,硬是想拿一把快刀,杀死几个人,才肯甘休。这愤恨的原因是在什么地方呢?一是因为上船的时候,海关上的一个下流的外国人,定要把我的书箱打开来检查,检查之后,并且想把我所崇拜的列宁的一册著作拿去。二是因为新开河口的一家卖票房,收了我头等舱的船钱,骗我入了二等的舱位。

啊啊,掠夺欺骗,原是人的本性,若能达观,也不合有这一

番气愤，但是我的度量却狭小得同耶稣教的上帝一样，若受着不平。总不能忍气吞声的过去。我的女人曾对我说过几次，说这是我的致命伤，但是无论如何，我总改不过这个恶习惯来。

轮船愈行愈远了，两岸的风景，一步一步的荒凉起来了，天色垂暮了，我的怨愤，才渐渐的平了下去。

沫若呀，仿吾成均呀，我老实对你们说，自从你们下船之后，我一直到了现在，方想起你们三人的孤凄的影子来。啊啊，我们本来是反逆时代而生者，吃苦原是前生注定的。我此番北行，你们不要以为我是为寻快乐而去，我的前途风波正多得很呀！

天色暗下来了，我想起了家中在楼头凝望着我的女人，我想起了乳母怀中，在那里伊吾学语的孩子，我更想起了几位比我们还更苦的朋友，啊啊，大海的波涛，你若能这样的把我吞咽了下去，倒好省却我的一番苦恼。我愿意化成一堆春雪，躺在五月的阳光里，我愿意代替了落花，陷入污泥深处，我愿意背负了天下青年男女的肺痨恶疾，就在此处消灭了我的残生。

这些感伤的(Sentimental)咏叹，只能博得恶魔的一脸微笑，几个在资本家跟前俯伏的文人，或者要拿了我这篇文字，去佐他们的淫乐的金樽，我不说了，我不再写了，我等那一点西方海上的红云消尽的时候，且上舱里去喝一杯白兰地罢，这是日本人所说的 Yakezake！

十月五日七时书

昨天晚上，因为多喝了一杯白兰地，并且因为前夜在 F. E. 饭店里的一夜疲劳，还没有回复，所以一到床上就睡着了。我梦见了一个十五六的少女和我同舱，我硬要求她和我亲嘴的时候，她回复我说：

“你若要宝石，我可以给你 Rajah's diamond，
你若要王冠，我可以给你世上最大的国家，
但是这绯红的嘴唇，这未开的蔷薇花瓣，
我要保留着等世上最美的人来！”

我用了武力，捉住了她，结果竟作了一个“风月宝鉴”里的迷梦，所以今天头昏得很，什么也想不出来。但是与海天相对，终觉得无聊，我把佐藤春夫的一篇小说《被剪的花儿》读了。

在日本现代的小说家中，我所最崇拜的是佐藤春夫。他的小说，周作人君也曾译过几篇，但那几篇并不是他的最大的杰作。他的作品中的第一篇，当然要推他的出世作《病了的蔷薇》，即《田园的忧郁》了。其他如《指纹》，《李太白》等，都是优美无比的作品。最近发表的小说集《太孤寂了》，我还不

曾读过。依我看来,这一篇《被剪的花儿》,也可说是他近来的最大的收获。书中描写主人公失恋的地方,真是无微不至,我每想学到他的地步,但是终于画虎不成。他在日本现代的作家中,并不十分流行。但是读者中间的一小部分,却是对他抱着十二分的好意。有一次何畏对我说:

“达夫!你在中国的地位,同佐藤在日本的地位一样。但是日本人能了解佐藤的清洁高傲,中国人却不能了解你,所以你想以作家立身是办不到的。”

惭愧惭愧!我何敢望佐藤春夫的肩背!但是在目下的中国,想以作家立身,非但干枯的我没有希望,即使 Victor Hugo, Charles Dickens, Gerhart Hauptmann 等来,也是无望的。

沫若!仿吾!我们都是笨人,我们弃康庄的大道不走,偏偏要寻到这一条荆棘丛生的死路上来。我们即使在半路上气绝身死,也同野狗的毙于道旁一样,却是我们自家寻得的苦恼,谁也不能来和我们表同情,谁也不能来收拾我们的遗骨的。啊啊!又成了牢骚了,“这是中国文人最丑的恶习,非绝灭不可的地方”,我且收住不说了罢!

单调的海和天,单调的船和我,今日使我的精神萎缩得不堪。十二时中,足破这单调的现象,只有晚来海中的落日之景,我且搁住了笔,去看 The glorious sun - setting 罢!

十月六日日暮的时候

这一次的航海,真奇怪得很,一点儿风浪也没有,现在船已到了烟台了。烟台港同长崎门司那些港一些儿也没有分别,可惜我没有金钱和时间的余裕,否则上岸去住他一二星期,享受一番异乡的情调,倒也很有趣味。烟台的结晶处是东首临海的烟台山。在这座山上,有领事馆,有灯台,有别庄,正同长崎市外的那所检疫所的地点一样。沫若,你不是在去年的夏天有一首在检疫所作的诗么?我现在坐在船上,遥遥的望着这烟台的一带山市,也起了拿破仑在嫒来娜岛上之感,啊啊,漂流人所见大抵略同,——我们不是英雄,我们且说漂流人罢!

山东是产苦力的地方,烟台是苦力的出口处。船一停锚,抢上来的凶猛的搭客,和售物的强人,真把我骇死,我足足在舱里躲了三个钟头,不敢出来。

到了日暮,船将起锚的时候,那些售物者方散退回去,我也出了舱,上船舷上来看落日。在海船里,除非有衣摆奈此的小说《默示录的四骑士》中所描写的那种同船者的恋爱事体外,另外实没有一件可以慰遣寂寥的事情,所

以我这一次的通信里所写的也只是落日，Sun setting，Abend Roete，etc，etc。请你们不要笑我的重复！

我刚才说过，烟台港和门司长崎一样，是一条狭长的港市，环市的三面，都是浅淡的连山。东面是烟台山，一直西去，当太阳落下去的那一支山脉，不知道是什么名字。但是我想这一支山若要命名，要比“夕阳”“落照”等更好的名字，怕没有了。

一带连山，本来有近远深浅的痕迹可以看得出来的，现在当这落照的中间，都只成了淡紫。市上的炊烟，也蒙蒙的起了，更使我想起故乡城市的日暮的景色来，因为我的故乡，也是依山带水，与这烟台市不相上下的呀！

日光没了，天上的红云也淡了下去。一阵凉风吹来，使人起了一种莫名其妙的哀感。我站在船舷上，看看烟台市中一点两点渐渐增加起来的灯火，看看甲板上几个落了伍急急忙忙赶回家去的卖物的土人，忽而索落索落的滴下了两粒眼泪来。我记得我女人有一次说，小孩子到了日暮，总要哭着寻他的娘抱，因为怕晚上没有睡觉的地方。这时候我的心里，大约也被这一种 Nostalgia 笼罩住了罢，否则何以会这样的落寞！这样的伤感！这样的悲愁无着处呢！

这船今晚上是要离开烟台上天津去的，以后是在渤海里行路了。明天晚上可到天津。我这通信，打算一上天津就去投邮。愿你与婀娜和小孩全好，仿吾也好，成均也好，愿你们的精神能够振刷；啊啊，这样在勉励你们的我自家，精神正颓丧得很呀！我还要说什么！我还有说话的资格么！

十月七日晚八时烟台舱中

不知在什么时候，我记得你曾说过，沫若，你说：“我们的拿起笔来要写，大约是已经成了习惯了，无论如何，我此后总不能绝对废除笔墨的。”这一种冯妇之习，不但是你免不了，伯我也一样的罢。现在精神定了一定，我又想写了。

昨天船离了烟台，即起大风，船中的一班苦力，个个头上都淋成五色。这是什么理由呢？因为他们都是连绵席地而卧，所以你枕我的头，我枕你的脚。一人吐了，二人就吐，三人四人，传染过去。铤而走险，急不能择，他们要吐的时候就不问是人头人足，如长江大河的直泻下来。起初吐的是杂物，后来吐黄水，最后就赤化了。我在这一个大吐场里，心里虽则难受，但却没有效他们的颦，大约是曾经沧海的结果，也许是我已经把心肝呕尽，没有吐的材料了。

今天的落日，是在七十二沽的芦草上看的。几堆泥屋，一滩野草，野草

里的鸡犬，泥屋前的穿红布衣服的女孩，便是今日的落照里的风景。

船靠岸的时候，已经是夜半了。二哥哥在埠头等我。半年不见，在青白的瓦斯光里他说我又瘦了许多。非关病酒，不是悲秋，我的瘦，却是杜甫之瘦，儒冠之害呀！

从清冷的长街上，在灰暗凉冷的空气里，把身体搬上这家旅店里之后，哥哥才把新总统明晚晋京的话，告诉我听。好一个魏武之子孙，几年来的大愿总算成就了，但是，但是只可怜了我们小百姓，有苦说不出来。听说上海又将打电报，抬菩萨，祭旗拜斗的大要猴子戏。我希望那些有主张的大人先生，要干快干，不要虚张声势的说："来来来！干干干！"因为调子唱得高的时候，胡琴有脱板的危险，中国的没有真正革命起来的原因，大约是受的"发明电报者"之害哟！

几天不看报，倒觉得清净得很。明天一到北京，怕又不得不目睹那些中国特有的承平气象，我生在这样的一个太平时节，心里实在是怕看这些黄帝之子孙的文明制度了。

夜也深了，老车站的火车轮声，也渐渐的听不见了，这一间奇形怪状的旅舍里，也只充满了鼾声。窗外没有月亮，冷空气一阵阵的来包围我赤裸裸的双脚。我虽则到了天津，心里依然是犹豫不定：

"究竟还是上北京去作流氓去呢？还是到故乡家里去作隐士？"

名义上自然是隐士好听，实际上终究是漂流有趣。等我来问一个诸葛神卦，再决定此后的行止罢！

敕敕敕，弟子郁，……

…………

…………

一封信

M君,F君:

到北京后,已经有两个月了。我记得从天津的旅馆里发出那封通信之后,还没有和你们通过一封信;临行时答应你们作的稿子,不消说是没有作过一篇。什么“对不起吓”,“原谅我吓”的那些空文,我在此地不愿意和你们说,实际上即使说了也是没有丝毫裨益的。这两个月中间的时间,对于我是如何的悠长?日夜只呆坐着的我的脑里,起了一种怎么样的波涛?我对于过去,对于将来,抱了怎么样的一个念望?这些事情,大约是你们所不知道的罢;你们若知道了,我想你们一定要跑上北京来赶我回去,或者宽纵一点,至少也许要派一个人或打一个电报,来催我仍复回到你们日夜在谋脱离而又脱离不了的樊笼里去。我的情感,意识,欲望和其他的一切,现在是完全停止了呀,M!我的生的执念和死的追求现在也完全消失了呀!F!啊啊,以我现在的心理状态讲来,就是这一封信也是多写的,我……我还要希望什么?啊啊,我还要希望什么呢?上北京来本来是一条死路,北京空气的如何腐劣,都城人士的如何险恶,我本来是知道的。不过当时同死水似的一天一天腐烂下去的我,老住在上海,任我的精神肉体,同时崩溃,也不是道理,所以两个月前我下了决心,决定离开了本来不应该分散而实际上不分散也没有方法的你们,而独自一个跑到这风雪弥漫的死都中来。当时决定起行的时候,我心里本来也没有什么远大的希望,但是在无望之中,漠然的我总觉有一个“转换转换空气,振作振作精神”的念头。啊啊,我当时若连

这一个念头也不起，现在的心境，或者也许能平静安逸，不至有这样的苦闷的！欺人的“无望之望”哟，我诅咒你，我诅咒你！……拿起笔来，顺了我苦闷的心状，写了这么半天，我也不知道说了些什么。像这样的写下去，我也不知道怎么才能把我胸中压住的一块铅铁吐露得出来。啊啊，M，F，我还是不写了罢，我还是不写的好……不过……不过这样的沉默过去，我怕今晚上就要发狂，睡是横竖睡不着了，难道竟这样呆呆的坐到天明么？这绵绵的长夜，又如何减缩得来呢？M，F！我的头昏痛得很，我仍复写下去吧，写得纠缠不清的时候，请你们以自己的经验来补我笔的不足。

“到北京之后，竟完全一刻清新的时间也没有过，从下车之日起，一直到现在此刻止，竟完全是同半空间的雨滴一样，只是沉沉落下。”这一句话，也是假的。若求证据，我到京之第二日，剃了数月来未曾梳理的长发短胡，换了一件新制的夹衣，捧了讲义，欣欣然上学校去和我教的那班学生相见，便是一个明证。并且在这样消沉中的我，有时候也拿起纸笔来想写些什么东西。前几天我还有一段不曾作了的断片，被M报拿了去补纪念刊的余白哩，……所以说我近来“竟完全同半空间的雨滴一样，只是沉沉落下。”也是假的，但是像这样的瞬间的发作，最多不过几个钟头。这几个钟头过后，剩下来的就是无穷限的无聊和无穷限的苦闷。并且像这样的瞬间的发作，至多一个月也不过一次，以后我觉得好像要变成一年一次几年一次的样子，那是一定的，那是一定的呀！

那么除了这样的几个钟头的瞬间发作之外，剩下来的无穷的苦闷的本体，究竟是什么呢？M！F！请你们不要笑我吧！实际上我自家也说不出所以然来。我不晓得为什么我会这样的苦闷，这样的无聊！

难道是失业的结果么？……现在我名义上总算已经得了一个职业，若要拼命干去，这几点钟学校的讲义也尽够我日夜的工作了。但是我一拿到讲义稿，或看到第二天不得不去上课的时间表的时候，胸里忽而会咽上一口气来，正如酒醉的人，打转饱嗝来的样子。我的职业，觉得完全没有一点吸收我心意的魔力。对此我怎么也感不出趣味来，讲到职业的问题，我觉得倒不如从前失业时候的自在了。

难道是失恋的结果么？……噢噢，再不要提起这一个怕人的名词。我自见天日以来，从来没有晓得过什么叫作恋爱。命运的使者，把我从母体里分割出来以后，就交给了道路之神，使我东流西荡，一直漂泊到了今朝，其间虽也曾遇着几个异性的两足走兽，但她们和我的中间，本只是一种金钱的契约，没有所谓“恋”，也没有所谓“爱”的。本来是无一物的我，有什么失不失，得不得呢？你们若问起我的女人和小孩如何，那么我老实对你们说吧，我的亲爱她的和她的心情，也不过和我亲爱你们的心情一样，这一种亲爱，究竟

可不可以说是恋爱，暂且不管它，总之我想念我女人和小孩的情绪，只有同月明之夜在白雪晶莹的地上，当一只孤雁飞过时落下来的影子那么浓厚。我想这胸中的苦闷，和日夜纠缠着我的无聊，大约定是一种遗传的疾病。但这一种遗传，不晓得是始于何时，也不知将伊于何底，更不知它是否限于我们中国的民族的？

我近来对于几年前那样热爱过的艺术，也抱起疑念来了。呀，M，F！我觉得艺术中间，不使人怀着恶感，对之能直接得到一种快乐的，只有几张伟大的绘画，和几段奔放的音乐，除此之外，如诗，文，小说，戏剧，和其他的一切艺术作品，都觉得肉麻得很。你看哥德的诗多肉麻啊，什么"紫罗兰吓，玫瑰吓，十五六的少女吓"，那些东西究竟有什么用处呢？垂死的时候，能把它们拿来作药饵么？美莱迭斯的小说，也是如此的啊，并不存在的人物事实，他偏要说得原原本本，把威尼斯的夕照和伦敦市的夜景，一场一场的安插到里头去，枉费了造纸者和排字者的许多辛苦，创造者的她自家所得的结果，也不过一个永久的死灭罢了，那些空中的楼阁，究竟建设在什么地方呢？像微虫似的我辈，讲起来更可羞了。我近来对北京的朋友，新订了一个规约，请他们见面时绝对不要讲关于文学上的话，对于我自家的几篇无聊的作品，更请求他们不要提起。因为一提起来，我自家更羞惭得窜身无地，我的苦闷，也更要增加，但是到我这里来的青年朋友，多半是以文学为生命的人。我们虽则初见面时有那种规约，到后来三言两语，终不得不讲到文学上去。这样的讲一场之后，我的苦闷，一定不得不增加一倍。

为消减这一种内心苦闷的缘故，我却想了种种奇特的方法出来。有时候我送朋友出门之后，马上就跑到房里来把我所最爱的东西，故意毁成灰烬，使我心里不得不起一种惋惜悔恼的幽情，因为这种幽情起来之后，我的苦闷，暂时可以忘了。到北京之后的第二个礼拜天的晚上，正当我这种苦闷情怀头次起来的时候，我把颜面伏在桌子上动也不动的坐了一点多钟。后来我偶而把头抬起，向桌子上摆着的一面蛋形镜子一照，只见镜子里映出了一个瘦黄奇丑的面形，和倒覆在额上的许多三寸余长，乱蓬蓬的黑发来。我顺手拿起那面镜子向地上一掷，拍的响了一声，镜子竟化成了许多粉末。看看一粒一粒地上散溅着的玻璃的残骸，我方想起了这镜子和我的历史。因为这镜子是我结婚之后，我女人送给我的两件纪念品中的最后的一件。她和这镜子同时给我的一个钻石指环，被我在外国念书的时候质在当铺里，早已满期流卖了。目下只剩下这一面意大利制的四圈有象牙螺钿镶着的镜子，我于东西流转之际，每与我所最爱的书籍收拾在一起，随身带着的这镜子，现在竟化成一颗颗的细粒和碎片，溅散在地上。我呆呆的看了一忽，心里忽起了一种惋惜之情，几刻钟前，那样难过的苦闷，一时竟忘掉了。自从

这一回后，我每于感到苦闷的时候，辄用这一种饮鸩止渴的手段来图一时的解放，所以我的几本爱读的书籍和几件爱穿的洋服，被我烧了的烧，剪破的剪破，现在行箧里，几乎没有半点值钱的物事了。

有钱的时候，我的解闷的方法又是不同。但我到北京之后，从没有五块以上的金钱和我同过一夜，所以用这方法的时候，比较的不多。前月中旬，天津的二哥哥，寄了五块钱来给我，我因为这五块钱若拿去用的时候，终经不起一次的消费，所以老是不用，藏在身边。过了几天，我的遗传的疾病又发作了，苦闷了半天，我才把这五元钱想了出来。慢慢的上一家卖香烟的店里尽这五元钱买了一大包最贱的香烟，我回家来一时的把这一大包香烟塞在白炉子里燃烧起来。我那时候独坐在恶毒的烟雾里，觉得头脑有些昏乱，且同时眼睛里，也流出了许多眼泪，当时内心的苦闷，因为受了这肉体上的激刺，竟大大的轻减了。

一般人所认为排忧解闷的手段，一时我也曾用过的手段，如醇酒妇人之类，对于现在的我，竟完全失了它们的效力。我想到了一年半年之后若现在正在应用的这些方法，也和从前的醇酒妇人一样，变成无效的时候，心里又不得不更加上一层烦恼。啊啊，我若是一个妇人，我真想放大了喉咙，高声痛哭一场！

前几个月在上海作的那一篇春夜的幻影，你们还记得么？我现在回想起来，觉得近来于无聊之极，写出来的几篇感想不像感想小说不像小说的东西里，还是这篇夏夜的幻想有些意义。不过当时的苦闷，没有现在那么强烈，所以还能用些心思在修辞结构上面。我现在才知道了，真真苦闷的时候，连叹苦的文字也作不出来的。

夜已经深了。口外的火车，远远绕越西城的车轮声，渐渐的传了过来。我想这时候你们总应该睡了罢？若还没有睡，啊啊，若还没有睡，而我们还住在一起，恐怕又要上酒馆去打门了呢！我一想起当时的豪气，反而只能发生出一种羡慕之心，当时的那种悲愤，完全没有了。人生到了这一个境地，还有什么希望？还有什么希望呢？

北国的微音

北国的寒宵,实在是沉闷得很,尤其是像我这样的不眠症者,更觉得春夜之长。似水的流年,过去真快,自从海船上别后,匆匆又换了年头。以岁月计算,虽则不过隔了五个足月,然而回想起来,我同你们在上海的历史,好像是隔世的生涯,去今已有几百年的样子。河畔冰开,江南草长,虫鱼鸟兽,各有阳春发动之心,而自称为动物中之灵长,自信为人类中的有思想者的我,依旧是奄奄待毙,没有方法消度今天,更没有雄心欢迎来日。几日前头,有一位日本的新闻记者,来访我的贫居。他问我:“为什么要消沉到这个地步?”我问他:“你何以不消沉,要从东城跑许多路特来访我?”他说:“是为了职务。”我又问他:“你的职务,是对谁的?”他说:“我的职务,是对国家,对社会的。”我说:“那么你就应该知道我的消沉也是对国家,对社会的。现在世上的国家是什么?社会是什么?尤其是我们中国?”他的来访的目的,本来是为问我对于日本对华文化事业的意见如何,中国将来的教育方针如何的,——他之所以来访者,一则因为我在某校里教书,二则因为我在日本住过十多年,或者对于某种事项,略有心得的缘故——后来听了我这一段诡辩,他也把职务丢开,谈了许多无关紧要的闲话走了。他走之后,我一个人衔了纸烟想想,觉得人类社会,毕竟是庸人自扰。什么国富兵强,什么和平共荣,都是一班野兽,于饱食之余,在暖梦里织出来的回文锦字。像我这样的生性,在我这样的境遇下的闲人,更有什么可想,什么可作呢?写到这里我又想起 T 君批评我的话来了,他说:“某书的作者,嘲世骂

俗,却落得一个牢骚派的美名。”实在我想T君的话,一点儿也不错。人若把我们的那些浅薄无聊的“徒然草”,合在一处,加上一个牢骚派的名目,思欲抹杀而厌鄙之,倒反便宜了我们。因为我们的那些东西,本来是同身上的积垢,口中的吐气一样,不期然而然的发生表现出来的,那里配称作牢骚,更那里配称作“派”呢?我读到《歧路》,沫若,觉得你对于自家的艺术的虚视——这虚视两字,我也不知道妥当不妥当!或者用怀疑两字!比较确切吧——也和我一样。不错不错,我这封信,是从友人宴会席上回来,读了《歧路》之后,拿起笔来写的。我写这一封信的动机,原是想和你们谈谈我对于《歧路》的感想的呀!

沫若!我觉得人生一切都是虚幻,真真实在的,只有你说的“凄切的孤单”,倒是我们人类从生到死味觉得到的唯一的一道实味。就是京沪报章上,为了金钱或者想建筑自家的名誉的缘故,在那里含了敌意,作文章攻击你的人,我仔细替他们一想,觉得他们也在感着这凄切的孤独。唯其感到孤独,所以他们只好作些文章来卖一点金钱,或者竟牺牲了你来博一点小小的名誉;毕竟他们还是人,还是我们的同类,这“孤单”的感觉,终究是逃不了的,所以他们的文章里最含恶意,攻击你最甚的处所,便是他们的孤独感表现最切的地方。名利的争夺,欲牺牲他人而建立自已的恶心,——简单点说,就说生存竞争吧——依我看来,都是由这“孤单”的感觉催发出来的。人生的实际,既不外乎这“孤单”的感觉,那么表现人生的艺术,当然也不外乎此,因此我近来对于艺术的意见和评价,都和从前不同了。我觉得艺术并没有十分可以推崇的地方,她和人生的一切,也没有什么特异有区别的地方。努力于艺术,献身于艺术,也不须有特别的表现。牢牢捉住了这“孤单”的感觉,细细的玩味,由他写成诗歌小说也好,制成音乐美术品也好,或者竟不写在纸上,不画在布上壁上,不雕在白石上,不奏在乐器上,什么也不表现出来,只教他能够细细的玩味这“孤单”的感觉,便是绝好最美的“创造”。

仿吾!这一段无聊的废话,你看对不对?我在写这封信之先,刚从一位朋友处的宴会回来,席上遇见了许多在日本和你同科的自然科学家。他们都已经成了富者,现在是资本家了。我夹在这些衣狐裘者的老同学中间,当然觉得十分的孤独,然而看看他们挟了皮箧,奔走不宁的行动,好像他们也有些在觉得人生的孤寂的样子。我前边不是说过了么?唯其感到孤寂,所以要席不遑暖的去追求名利。然而究竟我不是他们,所以我这主观的推测,也许是错了的。

我现在因为抱有这一种感想,所以什么东西也写不下来,什么东西也不愿意拿来阅读。有时候要想玩味这“凄切的孤单”,在日斜的午后,老跑出城外去独步。这里城外多是黄沙的田野,有几处也有清溪断壁,绝似日本郊外

未开辟之先的代代木新宿等处。不过这里一堆一堆的黄土小冢，和有钱的人家的白杨松树的坟茔很多，感视少微与日本不同一点。今晚在宴会的席上，在许多鸿儒谈笑的中间，我胸中的感觉，同在这样的白杨衰草的坟地里漫步时一样。不过有一点我觉得比从前进步了。从前我和境遇比我美满的朋友——实际上除你们几个人之外，那一个境遇比我不美满？——相处，老要起一种感伤，有时竟会滴下泪来。现在非但眼泪不会滴下来，并且也能如他们一样的举起箸来取菜，提起杯来喝酒。不过从前的那一种喜欢谈话的冲动，现在没有了。他们入座，我也就坐，他们吃菜，我也吃菜。劝我喝酒，我就喝，干杯就干杯。席散了，我就回来。雇车雇不着，就慢慢的在黄昏的街道上走。同席者的汽车马车，从我身边过去的时候，他们从车中和我点头，我也回点一头。他们不点头，我也让他们的车子过去，横竖是在后头跟走几步，他们的车子就可以老远的上我前头去的，所以无避入岔路上去的必要。还有一点和从前不同的地方，就是我默默的坐在那里，他们来要求我猜拳的时候，我总笑笑，摇摇头，举起杯来喝一杯酒，教他们去要求坐在我下面的一个人猜。近来喝酒也喝不大醉，醉了也不过默默的走回家来坐坐，吸吸烟，起点茶喝喝。

今晚的宴会，散得很早，我回家来吸吸烟喝喝茶，觉得还睡不着，所以又拿出了周报的《歧路》来看。沫若！大卫生的诗，实在是作得不坏，不过你的几行诗，我也很喜欢念。你的小孩的那个两脚没有的洋囝，我说还是包包好，寄到日本去吧！回头他们去买一个新的时候，怕又要破费几角钱哩。

昨天一个朋友来说他读到《歧路》，真的眼泪出了。我劝他小心些，这句话不要说出来教人家听见，恐怕有人要说他的眼泪不值钱。他说近来他也感染了一种感伤病，不晓怎么的感情好像回返到小孩子时代去了。说到这里他忽而眼圈又红了起来叫了我一声说："达夫！我……我可惜没有钱……"我也对他呆看了半晌，后来他一句话也不说，立起身来就走，我也默默的送他出门去了。（这样的朋友，上我这里来的很多，他们近来知道了我的脾气，来的时候，艺术也不谈了，我的几篇无聊的作品和周报季刊的事情也不提起了。有几次我们真有主客两人相对，默默而过半点钟的时候。像这样的 Pause 的中间，我觉得我的精神上最感得满足。因为有客人在前头，我一时可以不被那一种独坐时常想出来的无聊的空虚思想所侵蚀，而一边这来客又不在言语，我的听取对话和预备回答的那些麻烦注意可以省去。）不过，沫若！我说你那篇《歧路》写得很可惜，你若不写出来，你至少可以在那一种浓厚的孤独感里浸润好几天。现在写出了之后，我怕你的那一种"凄切的孤单"之感，要减少了吧？

仿吾，我说你还是保守着独身主义，不要想结婚的好！恐怕你若结了

婚,一时要失掉你的这孤独之感。而这孤独之感,依我说来,便是艺术的酵素,或者竟可以说是艺术本身。所以你若结了婚,怕一时要与艺术违离。讲到这里我怕你要反问我:“那么你们呢?你和沫若呢?”是的,我和沫若是一时与艺术离异过的,不过现在我们已经恢复了原来的孤独罢了。……

嗳!嗳!不知不觉,已经写到午前三点钟了。

仿吾!沫若!要想写的话,是写不完的,我迟早还是弄几个车钱到上海来一次吧!大约我在北京打算只住到六月,暑假以后,我怎么也要设法回浙江去实行我的乡居的宿愿。若在最近的时期中弄不到车钱,不能到上海来,那么我们等六月里再见吧!

灯蛾埋葬之夜

神经衰弱症,大约是因无聊的闲日子过了太多而起的。

对于“生”的厌倦,确是促生这时髦病的一个病根;或者反过来说,如同发烧过后的人在嘴里所感味到的一种空淡,对人生的这一种空淡之感,就是神经衰弱的一种征候,也是一样。

总之,入夏以来,这症状似乎一天比一天加重;迁居之后,这病症当然也和我一道地搬了家。

虽然是说不上什么转地疗养,但新搬的这一间小屋,真也有一点田园的野趣。节季是交秋了,往后的这小屋的附近,这文明和蛮荒接界的区间,该是最有声色的时候了。声是秋声,色当然也是秋色。

先让我来说所以要搬到这里来的原委。

不晓在什么时候,被印上了“该隐的印号”之后,平时进出的社会里绝迹不敢去了。当然社会是有许多层的,但那“印号”的解释,似乎也有许多样。

最重要的解释,第一自然是叛逆,在作官是“一切”的国里,这“印号”的政治解释,本尽可以包括了其他种种。但是也不尽然,最喜欢含糊的人类,有必要的时候,也最喜欢分清。

于是第二个解释来了,似乎是关于“时代”的,曰“落伍”。天南北的两极,只叫用得着,也不妨同时并用,这便是现代人的智慧。

来往于两极之间,新旧人同样的可以举用的,是第三个解释,就是所谓“悖德”。

但是向额上摩摸一下,这“该隐的印号”,原也摩摸不出

来,更不必说这种种的解释。或者行窃的人自己在心虚,自以为是犯了大罪,因而起这一种叫作被迫的Complex,也说不定。天下泰平,本来是无事的,神经衰弱病者可总免不了自扰。所以断绝交游,抛撇亲串,和地狱底里的精灵一样,不敢现身露迹,只在一阵阴风里独来独往的这种行径,依小德谟克利多斯Robert Burton的分析,或者也许是忧郁病的最正确的症候。

因为背上负着的是这么一个十字架,所以一年之内,只学着行云,只学着流水,搬来搬去的尽在搬动。暮春三月底,偶而在火车窗里,看见了些浅水平桥,垂杨古树,和几群飞不尽的乌鸦,忽而想起的,是这一个也不是城市,也不是乡村的界线地方。租定这间小屋,将几本丛残的旧籍迁移过来的,怕是在五月的初头。而现在却早又是初秋了。时间的飞逝,实在是快得很,真快得很。

小屋的前面左右,除一条斜穿东西的大道之外,全是斑驳的空地。一垄一垄的褐色土垄上,种着些秋茄豇豆之类,现在是一棵一棵的棉花也在半吐白蕊的时节了。而最好看的,要推向上包紧,颜色是白里带青,外面有一层毛茸似的白雾,菜茎柄上,也时时呈着紫色的一种外国人叫作Lettuee的大叶卷心菜;大约是因为地近上海的缘故罢,纯粹的中国田园也被外国人的嗜好所侵入了。这一种菜,我来的时候,原是很多的,现在却逐渐逐渐的少了下去。在这些空地中间,如突然想起似的,卑卑立着,散点在那里的,是一间两间的农夫的小屋,形状奇古的几株老柳榆槐,和看了令人不快的许多不落葬的棺材。此外同沟渠似的小河也有,以棺材旧板作成的桥梁也有;忽然一块小方地的中间,种着些颜色鲜艳的草花之类的卖花者的园地也有;简说一句,这里附近的地面,大约可以以江浙平地区中的田园百科大辞典来命名;而在这百科大辞典中,异乎寻常,以一张厚纸,来用淡墨铜版画印成的,要算在我们屋后矗立着的那块本来是由外国人经营的庞大的墓地。

这墓地的历史,我也不大明白,但以从门口起一直排着,直到中心的礼拜堂屋后为止的那两排齐云的洋梧桐树看来,少算算大约也总已有了六十几岁的年纪。

听土著的农人说来,这仿佛是上海开港以来,外国最先经营的墓地,现在是已经无人来过问了,而在三四十年前头,却也是洋冬至外国清明及礼拜日的沪上洋人的散步之所哩。因为此地离上海,火车不过三四十分钟,来往是极便的。

小屋的租金,每月八元。以这地段说起来,似乎略嫌贵些,但因这样的闲房出租的并不多,而屋前屋后,隙地也有几弓,可以由租户去莳花种菜,所以比较起来,也觉得是在理的价格。尤其是包围在屋的四周的寂静,同在坟墓里似的寂静,是在洋场近处,无论出多少钱也难买到的。

初搬过来的时候，只同久病初愈的患者一样，日日但伸展了四肢，躺在藤椅子上，书也懒得读，报也不愿看，除腹中饥饿的时候，稍微吸取一点简单的食物而外，破这平平的一日间的单调的，是向晚去田塍野路上行试的一回漫步。在这将落未落的残阳夕照之中，在那些青枝落叶的野菜畦边，一个人背手走着，枯寂的脑里，有时却会汹涌起许多前后不接的断想来。头上的天色老是青青的，身边的暮色也老是沉沉的。

但在这些前后没有脉络的断想的中间，有时候也忽然大小脑会完全停止工作。呆呆地立在野田里，同一根枯树似的呆呆直立在那里之后，会什么思想，什么感觉都忘掉，身子也不能动了，血液也仿佛凝住不流似的，全身就如成了“所多马”城里的盐柱；不消说脑子是完全变作了无波纹无血管的一张扁平的白纸。

漫步回来，有时候也进一点晚餐，有时候简直茶也不喝一口，就爬进床去躺着。室内的设备简陋到了万分，电灯电扇等文明的器具是没有的。月明之夜，睡到夜半醒来的时候，床前的小泥窗口，若晒进了月亮的青练的光儿，那这一夜的睡眠，就不能继续下去了。

不单是有月亮的晚上，就是平常的睡眠，也极容易惊醒。眼睛微微的开着，鼾声是没有的，虽则睡在那里，但感觉却又不完全失去，暗室里的一声一响，虫鼠等的脚步声，以及屋外树上的夜鸟鸣声，都一一会闯进耳朵里来。若在日里陷入于这一种假睡的时候，则一边睡着，一边周围的行动事物，都会很明细的触进入意识的中间。若周围保住了绝对的安静，什么声响，什么行动都没有的时候，那在假寐的一刻中，十几年间的事情，就会很明细的，很快的，在一瞬间展开来。至于乱梦，那是更多了，多得连叙也叙述不清。

我自己也知道是染了神经衰弱症了。这原是七八年来到了夏季必发的老病。

于是就更想静养，更想懒散过去。

今年的夏季，实在并没有什么大热的天气，尤其是在我这一个离群的野寓里。

有一天晚上，天气特别的闷，晚餐后上床去躺了一忽，终觉得睡不着，就又起来，打开了窗户，和她两人坐在天井里候凉。

两人本来是没有什么话好谈，所以只是昂着头在看天上的飞云，和云堆里时时露现出来的一颗两颗的星宿。

一边慢摇着蒲扇，一边这样的默坐在那里，不晓得坐了多久了，室里桌上的一支洋烛，忽而灭了它的芯光。

而人既不愿意动弹，也不愿意看见什么，所以灯光的有无，也毫没有关系，仍旧是默默的坐在黑暗里摇动扇子。

又坐了好久好久，天末似起了凉风，窗帘也动了，天上的云层，飞舞得特别的快。

打算去睡了，就问了一声：

“现在不晓得是什么时候了?”

她立了起来，慢慢走进了室内，走入里边房里去拿火柴去了。

停了一会，我在黑暗里看见了一丝火光和映在这火光周围的一团黑影，及黑影底下的半面她的苍白的脸。

第一支火柴灭了，第二支也灭了，直到了第三支才点旺了洋烛。

洋烛点旺之后，她急急的走了出来，手里却拿着了那个大表，轻轻地说：

“不晓是什么时候了，表上还只有六点多钟呢?”

接过表来，拿近耳边去一听，什么声响也没有。我连这表是在几日前头开过的记忆也想不起来了。

“表停了!”

轻轻地回答了一声，我也消失了睡意，想再在凉风里坐它一刻。但她又继续着说：

“灯盘上有一只很美的灯蛾死在那里。”

跑进去一看，果然有一只身子淡红，翅翼绿色，比蝴蝶小一点，但全身却肥硕得很的灯蛾横躺在那里。右翅上有一处焦影，触须是烧断了。默看了一分钟，用手指轻轻拨了它几拨，我双目仍旧盯视住这扑灯蛾的美丽的尸身，嘴里却不能自禁地说：

“可怜得很！我们把它去向天井里埋葬了罢!”

点了灯笼，用银针向黑泥松处掘了一个圆穴，把这美丽的尸身埋葬完时，天风加紧了起来，似乎要下大雨的样子。

拴上门户，上床躺下之后，一阵风来，接着如乱石似的雨点，便打上了屋檐。

一面听着雨声，一面我自语似的对她说：

“霞！明天是该凉快了，我想到上海去看病去。”

小春天气

一

与笔砚疏远以后，好像是经过了不少时日的样子。我近来对于时间的观念，一点儿也没有了。总之案头堆着的从南边来的两三封问我何以老不写信的家信，可以作我久疏笔砚的明证。所以从头计算起来，大约从我发表的最后的一篇整个儿的文字到现在，总已有一年以上，而自我的右手五指，抛离纸笔以来，至少也得有两三个月的光景。以天地之悠悠，而来较量这一年或三个月的时间，大约总不过似骆驼身上的半截毫毛；但是由先天不足，后天亏损——这是我们中国医生常说的话，我这样的用在这里，请大家不要笑话我——对我说来，渺焉一身，寄住在这北风凉冷的皇城人海中间，受尽了种种欺凌侮辱，竟能安然无事的经过这么长的一段时间，却是一种摩西以后的最大奇迹。

回想起来这一年的岁月，实在是悠长的很呀！绵绵钟鼓初长的秋夜，我当众人睡尽的中宵，一个人在六尺方的卧房里踏来踏去，想想我的女人，想想我的朋友，想想我的暗淡的前途，曾经熏烧了多少支的短长烟卷？睡不着的时候，我一个人拿了蜡烛，幽脚幽手的跑上厨房去烧些风鸡糟鸭来下酒的事情，也不止三次五次。而由现在回顾当时，那时候初到北京后

的这种不安焦躁的神情，却只似儿时的一场恶梦，相去好像已经有十几年的样子，你说这一年的岁月对我是长也不长？

这分外的觉得岁月悠长的事情，不仅是意识上的问题，实际上这一年来我的肉体精神两方面，都印上了这人家以为很短而在我却是很长的时间的烙印。去年十月在黄浦江头送我上船的几位可怜的朋友，若在今年此刻，和我相遇于途中，大约他们看见了我，总只是轻轻的送我一瞥，必定会仍复不改常态地向前走去。（虽则我的心里在私心默祷，使我遇见了他们，不要也不认识他们！）

这一年的中间，我的衰老的气象，实在是太急速的侵袭到了，急速的，真真是很急速的。“白发三千丈”一流的夸张的比喻，我们暂且不去用它，就减之又减的打了一个折扣来说罢，我在这一年中间，至少也的的确确的长了十岁年纪。牙齿也掉了，记忆力也消退了，对镜子剃削胡髭的早晨，每天都要很惊异地往后看一看，以为镜子里反映出来的，是别一个站在我后面的没有到四十岁的半老人。腰间的皮带，尽是一个窟窿一个窟窿的往里缩，后来现成的孔儿不够，却不得不重用钻子来新开，现在已经开到第二个了。最使我伤心的是当人家欺凌我侮辱我的时节，往日很容易起来的那一种愤激之情，现在怎么也鼓励不起来。非但如此，当我觉得受了最大的侮辱的时候，不晓从何处来的一种滑稽的感想，老要使我作会心的微笑。不消说年轻时候的种种妄想，早已消磨得干干净净，现在我连自家的女人小孩的生存，和家中老母的健否等问题都想不起来；有时候上街去雇得着车，坐在车上，只想车夫走往向阳的地方去——因为我现在忽而怕起冷来了——慢一点儿走，好使我饱看些街上来往的行人，和组成现代的大同世界的形形色色。看倦了，走倦了，跑回家来，只想弄一点美味的东西吃吃，并且一边吃，一边还要想出如何能够使这些美味的东西吃下去不会饱胀的方法来，因为我的牙齿不好，消化不良，美味的东西，老怕不能一天到晚不间断的吃过去。

二

现在我们这里所享有的，是一年中间最好不过的十月。江北江南，正是小春的时候。况且世界又是大同，东洋车，牛车，马车上，一闪一闪的在微风里飘荡的，都是些除五色旗外的世界各国的旗子，天色苍苍，又高又远，不但我们大家酣歌笑舞的声音，达不到天听，就是我们的哀号狂泣，也和耶和华的耳朵，隔着蓬山几千万叠。生逢这样的太平盛世，依理我也应该向长安的

落日，遥进一杯祝颂南山的寿酒，但不晓怎么的，我自昨天以来，明镜似的心里，又忽而起了一层翳障。

仰起头来看看青天，空气澄清得怖人；各处散射在那里的阳光，又好像要对我说一句什么可怕的话，但是因为爱我怜我的缘故，不敢马上说出来的样子。脚底下铺着扫不尽的落叶，忽而索落索落的响了一声，待我低下头来，向发出声音来的地方望去，又看不出什么动静来了，这大约是我们庭后的那一棵槐树，又摆脱了一叶负担了罢。正是午前十点钟的光景，家里的人都出去了，我因为孤苦零丁一个人在屋里坐不住，所以才踱到院子里来的，然而在院子里站了一忽，也觉得没有什么意思，昨晚来的那一点小小的忧郁仍复笼罩在我的心上。

当半年前，每天只是忧郁的连续的时候，倒反而有一种余裕来享乐这一种忧郁，现在连快乐也享受不了的我的脆弱的身心，忽而沾染了这一层虽则是很淡很淡，但也好像是很深的隐忧，只觉得坐立都是不安。没有方法：我就把香烟连续地吸了好几支。

是神明的摄理呢？还是我的星命的佳会，正在这无可奈何的时候，门铃儿响了。小朋友G君，背了水彩书具架进来说：

“达夫，我想去郊外写生，你也同我去郊外走走吧！”

G君年纪不满二十，是一位很活泼的青年画家，因为我也很喜欢看画，所以他老上我这里来和我讲些关于作画的事情。据他说，“今天天气太好，坐在家里，太对大自然不起，还是出去走走的好。”我换了衣服，一边和他走出门来，一边告诉门房“中饭不来吃，叫大家不要等我”的时候，心理所感得的喜悦，怎么也形容不出来。

三

本来是没有一定目的地的我们，到了路上，自然而然地走向西去，出了平则门。阳光不问城里城外，一例的很丰富的洒在那里。城门附近的小摊儿上，在那里摊开花生米的小贩，大约是因为他穿着的那件宽大的夹袄的原因罢，觉得也反映着一味秋气。茶馆里的茶客，和路上来往的行人，在这样如煦的太阳光里，面上总脱不了一副贫陋的颜色；我看看这些人的样子，心里又有点不舒服起来，所以就叫G君避开城外的大街沿城折往北去。夏天常来的这城下长堤上，今天来往的大车特别的少。道旁的杨柳，颜色也变了，影子也疏了。城河里的浅水，依旧映着晴空，返射着日光，实际上和夏天

并没有什么区别，但我觉得总有一种寂寥的感觉，浮在水面。抬头看看对岸，远近一排半凋的林木，纵横交错的列在空中。大地的颜色，也不似夏日的茏葱，地上的浅草都已枯尽，带起浅黄色来了。法国教堂的屋顶，也好像失了势力似的，在半凋的树林中孤立在那里。与夏天一样的，只有一排西山连瓦的峰峦。大约是今天空气格外澄鲜的缘故罢，这排明褐色的屏障，觉得是近得多了，的确比平时近得多了。此外弥漫在空际的，只有明蓝澄洁的空气，悠久广大的天空和饱满的阳光，和暖的阳光。隔岸堤上，忽而走出了两个着灰色制服的兵来。他们拖了两个斜短的影子，默默地在向南的行走。我见了他们，想起了前几天平则门外的抢劫的事情，所以就对G君说：

“我看这里太辽阔，取不下景来，我们还是进城去吧！上小馆子去吃了午饭再说。”

G君踏来踏去的看了一会，对我笑着说：“近来不晓怎么的，有一种莫名其妙的神秘的灵感，常常闪现在我的脑里。今天是不成了，没有带颜料和油画的家伙来，”他说着用手向远处教堂一指，同时又接着说：

“几时我想画画教堂里的宗教画看。”

“那好得很啊！”

猫猫虎虎的这样回答了一句，我就转换方向，慢慢的走回到城里来了。落后了几步，他又背着画具，慢慢的跟我走来。

四

喝了两斤黄酒，吃得满满的一腹。我和G君坐洋车上，被拉往陶然亭去的时候，太阳已经打斜了。本来是有点醉意，又被午后的阳光一烘，我坐在车上，眼睛觉得渐渐的朦胧了起来。洋车走尽了粉房琉璃街，过了几处高低不平的新开地，走入南下洼旷野的时候，我向右边一望，只见几列鳞鳞的屋瓦，半隐半现的在两边一带的疏林里跳跃。天色依旧是苍苍无底，旷野里的杂粮也已割尽，四面望去，只是洪水似的午后的阳光，和远远躺在阳光里的矮小的坛殿城池。我张了一张睡眼，向周围望了一圈，忽笑向G君说：

“‘秋气满天地，胡为君远行’，这两句唐诗真有意思，要是今天是你去法国的日子，我在这里饯你的行，那么再比这两句诗适当的句子怕是没有了，哈哈……”

只喝了半小杯酒，脸上已涨得潮红的G君也笑着对我说：

“唐诗不是这样的两句，你记错了吧！”

两人在车上笑说着，洋车已经走入了陶然亭近旁的芦花丛里，一片灰白的毫芒，无风也自己在那里作浪。西边天际有几点青山隐隐，好像在那里笑着对我们点头。下车的时候，我觉得支持不住了，就对G君说：

“我想上陶然亭去睡一觉，你在这里画吧！现在总不过两点多钟，我睡醒了再来找你。”

五

陶然亭的听差来摇我醒来的时候；西窗上已经射满了红色的残阳。我洗了洗手脸，喝了二碗清茶，从东面的台阶上下来，看见陶然亭的黑影，已经越过了东边的道路，遮满了一大块道路东面的芦花水地。往北走去，只见前后左右，尽是茫茫一片的白色芦花。西北抱冰堂一角，扩张着阴影，西侧面的高处，满挂了夕阳的最后的余光，在那里催促农民的息作。穿过了香冢鹦鹉冢的土堆的东面，在一条浅水和墓地的中间，我远远认出了G君的侧面朝着斜阳的影子。从芦花铺满的野路上将走近G君背后的时候，我忽而气也吐不出来，向西边的瞪目呆住了。这样伟大的，这样迷人的落日的远景，我却从来没有看见过。太阳离山，大约不过盈尺的光景，点点的遥山，淡得比初春的嫩草，还要虚无缥渺。监狱里的一架高亭，突出在许多有谐调的树林的枝干高头。芦根的浅水，满浮着芦花的绒穗，也不像积绒，也不像银河。芦萍开处，忽映出一道细狭而金赤的阳光，高冲牛斗。同是在这返光里飞坠的几簇芦绒，半边是红，半边是白。我向西呆看了几分钟，又回头向东北三面环眺了几分钟，忽而把什么都忘掉了，连我自家的身体都忘掉了。

上前走了几步，在灰暗中我看见G君的两手，正在忙动，我叫了一声，G君头也不朝转来，很急促的对我说：

“你来，你来，来看我的杰作！”

我走近前去一看，他画架上，悬在那里，正在上色的，并不是夕阳，也不是芦花，画的中间，向右斜曲的，却是一条颜色很沉滞的大道。道旁是一处阴森的墓地，墓地的背后，有许多灰黑凋残的古木，横叉在空间。枯木林中，半弯下弦的残月，刚升起来，冷冷的月光，模糊隐约地照出了一只停在墓地树枝上的猫头鹰的半身。颜色虽则还没有上全，然而一道逼人的冷气，却从这幅未完的画面直向观者的脸上喷来，我簇紧了眉峰，对这画面静看了几分钟，抬起头来正想说话的时候，觉得太阳已经完全下山了，四面的薄暮的光景也比一刻前促迫了。尤其是使我惊恐的，是我抬起头来的时候，在我们的

西北的墓地里，也有一个很淡很淡的黑影，动了一动。我默默地停了一会，惊心定后，再朝转头来看东边天上的时候，却见了一痕初五六的新月悬挂在空中。又停了一会，把惊恐之心，按捺了下去，我才慢慢地对 G 君说：

“这一张小画，的确是你的杰作，未完的杰作。太晚了，快快起来，我们走罢！我觉得冷得很。”我话没有讲完，又对他那张画看了一眼，打了一个冷痉，忽而觉得毛发都竦竖了起来；同时自昨天来在我胸中盘踞着的那种莫名其妙的忧郁，又笼罩上我的心来了。

G 君含了满足的微笑，尽在那里闭了一只眼睛——这是他的脾气——细看他那未完的杰作。我催了他好几次，他才起来收拾画具。我们二人慢慢地走回家来的时候，他也好像倦了，不愿意讲话，我也为那种忧郁所侵袭，不想开口。两人默默地走到灯火荧荧的民房很多的地方，G 君方开口问我说：

“这一张画的题目，我想叫《残秋的日暮》，你说好不好？”

“画上的表现，岂不是半夜的景象么？何以叫日暮呢？”

他听我这句话，又含了神秘的微笑说：

“这就是今天早晨我和你谈的神秘的灵感哟！我画的画，老喜欢依画画时候的情感节季来命题，画面和画题合不合，我是不管的。”

“那么，《残秋的日暮》也觉得太衰飒了，况且现在已经入了十月，十月小阳春，哪里是什么残秋呢？”

“那么我这张画就叫作《小春》吧！”

这时候我们已经走进了一条热闹的横街，两人各雇着洋车，分手回来的时候，上弦的新月，也已经起来得很高了。我一个人摇来摇去地被拉回家来，路上经过了许多无人来往的乌黑的僻巷。僻巷的空地道上，纵横倒在那里的，只是些房屋和电杆的黑影。从灯火辉煌的大街忽而转入这样僻静的地方的时候，谁也会发生一种奇怪的感觉出来，我在这初月微明的天盖下面苍茫四顾，也忽而好像是遇见了什么似的，心里的那一种莫名其妙的忧郁，更深起来了。

住所的话

自以为青山到处可埋骨的漂泊惯的流人，一到了中年，也颇以没有一个归宿为可虑；近来常常有求田问舍之心，在看书倦了之后，或半夜醒来，第二次再睡不着的枕上。

尤其是春雨萧条的暮春，或风吹枯木的秋晚，看看天空，每会作赏雨茅屋及江南黄叶村舍的梦想；游子思乡，飞鸿倦旅，把人一年年弄得意气消沉的这时间的威力，实在是可怕，实在是可恨。

从前很喜欢旅行，并且特别喜欢向没有火车飞机轮船等近代交通利器的偏僻地方去旅行。一步一步的缓步着，向四面绝对不曾见过的山川风物回视着，一刻有一刻的变化，一步有一步的境界。到了地旷人稀的地方，你更可以高歌低唱，袒裼裸裎，把社会上的虚伪的礼节，谨严的态度，一齐洗去。人与自然，合而为一，大地高天，形成屋宇，蠛蠓蚁虱，不觉其微，五岳昆仑，也不见其大。偶或遇见些茅篷泥壁的人家，遇见些性情纯朴的农牧，听他们谈些极不相干的私事，更可以和他们一道的悲，一道的喜。半岁的鸡娘，新生一蛋，其乐也融融，与国王年老，诞生独子时的欢喜，并无什么分别。黄牛吃草，嚼断了麦穗数茎，今年的收获，怕要减去一勺，其悲也戚戚，与国破家亡的流离惨苦，相差也不十分远。

至于有山有水的地方呢，看看云容岩影的变化，听听大浪啮矶的音乐，应临流垂钓，或松下息阴。行旅者的乐趣，更加可以多得如放翁的入蜀道，刘阮的上天台。

这一种好游旅，喜漂泊的情性，近年来渐渐地减了；连有

必要的事情，非得上北平上海去一次不可的时候，都一天天地在拖延下去，只想不改常态，在家吃点精致的菜，喝点芳醇的酒，睡睡午觉，看看闲书，不愿意将行动和平时有所移易；总之是懒得动。

而每次喝酒，每次独坐的时候，只在想着计划着的，却是一间洁净的小小的住宅，和这住宅周围的点缀与铺陈。

若要住家，第一的先决问题，自然是乡村与城市的选择。以清静来说，当然是乡村生活比较得和我更为适合。可是把文明利器——如电灯自来水等——的供给，家人买菜购物的便利，以及小孩的教育问题等合计起来，却又觉得住城市是必要的了。具城市之外形，而又富有乡村的景象之田园都市，在中国原也很多。北方如北平，就是一个理想的都城；南方则未建都前之南方，濒海的福州等处，也是住家的好地。可是乡土的观念，附着在一个人的脑里，同毛发的生于皮肤一样，丛长着原没有什么不对，全脱了却也是有点儿不可能。所以三年之前，也是在一个春雨霏微的季节，终于听了霞的劝告，搬上杭州来住下了。

杭州这一个地方，有山有湖，还有文明的利器，儿童的学校，去上海也只有四个钟头的火车路程，住家原没有什么不合适。可是杭州一般的建筑物，实在太差，简直可以说没有一间合乎理想的住宅，旧式的房子呢，往往没有院子，顶多顶多也不过有一堆不大有意义的假山，和一条其实是只能产生蚊子的鱼池。所谓新式的房子呢，更加恶劣了，完全是上海弄堂洋房的抄袭，冬天住住，还可以勉强，一到夏天，就热得比蒸笼还要难受。而大抵的杭州住宅，都没有浴室的设备，公共浴场呢，又觉得不卫生而价贵。

所以自从迁到杭州来住后，对于住所的问题，更觉得切身地感到了。地皮不必太大，只教有半亩之宫，一亩之隙，就可以满足。房子亦不必太讲究，只须有一处可以登高望远的高楼，三间平屋就对。但是图书室，浴室，猫狗小舍，儿童游嬉之处，灶房，却不得不备。房子的四周，一定要有阔一点的回廊；房子的内部，更需要亮一点的光线。此外是四周的树木和院子里的草地了，草地中间的走路，总要用白沙来铺才好。四面若有邻舍的高墙，当然要种些爬山虎以掩去墙头，若系旷地，只须植一道矮矮的木栅，用黑色一涂就可以将就。门窗当一例以厚玻璃来作，屋瓦应先钉上铅皮，然后再覆以茅草。

照这样的一个计划来建筑房子，大约总要有二千元钱来买地皮，四千元钱来充建筑费，才有点儿希望。去年年底，在酒醉之后，将这私愿对一位朋友说了一遍，今年他果然送给了我一块地，所以起楼台的基础，倒是有了。现在只在想筹出四千元钱的现款来建造那一所理想的住宅。胡思乱想的结果，在这两三个月里，竟发了疯，将烟钱酒钱省下了一半，去买了许多奖券；

可是一回一回的买了几次，连末尾也不曾得过，而吃了坏烟坏酒的结果，身体却显然受了损害了。闲来无事，把这一番经过，对朋友一说，大家笑了一场之后，就都为我设计，说从前的人，曾经用过的最上妙法，是发自己的讣闻，其次是作寿，再其次是兜会。

可是为了一己的舒服，而累及亲戚朋友，也着实有点说不过去，近来心机一转，去买了些《芥子园》《三希堂》等画谱来，在开始学画了；原因是想靠了卖画，来造一所房子，万一画画，仍旧是不能吃饭，那么至少至少，我也可以画许多房子，挂在四壁，给我自己的想象以一顿醉饱，如饥者的画饼，旱天的画云霓。这一个计划，若不至于失败，我想在半年之后，总可以得到一点慰安。

怀四十岁的志摩

眼睛一眨，志摩去世，已经交五年了；在上海那一天阴晦的早晨的凶报，福煦路上遗宅里的仓皇颠倒的情形，以及其后灵柩的迎来，吊奠的开始，尸骨的争夺，和无理解的葬事的经营等情状，都还在我的目前，仿佛是今天早晨或昨天的事情。志摩落葬之后，我因为不愿意和那一位商人的老先生见面，一直到现在，还没有去墓前倾一杯酒，献一朵花；但推想起来，墓木纵不可拱，总也已经宿草盈阡了罢？志摩有灵，当能谅我这故意的疏懒！

综志摩的一生，除他在海外的几年不算外，自从中学入学起直到他的死后为止，我是他的命运的热烈的同情旁观者；当他死的时候，和许多朋友夹在一道，曾经含泪写过一篇极简略的短文，现在时间已经经过了五年，回想起来，觉得对他的余情还有许多郁蓄在我的胸中，仅仅一个空泛的友人，对他尚且如此，生前和他有更深的交谊的许多文友，伤感的程度自然可以不必说了，志摩真是一个淘气，讨爱，能使你永久不会忘怀的顽皮孩子！

称他作孩子，或者有人会说我卖老，其实我也不过是他的同年生，生日也许比他还后几日，不过他所给我的却是一个永也不会老去的新鲜活泼的孩儿印象。

志摩生前，最为人所误解，而实际也许是催他速死的最大原因之一的一重性格，是他的那股不顾一切，带有激烈的燃烧

性的热情。这热情一经激发，便不管天高地厚，人死我亡，势非至于将全宇宙都烧成赤地不可。发而为诗，就成就了他的五光十色，灿烂迷人的七宝楼台，使他的名字永留在中国的新诗史上。以之处世，毛病就出来了，他的对人对物的一身热恋，就使他失欢于父母，得罪于社会，甚而至于还不得不遗诟于死后。他和小曼的一段浓情，在他的诗里，日记里，书简里，随处都可以看得出来；若在进步的社会里，有理解的社会里，这一种事情，岂不是千古的美谈？忠厚柔艳如小曼，热烈诚挚如志摩，遇合在一道，自然要发放火花，烧成一片了，那里还顾得到纲常伦教？更那里还顾得到宗法家风？当这事情正在北平的交际社会里成话柄的时候，我就佩服志摩的纯真与小曼的勇敢，到了无以复加。记得有一次在来今雨轩吃饭的席上，曾有人问起我以对这事的意见，我就学了三剑客影片里的一句话回答他："假使我马上要死的话，在我死的前头，我就只想作一篇伟大的史诗，来颂美志摩和小曼。"

情热的人，当然是不能取悦于社会，周旋于家室，更或至于不善用这热情的；志摩在死的前几年的那一种穷状，那一种变迁，其罪不在小曼，不在小曼以外的他的许多男女友人，当然更不在志摩自身；实在是我们的社会，尤其是那一种借名教作商品的商人根性，因不理解他的缘故，终至于活生生的逼死了他。

志摩的死，原觉得可惜得很；人生的三四十前后——他死的时候是三十六岁——正是壮盛到绝顶的黄金时代。他若不死，到现在为止，五六年间，大约我们又可以多读到许多诗样的散文，诗样的小说，以及那一部未了的他的杰作——《诗人的一生》；可是一面，正因他的突然死去，倒使这一部未完的杰作，更加多了深厚的回味之处却也是真的。所以在他去世的当时，就有人说，志摩死得恰好，因为诗人和美人一样，老了就不值钱了。况且他的这一种死法，又和拜伦，雪莱的死法一样，确是最适合他身份的死，若把这话拿来作自慰之辞，原也有几分真理含着，我却终觉得不是如此的；志摩原可以活下去，那一件事故的发生，虽说是偶然的结果，但我们若一追究他的所以不得不遭逢这惨事的原因，那我在前面说过的一句话，"是无理解的社会逼死了他"，就成立了。我们所处的社会，真是一个如何狭量，险恶，无情的社会！不是身受其毒的人是无从知道的。

过去的事情，已经过去了；我们在志摩的死后，再来替他打抱不平也是徒劳的事情。所以这次当志摩的四十岁的诞辰，我想最好还是作一点实际的工作来纪念他，较为适当；小曼已经有编纂他的全集的意思了，这原是纪念志摩的办法之一，此外像志摩文学奖金的设定，和他有关的公共机关里纪念碑胸像的建立，志摩图书馆的发起，以及志摩传记的编撰，等等，也是都可以由我们后死的友人来作的工作。可恨的是时势的混乱,当这一个国难的关头,要来提倡尊重诗人,是违背事理的;更可恨的是世情的浇薄,现在有些活着的友人,一旦钻营得了大位,尚且要排挤诋毁,诬陷压迫我们这些无权无势的文人,对于死者那更加可以不必说了。"侬今葬花人笑痴,他年葬侬知是谁?"悼吊志摩,或者也就是变相的自悼罢!

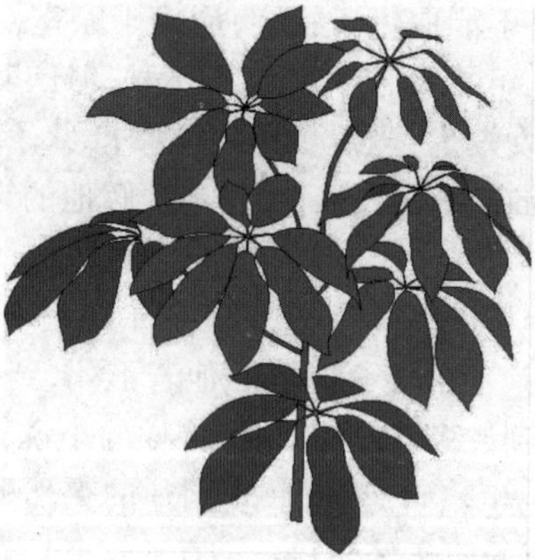

北平的四季

对于一个已经化为异物的故人，追怀起来，总要先想到他或她的好处；随后再慢慢的想想，则觉得当时所感到的一切坏处，也会变作很可寻味的一些纪念，在回忆里开花。关于一个曾经住过的旧地，觉得此生再也不会第二次去长住了，身处入了远离的一角，向这方向的云天遥望一下，回想起来的，自然也同样地只是它的好处。

中国的大都会，我前半生住过的地方，原也不在少数；可是当一个人静下来回想起从前，上海的闹热，南京的辽阔，广州的乌烟瘴气，汉口武昌的杂乱无章，甚至于青岛的清幽，福州的秀丽，以及杭州的沉着，总归都还比不上北京——我住在那里的时候，当然还是北京——的典丽堂皇，幽闲清妙。

先说人的分子罢，在当时的北京，——民国十一二年前后——上自军财阀政客名优起，中经学者名人，文士美女教育家，下而至于负贩拉车铺小摊的人，都可以谈谈，都有一艺之长，而无憎人之貌；就是由荐头店荐来的老妈子，除上炕者是当然以外，也总是衣冠楚楚，看起来不觉得会令人讨嫌。

其次说到北京物质的供给哩，又是山珍海味，洋广杂货，以及萝卜白菜等本地产品，无一不备，无一不好的地方。所以在北京住上两三年的人，每一遇到要走的时候，总只感到北京的空气太沉闷，灰沙太暗淡，生活太无变化；一鞭出走，出前门便觉胸舒，过芦沟方知天晓，仿佛一出都门，就上了新生活开始的坦道似的；但是一年半载，在北京以外的各地——除了在自己幼年的故乡以外——去一住，谁也会得重想起北京，再希望回去，隐隐地对北京害起剧烈的怀乡病来。这一种经验，原是住过北京的人，个个都有，而在我自己，却感觉得格外的浓，格外的切。最大的原因或许是为了我那长子之骨，现在也还埋在郊外广谊园的坟山，而几位极要好的知己，又是在那里同时毙命的受难者的一群。

北平的人事品物，原是无一不可爱的，就是大家觉得最要不得的北平的天候，和地理联合上一起，在我也觉得是中国各大都会中所寻不出几处来的好地。为叙述的便利起见，想分成四季来约略地说说。

北平自入旧历的十月之后，就是灰沙满地，寒风刺骨的节季了，所以北平的冬天，是一般人所最怕过的日子。但是要想认识一个地方的特异之处，我以为顶好是当这特异处表现得最圆满的时候去领略；故而夏天去热带，寒天去北极，是我一向所持的哲理。北平的冬天，冷虽则比南方要冷得多，但是北方生活的伟大幽闲，也只有在冬季，使人感受得最彻底。

先说房屋的防寒装置罢，北方的住屋，并不同南方的摩登都市一样，用的是钢骨水泥，冷热气管；一般的北方人家，总只是矮矮的一所四合房，四面是很厚的泥墙；上面花厅内都有一张暖炕，一所回廊；廊子上是一带明窗，窗眼里糊着薄纸，薄纸内又装上风门，另外就没有什么了。在这样简陋的房屋之内，你只教把炉子一生，电灯一点，棉门帘一挂上，在屋里住着，却一辈子总是暖炖炖像是春三四月里的样子。尤其会得使你感觉到屋内的温软堪恋的，是屋外窗外面乌乌在叫啸的西北风。天色老是灰沉沉的，路上面也老是灰的围障，而从风尘灰土中下车，一踏进屋里，就觉得一团春气，包围在你的左右四周，使你马上就忘记了屋外的一切寒冬的苦楚。若是喜欢吃吃酒，烧烧羊肉锅的人，那冬天的北方生活，就更加不能够割舍；酒已经是御寒的妙药了，再加上以大蒜与羊肉酱油合煮的香味，简直可以使一室之内，涨满了白濛濛的水蒸温气。玻璃窗内，前半夜，会流下一条条的清汗，后半夜就变成了花色奇异的冰纹。

到了下雪的时候哩，景象当然又要一变。早晨从厚棉被里张开眼来，一室的清光，会使你的眼睛眩晕。在阳光照耀之下，雪也一粒一粒的放起光来了，蛰伏得很久的小鸟，在这时候会飞出来觅食振翎，谈天说地，吱吱的叫个不休。数日来的灰暗天空，愁云一扫，忽然变得澄清见底，翳障全无；于是年轻的北方住民，就可以营屋外的生活了，溜冰，作雪人，赶冰车雪车，就在这一种日子里最有劲儿。

我曾于这一种大雪时晴的傍晚，和几位朋友，跨上跛驴，出西直门上骆驼庄去过过一夜。北平郊外的一片大雪地，无数枯树林，以及西山隐隐现现的不少白峰头，和时时吹来的几阵雪样的西北风，所给予人的印象，实在是深刻，伟大，神秘到了不可以言语来形容。直到了十余年后的现在，我一想

起当时的情景，还会得打一个寒颤而吐一口清气，如同在钓鱼台溪旁立着的一瞬间一样。

北国的冬宵，更是一个特别适合于看书，写信，追思过去，与作闲谈说废话的绝妙时间。记得当时我们兄弟三人，都住在北京，每到了冬天的晚上，总不远千里地走拢来聚在一道，会谈少年时候在故乡所遇所见的事事物物。小孩们上床去了，佣人们也都去睡觉了，我们弟兄三个，还会得再加一次煤再加一次煤地长谈下去。有几宵因为屋外面风紧天寒之故，到了后半夜的一二点钟的时候，便不约而同地会说出索性坐坐到天亮的话来。像这一种可宝贵的记忆，像这一种最深沉的情调，本来也就是一生中不能够多享受几次的昙花佳境，可是若不是在北平的冬天的夜里，那趣味也一定不会得像如此的悠长。

总而言之，北平的冬季，是想赏识赏识北方异味者之唯一的机会；这一季里的好处，这一季里的琐事杂忆，若要详细地写起来，总也有一部《帝京景物略》那么大的书好作；我只记下了一点点自身的经历，就觉得过长了，下面只能再来略写一点春和夏以及秋季的感怀梦境，聊作我的对这日就沦亡的故国的哀歌。

春与秋，本来是在什么地方都属可爱的时节，但在北平，却与别的地方也有点儿两样。北国的春，来得较迟，所以时间也比较得短。西北风停后，积雪渐渐地消了，赶牲口的车夫身上，看不见那件光板老羊皮的大袄的时候，你就得预备着游春的服饰与金钱；因为春来也无信，春去也无踪，眼睛一眨，在北平市内，春光就会得同飞马似的溜过。屋内的炉子，刚拆去不久，说不定你就马上得去叫盖凉棚的才行。

而北方春天的最值得记忆的痕迹，是城厢内外的那一层新绿，同洪水似的新绿。北京城，本来就是一个只见树木不见屋顶的绿色的都会，一踏出九城的门户，四面的黄土坡上，更是杂树丛生的森林地了；在日光里颤抖着的嫩绿的波浪，油光光，亮晶晶，若是神经系统不十分健全的人，骤然间身入到这一个淡绿色的海洋涛浪里去一看，包管你要张不开眼，立不住脚，而昏厥过去。

北平市内外的新绿，琼岛春阴，西山挹翠诸景里的新绿，真是一幅何等奇伟的外光派的妙画！但是这画的框子，或者简直说这画的画布，现在却已经完全掌握在一只满长着黑毛的巨魔的手里了！北望中原，究竟要到哪一日才能够重见得到天日呢？

从地势纬度上讲来，北方的夏天，当然要比南方的夏天来得凉爽。在北平城里过夏，实在是并没有上北戴河或西山去避暑的必要。一天到晚，最热的时候，只有中午到午后三四点钟的几个钟头，晚上太阳一下山，总没有一

处不是凉阴阴要穿单衫才能过去的；半夜以后，更是非盖薄棉被不可了。而北平的天然冰的便宜耐久，又是夏天住过北平的人所忘不了的一件恩惠。

我在北平，曾经过过三个夏天；像什刹海，菱角沟，二闸等暑天游耍的地方，当然是都到过的；但是在三伏的当中，不问是白天或是晚上，你只教有一张藤榻，搬到院子里的葡萄架下或藤花阴处去躺着，吃吃冰茶雪藕，听听盲人的鼓词与树上的蝉鸣，也可以一点儿也感不到炎热与熏蒸。而夏天最热的时候，在北平顶多总不过九十四五度，这一种大热的天气，全夏顶多顶多又不过十日的样子。

在北平，春夏秋的三季，是连成一片；一年之中，仿佛只有一段寒冷的时期，和一段比较得温暖的时期相对立。由看到夏，是短短的一瞬间，自夏到秋，也只觉得是过了一次午睡，就有点儿凉冷起来了。因此，北方的秋季也特别的觉得长，而秋天酌回味，也更觉得比别处来得浓厚。前两年，因去北戴河回来，我曾在北平过过一个秋，在那时候，已经写过一篇《故都的秋》，对这北平的秋季颂赞过一道了，所以在这里不想再来重复；可是北平近郊的秋色，实在也正像是一册百读不厌的奇书，使你愈翻愈会感到兴趣。

秋高气爽，风日晴和的早晨，你且骑着一匹驴子，上西山八大处或玉泉山碧云寺去走走看；山上的红柿，远处的烟树人家，郊野里的芦苇黍稷，以及在驴背上驮着生果进城来卖的农户佃家，包管你看一个月也不会看厌。春秋两季，本来是到处都好的，但是北方的秋空，看起来似乎更高一点，北方的空气，吸起来似乎更干燥健全一点。而那一种草木摇落，金风肃杀之感，在北方似乎也更觉得要严肃，凄凉，沉静得多。你若不信，你且去西山脚下，农民的家里或古寺的殿前，自阴历八月至十月下旬，去住它三个月看看。古人的"悲哉秋之为气"以及"胡笳互动，牧马悲鸣"的那一种哀感，在南方是不大感觉得到的，但在北平，尤其是在郊外，你真会得感至极而涕零，思千里兮命驾。所以我说，北平的秋，才是真正的秋；南方的秋天，不过是英国话里所说的 Indian Summer 或叫作小春天气而已。

统观北平的四季，每季每节，都有它的特别的好处；冬天是室内饮食奄息的时期，秋天是郊外走马调鹰的日子，春天好看新绿，夏天饱受清凉。至于各节各季，正当移换中的一段时间哩，又是别一种情趣，是一种两不相连，而又两都相合的中间风味，如雍和宫的打鬼，净业庵的放灯，丰台的看芍药，万牲园的寻梅花之类。

五六百年来文化所聚萃的北平，一年四季无一月不好的北平，我在遥忆，我也在深祝，祝她的平安进展，永久地为我们黄帝子孙所保有的旧都城！

婿乡年节

一看到了婿乡的两字，或者大家都要联想到淳于髡的卖身投靠上去。我可没有坐吃老婆饭的福分，不过杭州两字实在用腻了，改作婿乡，庶几可以换一换新鲜；所以先要从杭州旧历年底老婆所作的种种事情说起。

第一，是年底的作粽子与枣饼。我说：“这些东西，作它作啥！”老婆说：“横竖是没有钱过年了，要用索性用它一个精光，籴两斗糯米来玩玩，比买航空券总好些。”于是乎就有了粽子与枣饼。

第二，是年三十晚上的请客。我说：“请什么客呢？到杭州来吃他们几顿，不是应该的么？”老婆说：“你以为他们都是你丈母娘——据风雅的先生们说，似乎应该称作泰水的——屋里的人么？礼尚往来，吃人家的吃得那么多，不回请一次，倒好意思？”于是乎就请客。

酒是杭州的来得贱，菜只教自己作作，也不算费。麻烦的，是客人来之前屋里厨下的那一种兵荒缭乱的样子。

年三十的午后，厨下头刀兵齐举，屋子里火辣烟熏，我一个人坐在客厅上吃闷酒。一位刚从欧洲回来的同乡，从旅舍里来看我，见了我的闷闷的神气，弄得他说话也不敢高声。小孩儿下学回来了，一进门就吵得利害，我打了他们两个嘴巴。这位刚从文明国里回来的绅士，更看得难受了，临行时便悄悄留下了一封钞票，预备着救一救我当日的急。其实，经济的压迫，倒也并不能够使我发愁。不过近来酒性不好，文章不敢写了以后，喝一点酒，老爱骂人。骂老婆不敢骂，骂佣人不忍骂，

骂天地不必骂,所以微醉之后,总只以五岁三岁的两个儿子来出气。

天晚了,客人也到齐了,菜还没有作好,于是乎先来一次五百攒。输了不甘心,赢了不肯息,就再来一次再来一次的攒了下去。肚皮饿得精瘪,膀胱胀得蛮大,还要再来一次。结果弄得头鸡叫了,夜饭才兹吃完。有的说,“到灵隐天竺去烧头香去罢,”有的说,“上城隍山去看热闹去罢!”人数多了,意见自然来得杂。谁也不愿意赞成谁,九九归原,还是再来一次。

天白茫茫的亮起来了,门外头爆竹声也没有,锣鼓声也没有,百姓真如丧了考妣。屋里头,只剩了几盏黄黄的电灯,和一排油满了的倦脸。地上面是瓜子壳,橘子皮,香烟头,和散铜板。

人虽则大家都支撑不住了,但因为是元旦,所以连眨着眼睛,连打着呵欠,也还在硬着嘴说要上那儿去,要上那儿去。

客散了,太阳出来了,家里的人都去睡觉了;我因为天亮的时候的酒意未消,想骂人又没有了人骂,所以只轻脚轻手地偷出了大门,偷上了城隍山的极顶。一个人立在那里举目看看钱塘江的水,和隔岸的山,以及穿得红红绿绿的许多默默无言的善男信女,大约是忽而想起了王小二过年的那出滑稽悲剧了罢,肚皮一捧,我竟哈哈,哈哈,哈哈的笑了出来,同时也打了几个大声的喷嚏。

回来的时候,到了城隍山脚下的元宝心,我听见走在我前面的一位乡下老太太,在轻轻地对一位同行的中年妇人说:“今年真倒霉,大年初一,就在城隍山上遇见了一个疯子。”

春愁

说秋月不娱春月的，毕竟是“只解欢娱不解愁”的女孩子们的感觉，像我们男子，尤其是到了中年的我们这些男子，恐怕到得春来，总不免有许多懊恼与愁思。

第一，生理上就有许多不舒服的变化；腰骨会感到酸痛，全体筋络，会觉得疏懒。作起事情来，容易厌倦，容易颠倒。由生理的返射，心理上自然也不得不大受影响。譬如无缘无故会感到不安、恐怖，以及其他的种种心状，若焦躁、烦闷之类。

而感觉到最切最普遍的一种春愁，却是“生也有涯”的我们这些人类和周围大自然界的对比。

年去年来，花月风云的现象，是一度一番，会重新过去，从前是常常如此，将来也绝不会改变的。可是人呢？号为万物之灵的人呢？却一年比一年的老了。由浑噩无知的童年，一进就进入了满贮着性的苦闷，智的苦闷的青春。再不几年，就得渐渐的衰，渐渐的老下去。

从前住在上海，春天看不见花草，听不到鸟声，每以为无四季变换的洋场十里，是劳动者们的永久地狱。对于春，非但感到了恐怖，并且也感到了敌意，这当然是春愁。现在住上了杭州，到处可以看湖山，到处可以听黄鸟，但春浓反显得人老，对于春又新起了一番妒意，春愁可更加厚了。

在我个人，并且还有一种每年来复的神经性失眠的症状，是从春暮开始，入夏剧烈，到秋方能痊治的老病。对这死症的恐怖，比病上了身，实际上所受的肉体的苦痛还要利害。所以春对我,绝对不能融洽,不能忍受。年纪轻一点的时候,每思到一个终年没有春到的地方去作人;在当时单凭这一种幻想,也可以把我的春愁减杀一点,过几刻快活的时间。现在中年了,理智发达,头脑固定,幻想没有了。一遇到春,就只有愁虑,只有恐惧。

去年因为新搬上杭州来过春天,近郊的有许多地方,还不曾去跑过,所以二三四的几个月,就完全化去在闲行跋涉的筋肉劳动之上,觉得身体还勉强对付了过去。今年可不对了,曾经去过的地方,不想再去,而新的可以娱春的方法,又还没有发见。去旅行么?既无同伴,又缺少旅费。读书么?写文章么?未拿起书本,未捏着笔,心里就烦躁得要命。喝酒也岂能长醉,恋爱是尤其没有资格了。

想到了最后,我只好希望着一种不意的大事件的发生,譬如"一二八"那么的飞机炸弹的来临,或大地震大革命的勃发之类,或者可以把我的春愁驱散,或者简直可以把我的躯体毁去,但结果,这当然也不过是一种无望之望的同少年时代一样的一种幻想而已。

寂寞的春朝

大约是年龄大了一点的缘故罢？近来简直不想行动，只爱在南窗下坐着晒晒太阳，看看旧籍，吃点容易消化的点心。

今年春暖，不到废历的正月，梅花早已开谢，盆里的水仙花，也已经香到了十分之八了。因为自家想避静，连元旦应该去拜年的几家亲戚人家都懒得去。饭后磕睡一醒，自然只好翻翻书架，检出几本正当一点的书来阅读。顺手一抽，却抽着了一部退补斋刻的陈龙川的文集。一册一册的翻阅下去，觉得中国的现状，同南宋当时，实在还是一样。外患的迭来，朝廷的蒙昧，百姓的无智，志士的悲哽，在这中华民国的二十四年，和孝宗的乾道淳熙，的确也没有什么绝大的差别，从前有人吊岳飞说："怜他绝代英雄将，争不迟生付孝宗！"但是陈同甫的中兴五论，上孝宗皇帝的三书，毕竟又有点什么影响？

读读古书，比比现代，在我原是消磨春昼的最上法门。但是且读且想，想到了后来，自家对自家，也觉得起了反感。在这样好的春日，又当这样有为的壮年，我难道也只能同陈龙川一样，作点悲歌慷慨的空文，就算了结了么？但是一上书不报，再上，三上书也不报的时候，究竟一条独木，也支不起大厦来的。为免去精神的浪费，为避掉亲友的来扰，我还是拖着双脚，走上城隍山去看热闹去。

自从迁到杭州来后，这城隍山真对我发生了绝大的威力。心中不快的时候，闲散无聊的时候，大家热闹的时候，风雨晦冥的时候，我的唯一的逃避之所就是这一堆看去也并不高大的石山。去年旧历的元旦，我是上此地来过的；今年虽则年岁很荒，国事更坏，但山上的香烟热闹，绿女红男，还是同去年一样。对花溅泪，怕要惹得旁人说煞风景，不得已我只好于背着手走下山来的途中，哼它两句旧诗：

“大地春风十万家，偏安原不损繁华。输降表已传关外，册帝文应出海涯。北阙三书终失策，暮年一第亦微瑕。千秋论定陈同甫，气壮词雄节较差。”走到了寓所，连题目都想好了，是《乙亥元日，读〈陈龙川集〉，有感时事》。

一九三五年二月四日

杂谈七月

阴历的七月天，实在是一年中最好的时候，所谓“已凉天气未寒时”也，因而民间对于七月的传说，故事之类，也特别的多。诗人善感，对于秋风的惨淡，会发生感慨，原是当然。至于一般无敏锐感受性的平民，对于七月，也会得这样讴歌颂扬的原因，想来总不外乎农忙已过，天气清凉，自己可以安稳来享受自己的劳动结果的缘故；虽然在水旱成灾，丰收也成灾，农村破产的现代中国，农民对于秋的感觉如何，许还是一个问题。

七月里的民间传说最有诗味的，当然是七夕的牛郎织女的事情。小泉八云有一册银河故事，所记的，是日本乡间，于七夕晚上，悬五色诗笺于竹竿，掷付清溪，使水流去的雅人雅事，中间还译了好几首日本的古歌在那里。

其次是七月十五的盂兰盆会；这典故的出处，大约是起因于盂兰盆经的目莲救母的故事的，不过后来愈弄愈巧，便有刻木割竹，饴蜡剪彩，模花叶之形状等妙技了。日本乡间，在七月十五的晚上，并且有男女野舞，直舞到天明的习俗，名曰盆踊。鄙人在日光，盐原等处，曾有几次躬逢其盛，觉得那一种农民的原始的跳舞，与月下的乡村男女酣歌戏谑的情调，实在是有些写不出来的愉快的地方。这些日本的七月里的遗俗，不知道是不是我们隋唐时代的国产，这一点，倒很想向考据家们请教一番。

因目莲救母的故事而来的点缀，还有七月三十日的放河灯与插地藏香等闹事。从前寄寓在北平什刹海的北岸，每到秋天，走过积水潭的净业庵头，就要想起王次回的“秋夜河灯净业淹”那一首绝句。听说绍兴有大规模的目莲戏班和目莲戏本，不知道这目莲戏在绍兴，是不是也是农民在七月里的业余余兴？

杭州的八月

杭州的废历八月，也是一个极热闹的月份。自七月半起，就有桂花栗子上市了，一入八月，栗子更多，而满觉陇南高峰翁家山一带的桂花，更开得来香气醉人。八月之名桂月，要身入到满觉陇去过一次后，才领会得到这名字的相称。

除了这八月里的桂花，和中国一般的八月半的中秋佳节之外，在杭州还有一个八月十八的钱塘江的潮汛。

钱塘的秋潮，老早就有名了，传说就以为是吴王夫差杀伍子胥沉之于江，子胥不平，鬼在作怪之故。《论衡》里有一段文章，驳斥这事，说得很有理由："儒书言，'吴王夫差杀伍子胥，煮之于镬，盛于囊，投之于江，子胥恚恨，临水为涛，溺杀人。'夫言吴王杀伍子胥，投之于江，实也，言其恨恚，临水为涛者，虚也。且卫菹子路，而汉烹彭越，子胥勇猛，不过子路彭越，然二子不能发怒于鼎镬之中，子胥亦然，自先入鼎镬，后乃入江，在镬之时其神岂怯而勇于江水哉？何其怒气前后不相副也？"可是《论衡》的理由虽则充足，但传说的力量，究竟十分伟大，至今不但是钱塘江头，就是庐州城内淝河岸边，以及江苏福建等滨海傍湖之处，仍旧还看得见塑着白马素车的伍大夫庙。

钱塘江的潮，在古代一定比现时还要来得大。这从高僧传唐灵隐寺释宝达，诵咒咒之，江潮方不至激射潮上诸山的一点，以及南宋高宗看潮，只在江干候潮门外搭高台的一点看来，就可以明白。现在则非要东去海宁，或五堡八堡，才看得见银海潮头一线来了。这事情从阮元的《揅经室集·浙江图考》里，也可以看得到一些理由，而江向沙涨，总之是潮不远上

的一个最大原因。

还有梁开平四年，钱武肃王为筑捍海塘，而命强弩数百射涛头，也只在候潮通江门外。至今海宁江边一带的铁牛镇铸，显然是师武肃王的遗意，后人造作的东西。（我记得铁牛铸成的年份，是在清顺治年间，牛身上印在那里的文字，还隐约辨得出来。）

沧桑的变革，实在利害得很，可是杭州的住民，直到现在，在靠这一次秋潮而发点小财，作些买卖的，为数却还不少哩！

故都的秋

秋天，无论在什么地方的秋天，总是好的；可是啊，北国的秋，却特别地来得清，来得静，来得悲凉。我的不远千里，要从杭州赶上青岛，更要从青岛赶上北平来的理由，也不过想饱尝一尝这“秋”，这故都的秋味。

江南，秋当然也是有的；但草木雕得慢，空气来得润，天的颜色显得淡，并且又时常多雨而少风；一个人夹在苏州上海杭州，或厦门香港广州的市民中间，浑浑沌沌地过去，只能感到一点点清凉，秋的味，秋的色，秋的意境与姿态，总看不饱，尝不透，赏玩不到十足。秋并不是名花，也并不是美酒，那一种半开，半醉的状态，在领略秋的过程上，是不合适的。

不逢北国之秋，已将近十余年了。在南方每年到了秋天，总要想起陶然亭的芦花，钓鱼台的柳影，西山的虫唱，玉泉的夜月，潭柘寺的钟声。在北平即使不出门去罢，就是在皇城人海之中，租人家一椽破屋来住着，早晨起来，泡一碗浓茶、向院子一坐，你也能看得到很高很高的碧绿的天色，听得到青天下驯鸽的飞声。从槐树叶底，朝东细数着一丝一丝漏下来的日光，或在破壁腰中，静对着像喇叭似的牵牛花（朝荣）的蓝朵，自然而然地也能够感觉到十分的秋意。说到了牵牛花，我以为以蓝色或白色者为佳，紫黑色次之，淡红色最下。最好，还要在牵牛花底，教长着几根疏疏落落的尖细且长的秋草，使作陪衬。

北国的槐树，也是一种能使人联想起秋来的点缀。像花而又不是花的那一种落蕊，早晨起来，会铺得满地。脚踏上

去,声音也没有,气味也没有,只能感出一点点极微细极柔软的触觉。扫街的在树影下一阵扫后,灰土上留下来的一条条扫帚的丝纹,看起来既觉得细腻,又觉得清闲,潜意识下并且还觉得有点儿落寞,古人所说的梧桐一叶而天下知秋的遥想,大约也就在这些深沉的地方。

秋蝉的衰弱的残声,更是北国的特产;因为北平处处全长着树,屋子又低,所以无论在什么地方,都听得见它们的啼唱。在南方是非要上郊外或山上去才听得到的。这秋蝉的嘶叫,在北平可和蟋蟀耗子一样,简直像是家家户户都养在家里的家虫。

还有秋雨哩,北方的秋雨,也似乎比南方的下得奇,下得有味,下得更像样。

在灰沉沉的天底下,忽而来一阵凉风,便息列索落地下起雨来了。一层雨过,云渐渐地卷向西去,天又青了,太阳又露出脸来了;著着很厚的青布单衣或夹袄的都市闲人,咬着烟管,在雨后的斜桥影里,上桥头树底下去一立,遇见熟人,便会用了缓慢悠闲的声调,微叹着互答着的说:

"唉,天可真凉了——"(这了字念得很高,拖得很长。)

"可不是么?一层秋雨一层凉了!"

北方人念阵字,总老像是层字,平平仄仄起来,这念错的歧韵,倒来得正好。

北方的果树,到秋来,也是一种奇景。第一是枣子树;屋角,墙头,茅房边上,灶房门口,它都会一株株地长大起来。像橄榄又像鸽蛋似的这枣子颗儿,在小椭圆形的细叶中间,显出淡绿微黄的颜色的时候,正是秋的全盛时期;等枣树叶落,枣子红完,西北风就要起来了,北方便是尘沙灰土的世界,只有这枣子、柿子、葡萄,成熟到八九分的七八月之交,是北国的清秋的佳日,是一年之中最好也没有的 Golden Days。

有些批评家说,中国的文人学士,尤其是诗人,都带着很浓厚的颓废色彩,所以中国的诗文里,颂赞秋的文字特别的多。但外国的诗人,又何尝不然?我虽则外国诗文念得不多,也不想开出账来,作一篇秋的诗歌散文抄,但你若去一翻英德法意等诗人的集子,或各国的诗文的 Anthology 来,总能够看到许多关于秋的歌颂与悲啼。各著名的大诗人的长篇田园诗或四季诗里,也总以关于秋的部分。写得最出色而最有味。足见有感觉的动物,有情趣的人类,对于秋,总是一样的能特别引起深沉,幽远,严厉,萧索的感触来的。不单是诗人,就是被关闭在牢狱里的囚犯,到了秋天,我想也一定会感到一种不能自已的深情;秋之于人,何尝有国别,更何尝有人种阶级的区别呢?不过在中国,文字里有一个"秋士"的成语,读本里又有着很普遍的欧阳子的《秋声》与苏东坡的《赤壁赋》等,就觉得中国的文人,与秋的关系特别深

了。可是这秋的深味，尤其是中国的秋的深味，非要在北方，才感受得到底。

南国之秋，当然是也有它的特异的地方的，比如廿四桥的明月，钱塘江的秋潮，普陀山的凉雾，荔枝湾的残荷，等等，可是色彩不浓，回味不永。比起北国的秋来，正像是黄酒之与白干，稀饭之与馍馍，鲈鱼之与大蟹，黄犬之与骆驼。

秋天，这北国的秋天，若留得住的话，我愿把寿命的三分之二折去，换得一个三分之一的零头。

江南的冬景

凡在北国过过冬天的人,总都道围炉煮茗,或吃煊羊肉,剥花生米,饮白干的滋味。而有地炉,暖炕等设备的人家,不管它门外面是雪深几尺,或风大若雷,而躲在屋里过活的两三个月的生活,却是一年之中最有劲的一段蛰居异境;老年人不必说,就是顶喜欢活动的小孩子们,总也是个个在怀恋的,因为当这中间,有的萝卜,雅儿梨等水果的闲食,还有大年夜,正月初一元宵等热闹的节期。

但在江南,可又不同;冬至过后,大江以南的树叶,也不至于脱尽。寒风——西北风——间或吹来,至多也不过冷了一日两日。到得灰云扫尽,落叶满街,晨霜白得像黑女脸上的脂粉似的清早,太阳一上屋檐,鸟雀便又在吱叫,泥地里便又放出水蒸气来,老翁小孩就又可以上门前的隙地里去坐着曝背谈天,营屋外的生涯了;这一种江南的冬景,岂不也可爱得很么?

我生长江南,儿时所受的江南冬日的印象,铭刻特深,虽则渐入中年。又爱上了晚秋,以为秋天正是读读书,写写字的人的最惠节季,但对于江南的冬景,总觉得是可以抵得过北方夏夜的一种特殊情调,说得摩登些,便是一种明朗的情调。

我也曾到过闽粤,在那里过冬天,和暖原极和暖,有时候到了阴历的年边,说不定还不得不拿出纱衫来着;走过野人的篱落,更还看得见许多杂七杂八的秋花!一番阵雨雷鸣过后,凉冷一点;至多也只好换上一件夹衣,在闽粤之间,皮袍棉袄是绝对用不着的;这一种极南的气候异状,并不是我所说的江

南的冬景,只能叫它作南国的长春,是春或秋的延长。

江南的地质丰腴而润泽,所以含得住热气,养得住植物;因而长江一带,芦花可以到冬至而不败,红叶也有时候会保持得三个月以上的生命。像钱塘江两岸的乌桕树,则红叶落后,还有雪白的桕子着在枝头,一点一丛,用照相机照将出来,可以乱梅花之真。草色顶多成了赭色,根边总带点绿意,非但野火烧不尽,就是寒风也吹不倒的。若遇到风和日暖的午后,你一个人肯上冬郊去走走,则青天碧落之下,你不但感不到岁时的肃杀,并且还可以饱觉着一种莫名其妙的含蓄在那里的生气;"若是冬天来了,春天也总马上会来"的诗人的名句,只有在江南的山野里,最容易体会得出。

说起了寒郊的散步,实在是江南的冬日,所给与江南居住者的一种特异的恩惠;在北方的冰天雪地里生长的人,是终他的一生,也决不会有享受这一种清福的机会的。我不知道德国的冬天,比起我们江浙来如何,但从许多作家的喜欢以 Spa-ziergang 一字来作他们的创造题目的一点看来,大约是德国南部地方,四季的变迁,总也和我们的江南差仿不多。譬如说十九世纪的那位乡土诗人洛在格(Peter Rosegger 1843—1918)罢,他用这一个"散步"作题目的文章尤其写得多,而所写的情形,却又是大半可以拿到中国江浙的山区地方来适用的。

江南河港交流,且又地滨大海,湖沼特多,故空气里时含水分;到得冬天,不时也会下着微雨,而这微雨寒村里的冬霖景象,又是一种说不出的悠闲境界。你试想想,秋收过后,河流边三五家人家会聚在一道的一个小村子里,门对长桥,窗临远阜,这中间又多是树枝槎丫的杂木树林;在这一幅冬日农村的图上,再洒上一层细得同粉也似的白雨,加上一层淡得几不成墨的背景,你说还够不够悠闲?若再要点景致进去,则门前可以泊一只乌篷小船,茅屋里可以添几个喧哗的酒客,天垂暮了,还可以加一味红黄,在茅屋窗中画上一圈暗示着灯光的月晕。人到了这一个境界,自然会得胸襟洒脱起来,终至于得失俱亡,死生不同了;我们总该还记得唐朝那位诗人作的"暮雨潇潇江上村"的一首绝句罢?诗人到此,连对绿林豪客都客气起来了,这不是江南冬景的迷人又是什么?

一提到雨,也就必然的要想到雪:"晚来天欲雪,能饮一杯无?"自然是江南日暮的雪景。"寒沙梅影路,微雪酒香村",则雪月梅的冬宵三友,会合在一道,在调戏酒姑娘了。"柴门闻犬吠,风雪夜归人",是江南雪夜,更深人静后的景况。"前树深雪里,昨夜一枝开"又到了第二天的早晨,和狗一样喜欢弄雪的村童来报告村景了。诗人的诗句,也许不尽是在江南所写,而作这几句诗的诗人,也许不尽是江南人,但假了这几句诗来描写江南的雪景,岂不直截了当,比我这一枝愚劣的笔所写的散文更美丽得多?

有几年，在江南，在江南也许会没有雨没有雪的过一个冬，到了春间阴历的正月底或二月初再冷一冷下一点春雪的；去年（一九三四）的冬天是如此，今年的冬天恐怕也不得不然，以节气推算起来，大约太冷的日子，将在一九三六年的二月尽头，最多也总不过是七八天的样子。像这样的冬天，乡下人叫作旱冬，对于麦的收成或者好些，但是人口却要受到损伤；旱得久了，白喉，流行性感冒等疾病自然容易上身，可是想恣意享受江南的冬景的人，在这一种冬天，倒只会得到快活一点，因为晴和的日子多了，上郊外去闲步逍遥的机会自然也多！日本人叫作 Hiking，德国人叫作 Spaziergang 狂者，所最欢迎的也就是这样的冬天。

窗外的天气晴朗得像晚秋一样；晴空的高爽，日光的洋溢，引诱得使你在房间里坐不住，空言不如实践，这一种无聊的杂文，我也不再想写下去了，还是拿起手杖，搁下纸笔，上湖上散散步罢！

杭州

杭州的出名，一大半是为了西湖。而人工的建设，都会的形成，初则是由于唐末五代，武肃王钱镠（西历十世纪初期）的割据东南，——“隋朝特创立此郡城，仅三十六里九十步；后武肃钱王，发民丁与十三寨军卒，增筑罗城，周围七十里许。……”（吴自牧《梦粱录》卷七）——再则是由于南宋建炎三年（一一二九），高宗的临安驻跸，奠定国都。至若唐白乐天与宋苏东坡的筑堤导水，原也有功于杭郡人民，可是仅仅一位醉酒吟诗携妓的郡守的力量，无论如何，也是不能和帝王匹敌的。

据说，杭州的杭字，是因“禹末年，巡会稽至此，舍航登陆，乃名杭，始见于文字。”（柴虎臣著《杭州沿革大事考》）因之，我们可以猜想，禹以前，杭州总还是一个泽国。而这一个四千余年前的泽国，后来为越为吴，也为吴越的战场，为东汉的浙江，为三国吴的富春，为晋的吴郡，为隋唐的杭州，两为偏安国都，迭为省治，现在并且成了东南五省交通的孔道，歌舞喧天，别庄满地，简直又要恢复南宋当时的首都旧观了。

我的来住杭州，本不是想上西湖来寻梦，更不是想弯强弩来射潮；不过妻杭人也，雅擅杭音，父祖富春产也，歌哭于斯，叶落归根，人穷返里，故乡鱼米较廉，借债亦易，——今年可不敢说，——屋租尤其便宜，铩羽归来，正好在此地偷安苟活，坐以待亡。搬来住后，岁月匆匆，一眨眼间，也已经住了一年有半了。朋友中间晓得我的杭州住址者，于春秋佳日，旅游西湖之余，往往肯命高轩来枉顾。我也因独处穷乡，孤寂得可怜，我朋自远方来，自然喜欢和他们谈谈旧事，说说杭州。这么一来，不几何时，大家似乎已经把我看成了杭州的管钥，山水的东家；《中学生》杂志的编者特地写信来要我写点关于杭州的

文章,大约原因总也在于此。

关于杭州一般的兴废沿革,有《浙江通志》,《杭州府志》,《仁钱县志》诸大部的书在;关于杭州的掌故,湖山的史迹,等等,也早有了光绪年间钱塘丁申、丁丙两氏编刻的《武林掌故丛编》,《西湖集览》,与新旧《西湖志》,《湖山便览》以及诸大书局大文豪的西湖游记或西湖游览指南诸书,可作参考;所以在这里,对这些,我不想再来饶舌,以虚费纸面和读者的光阴。第一,我觉得还值得一写,而对于读者,或者也不至于全然没趣的,是杭州人的性格;所以,我打算先从"杭州人"讲起。

第一个杭州人,究竟是那里来的?这杭州人种的起源问题,怕同先有鸡蛋呢还是先有鸡一样,就是叫达尔文从阴司里复活转来,也很不容易解决;好在这些并非是我们的主题,故而假定当杭州这一块陆土出水不久,就有些野蛮的、好渔猎的人来住了,这些蛮人,我们就姑且当他们是杭州人的祖宗。吴越国人,一向是好战,坚忍,刻苦,猜忌,而富于巧智的。自从用了美人计,征服了姑苏以来;兵事上虽则占了胜利,但民俗上却吃了大亏;喜斗,坚忍,刻苦之风,渐渐地消灭了。倒是猜忌,使计诸官能,逐步发达了起来。其后经楚威王,秦始皇,汉高帝等的挞伐,杭州人就永远处入了被征服者的地位,隶属在北方人的胯下。三国纷纷,孙家父子崛起,国号曰吴,杭州人总算又吐了一口气,这一口气,隐忍过隋唐两世,至钱武肃王而吐尽;不久南宋迁都,固有的杭州人的骨里,混入了汴京都的人士的文弱血球,于是现在的杭州人的性格,就此决定了。

意志的薄弱,议论的纷坛;外强中干,喜撑场面;小事机警,大事糊涂;以文雅自夸,以清高自命;只解欢娱,不知振作;等等,就是现在的杭州人的特性;这些,虽然是中国一般人的通病,但是看来看去,我总觉得以杭州人为尤甚。所以由外乡人说来,每以为杭州人是最狡猾的人,狡猾得比上海滩上的滑头还要利害。但其实呢,杭州人只晓得占一点眼前的小利小名,暗中在吃大亏,可是不顾到的。等到大亏吃了,杭州人还要自以为是,自命为直,无以名之,名之曰"杭铁头"以自慰自欺。生性本是勤而且俭的杭州人,反以为勤俭是倒霉的事情,是贫困的暴露,是与面子有关的,所以父母教子弟的第一个原则,就是教他们游惰过日,摆大少爷的架子。等空壳大少爷的架子学成,父母年老,财产荡尽的时候,这些大少爷们在白天,还要上西湖去逛逛,弄件把长衫来穿穿,饿着肚皮而高使着牙签;到了晚上上黑暗的地方去跪着讨饭,或者扒点东西,倒满不在乎,因为在黑暗里人家看不见,与面子还是无关,而大少爷的架子却不可不摆。至于作匪作强盗呢,却不会,决不会,杭州人并不是没有这个胆量,但杀头的时候要反绑着手去游街示众,与面子有关;最勇敢的杭州人,亦不过作作小窃而已。

唯其是如此，所以现在的杭州人，就永远是保有着被征服的资格的人；风雅倒很风雅，浅薄的知识也未始没有，小名小利，一着也不肯放松，最利害的尤其是一张嘴巴。外来的征服者，征服了杭州人后，过不上三代，就也成了杭州人了，于是剃头者人亦剃其头，几十年后，仍复要被新的征服者来征服。照例类推，一年一年的下去。现在残存在杭州的固有杭州老百姓，计算起来，怕已经不上十个指头了。

人家说这是因为杭州的山水太秀丽了的缘故。西湖就像是一位“二八佳人体似酥”的狐狸精，所以杭州决出不出好子弟来。这话哩，当然也含有着几分真理。可是日本的山水，秀丽处远在杭州之上；瑞士我不晓得，意大利的风景画片我们总也时常看见的罢，何以外国人都可以不受着地理的限制，独有杭州人会陷入这一个绝境去的呢？想来想去，我想总还是教育的不好。杭州的家庭教育，社会教育，学校教育，总非要彻底的改革一下不可。

其次是该讲杭州的风俗了；岁时习俗，显露在外表的年中行事，大致是与江南各省相通的；不过在杭州像婚丧喜庆等事，更加要铺张一点而已。关于这一方面，同治年间有一位钱塘的范月桥氏，曾作过一册《杭俗遗风》，写得比较详细，不过现在的杭州风俗，细看起来，还是同南宋吴自牧在《梦粱录》里所说的差仿不多，因为杭州人根本还是由那个时候传下来，在那个时候改组过的人。都会文化的影响，实在真大不过。

一年四季，杭州人所忙的，除了生死两件大事之外，差不多全是为了空的仪式；就是婚丧生死，一大半也重在仪式。丧事人家可以出钱去雇人来哭。喜事人家也有专门说好话的人雇在那里借讨采头。祭天地，祀祖宗，拜鬼神等等，无非是为了一个架子；甚至于四时的游逛，都列在仪式之内，到了时候，若不去一定的地方走一遭，仿佛是犯了什么大罪，生怕被人家看不起似的。所以明朝的高濂，作了一部《四时幽赏录》，把杭州人在四季中所应作的闲事，详细列叙了出来。现在我只教把这四时幽赏的简目，略抄一下，大家就可以晓得吴自牧所说的“临安风俗，四时奢侈，赏观殆无虚日”的话的不错了。

一、春时幽赏：孤山月下看梅花，八卦田看菜花，虎跑泉试新茶，西溪楼啖煨笋，保俶塔看晓山，苏堤看桃花，等等。

二、夏时幽赏：苏堤看新绿，三生石谈月，飞来洞避暑，湖心亭采莼，等等。

三、秋时幽赏：满家巷赏桂花，胜果寺望月，水乐洞雨后听泉，六和塔夜玩风潮，等等。

四、冬时幽赏：三茅山顶望江天雪霁，西溪道中玩雪，雪后镇海楼观晚炊，除夕登吴山看松盆，等等。

将杭州人的坏处，约略在上面说了之后，我却终觉不得不对杭州的山水，再来一两句简单的批评。西湖的山水，若当盆景来看，好处也未始没有，就是在它的比盆景稍大一点的地方。若要在西湖近处看山的话，那你非要上留下向西向南再走二三十里路不行。从余杭的小和山走到了午潮山顶，你向四面一看，就有点可以看出浙西山脉的大势来了。天晴的时候，西北你能够看得见天目，南面脚下的横流一线，东下海门，就是钱塘江的出口，龛赭二山，小得来像天文镜里的游星。若嫌时间太费，脚力不继的话，那至少你也该坐车下江干，过范村，上五云山头去看看隔岸的越山，与钱塘江上游的不断的峰峦。况且五云山足，西下是云栖，竹木清幽；地方实在还可以。从五云山向北若沿郎当岭而下天竺，在岭脊你就可以看到西岭下梅家坞的别有天地，与东岭下西湖全面的镜样的湖光。

若要再近一点，来玩西湖，我觉得南山终胜于北山，凤凰山胜果寺的荒凉远大，比起灵隐，葛岭来，终觉回味要浓厚一点。

还有北面秦亭山法华山下的西溪一带呢，如花坞秋雪庵，茭芦庵等处，散疏雅逸之致，原是有的，可是不懂得南画，不懂得王维、韦应物的诗意的人，即使去看了，也是毫无所得的。

离西湖十余里，在拱宸桥的东首，地当杭州的东北，也有一簇山脉汇聚在那里。俗称“半山”的皋亭山，不过因近城市而最出名，讲到景致，则断不及稍东的黄鹤峰，与偏北的超山。况且超山下的居民，以植果木为业，旧历二月初，正月底边的大明堂外（吴昌硕的坟旁）的梅花，真是一个奇观，俗称“香雪海”的这个名字，觉得一点儿也不错。

此外还有关于杭州的饮食起居的话，我不是作西湖旅行指南的人，在此地只好不说了。

里西湖的一角落

记得是在六七年——也许是十几年了——的前头，当时映霞的外祖父王二南先生还没有去世，我于那一年的秋天，又从上海到了杭州，寄住在里湖一区僧寺的临水的西楼；目的是想去整理一些旧稿，出几部书。

秋后的西湖，自中秋节起，到十月朝的前后，有时候也竟可以一直延长到阴历十一月的初头，我以为世界上更没有一处比西湖再美丽，再沉静，再可爱的地方。

天气渐渐凉了，可是还不至于感到寒冷，蚊蝇自然也减少了数目。环抱在湖西一带的青山，木叶稍稍染一点黄色，看过去仿佛是嫩草的初生。夏季的雨期过后，秋天百日，大抵是晴天多，雨天少。万里的长空，一碧到底，早晨也许在东方有几缕朝霞，晚上在四周或许上一圈红晕，但是皎洁的日中，与深沉的半夜，总是青天浑同碧海，教人举头越看越感到幽深。这中间若再添上几声络纬的微吟和蟋蟀的低唱，以及山间报时刻的鸡鸣与湖中代步行的棹响，那湖上的清秋静境，就可以使你感味到点滴都无余滓的地步。“秋天好，最好在西湖……”我若要唱一阕小令的话，开口就得念这么的两句。西湖的秋日真是一段多么发人深省，迷人骨的时季吓！（写到了此地，我同时也在流滴着口涎。）

是在这一种淡荡的湖月林风里，那一年的秋后，我就在里湖僧寺的那一间临水西楼上睡觉，抽烟，喝酒，读书，拿笔写文章。有时候自然也到山前山后去走走路；里湖外湖去摇摇船，可是白天晚上，总是在楼头坐着的时候多，在路上水上的时候

少，为的是想赶着这个秋天，把全集的末一二册稿子，全部整理出来。

但是预定的工作，刚作了一半的时候，有一天午后二南老先生却坐了洋车，从城里出来访我了。上楼坐定之后，他开口就微笑着说："好诗！好诗！"原来前几天我寄给城里住着的一位朋友的短札，被他老先生看见了；短札上写的，是东倒西歪的这么的几行小字："逋窜禅房日闭关，夜窗灯火照孤山，此间事不为人道，君但能来与往还。"被他老先生一称赞，我就也忘记了本来的面目，马上就教厨子们热酒，煮鱼，摘菜，作点心。两人喝着酒，高谈着诗，先从西泠十子谈起，波及了杭郡诗辑，两浙輶轩的正录续录，又转到扬州八怪，明末诸贤的时候，他老先生才忽然想起，从袋里拿出了一张信来说：

"这是北翔昨天从哈尔滨寄来的信，要我为他去拓三十张杨云友的墓碣来，你既住近在这里，就请你去代办一办。我今天的来此，目的就为了这件事情。"

从这一天起，我的编书的工作就被打断了，重新缠绕着我，使我时时刻刻，老发生着幻想的，就是杨云友的那一个小小的坟亭。亭是在葛岭的山脚，正当上山路口东面的一堆荒草中间的。四面的空地，已经被豪家侵占得尺寸无余了，而这一个小小的破烂亭子，还幸而未被拆毁。我当老先生走后的第二天带了拓碑的工匠，上这一条路去寻觅的时候，身上先钩惹了一身的草子与带刺的荆棘。到得亭下，将荒草割了一割，为探寻那一方墓碣又费了许多工夫。直到最后，扫去了坟周围的几堆垃圾牛溲，捏紧鼻头，绕到了坟的后面，跪下去一摸一看，才发见了那一方以青石刻成的张北翔所写的明女士杨云友的碑铭。这时候太阳已经打斜了，从山顶上又吹下了一天西北风来。我跪伏在污臭的烂泥地上，从头将这墓碣读了一遍，觉得立不起身来了；一种无名的伤感，直从丹田涌起，冲到了心，冲上了头。等那位工匠走近身边，叫了我几声不应，使了全身的气力，将我扶起的时候，他看了我一面，也突然间骇了一大跳。因为我的青黄的面上，流满了一脸的眼泪，眼色也似乎是满带了邪气。他以为我白日里着了鬼迷了，不问皂白，就将我背贴背的背到了石碑坊的道上，叫集了许多住在近边的乡人，抬送我到了寺里。

过了几天，他把三十张碑碣拓好送来了，进寺门之后，在楼下我就听见他在轻轻的问小和尚说：

"楼上的那位先生，以后该没有发疯罢！"

小和尚骂了他几声"胡说！"就跑上楼来问我要不要会他一面，我摇了摇头只给了他些过分的工钱。

这一个秋天，虽则为了这一件事情而打断了我的预定的工作，但在第二年春天出版的我的一册薄薄的集子里，竟添上了一篇叫作《十三夜》的小说。小说虽则不长，由别人看起来，或许也不见得有什么好处，但在我自己，却总

因为它是一个难产的孩子，所以格外的觉得爱惜。

过了几年，是杭州大旱的那一年，夏天絜妻带子，我在青岛北戴河各处避了两个月暑，回来路过北平，偶而又在东安市场的剧园里看了一次荀慧生扮演的《杨云友三嫁董其昌》的戏。荀慧生的扮相并不坏，唱作更是恰到好处，当众挥毫的几笔淡墨山水，也很可观，不过不晓得为什么，我却觉得杨云友总不是那一副相儿。

又是几年过去了，一九三六年的春天，忽而发了醉兴，跑上了福州。福州的西城角上，也有一个西湖。每当夏天的午后，或冬日的清晨，有时候因为没地方走，老跑到这小西湖的边上去散步。一边走着，一边也爱念着"天下西湖三十六，就中最好是杭州"的两句成语，以慰乡思。翻翻福州的《西湖志》，才晓得宛在堂的东西，斜坡草地的西北方，旧有一座强小姐的古墓，是很著灵异的。强小姐的出身世系，我也莫名其妙，但是宋朝有一位姓强的余杭人，曾经著过许多很好的诗词，我仿佛还有点儿记得。这一个强小姐墓，当然是清朝的墓，而福州土著的人，或者也许姓强的，但当我走过西湖，走过这强小姐的墓时，却总要想起"钱塘苏小是乡亲"的一句诗，想起里湖一角落里那一座杨云友的坟亭；这仅仅是联想作用的反射么，或者是骸骨迷恋者的一种疯狂的症候？我可说不出来。

西溪的晴雨

西北风未起，蟹也不曾肥，我原晓得芦花总还没有白，前两星期，源宁来看了西湖，说他倒觉得有点失望，因为湖光山色，太整齐，太小巧，不够味儿，他开来的一张节目上，原有西溪的一项，恰巧第二天又下了微雨，秋原和我就主张微雨里下西溪，好教源宁去尝一尝这西湖近旁的野趣。

天色是阴阴漠漠的一层，湿风吹来，有点儿冷，也有点儿香，香的是野草花的气息。车过方井旁边，自然又下车来，去看了一下那座天主圣教修士们的古墓。从墓门望进去，只是黑沉沉，冷冰冰的一个大洞，什么也看不见，鼻子里却闻吸到了一种霉灰的阴气。

把鼻子掀了两掀，耸了一耸肩膀，大家都说，可惜忘记带了电筒，但在下意识里，自然也有一种恐怖，不安，和畏缩的心意，在那里作恶，直到了花坞的溪旁，走进窗明几净的静莲庵(?)堂去坐下，喝了两碗清茶，这一些鬼胎，方才洗涤了个空空脱脱。

游西溪，本来是以松木场下船，带了酒盒行厨，慢慢儿地向西摇去为正宗。像我们那么高坐了汽车，飞鸣而过古荡，东岳，一个钟头要走百来里路的旅客，终于是难度的俗物，但是俗物也有俗益，你若坐在汽车座里，引颈而向西向北一望，直到湖州，只见一派空明，遥盖在淡绿成阴的斜平海上；这中间不见水，不见山，当然也不见人，只是渺渺茫茫，青青绿绿，远无岸，近亦无田园村落的一个大斜坡，过秦亭山后，一直到留下为止的那一条沿山大道上的景色，好处就在这里，尤其是当微雨朦胧，江南草长的春或秋的半中间。

从留下下船，回环曲折，一路向西向北，只在芦花浅水里打圈圈；圆桥茅舍，桑树蓼花，是本地的风光，还不足道；最古怪的，是剩在背后的一带湖上的青山，不知不觉，忽而又会得移上你的面前来，和你点一点头，又匆匆的别了。

摇船的少女，也总好算是西溪的一景；一个站在船尾把摇橹，一个坐在船头上使桨，身体一伸一俯，一往一来，和橹声的咿呀，水波的起落，凑合成一个又圆又曲的进行软调；游人到此，自然会想起瘦西湖边，竹西歌吹的闲情，而源宁昨天在漪园月下老人祠里求得的那支灵签，仿佛是完全的应了，签诗的语文，是《鄘风桑中》章末后的三句，叫作“期我乎桑中，要我乎上宫，送我乎淇之上矣。”

此后便到了交芦庵，上了弹指楼，因为是在雨里，带水拖泥，终于也感不到什么的大趣，但这一天向晚回来，在湖滨酒楼上放谈之下，源宁却一本正经地说：“今天的西溪，却比昨昨日的西湖，要好三倍。”

前天星期假日，日暖风和，并且在报上也曾看到了芦花怒放的消息；午后日斜，老龙夫妇，又来约去西溪，去的时候，太晚了一点，所以只在秋雪庵的弹指楼上，消磨了半日之半。一片斜阳，反照在芦花浅渚的高头，花也并未怒放，树叶也不曾凋落，原不见秋，更不见雪，只是一味的晴明浩荡，飘飘然，浑浑然，洞贯了我们的肠腑，老僧无相，烧了面，泡了茶；更送来了酒，末后还拿出了纸和墨，我们看看日影下的北高峰，看看庵旁边的芦花荡，就问无相，花要几时才能全白？老僧操着缓慢的楚国口音，微笑着说：“总要到阴历十月的中间；若有月亮，更为出色。”说后，还提出了一个交换的条件，要我们到那时候，再去一玩，他当预备些精馔相待，聊当作润笔，可是今天的字，却非写不可，老龙写了“一剑横飞破六合，万家憔悴哭三吴”的十四个字，我也附和着抄了一副不知在那里见过的联语：“春梦有时来枕畔，夕阳依旧上帘钩。”

喝得酒醉醺醺，走下楼来，小河里起了晚烟，船中间满载了黑暗，龙妇又逸兴遄飞，不知上那里去摸出了一支洞箫来吹着。“其声呜呜然，如怨如慕，如泣如诉，余音袅袅，不绝如缕”，倒真有点像是七月既望，和东坡在赤壁的夜游。

花坞

“花坞”这一个名字,大约是到过杭州,或在杭州住上几年的人,没有一个不晓得的,尤其是游西溪的人,平常总要一到花坞。二三十年前,汽车不通,公路未筑,要去游一次,真不容易;所以明明知道这花坞的幽深清绝,但脚力不健,非好游如好色的诗人,不大会去。现在可不同了,从湖滨向北向西的坐汽车去,不消半个钟头,就能到花坞口外。而花坞的住民,每到了春秋佳日的放假日期,也会成群结队,在花坞口的那座凉亭里鹄候,预备来作一个临时导游的角色,好轻轻快快地赚取游客的两毛小洋;现在的花坞,可真成了第二云栖,或第三九溪十八涧了。

花坞的好处,是在它的三面环山,一谷直下的地理位置,石人坞不及它的深,龙归坞没有它的秀。而竹木萧疏,清溪蜿绕,庵堂错落,尼媪翩翩,更是花坞独有的迷人风韵。将人来比花坞,就像浔阳商妇,老抱琵琶;将花来比花坞,更像碧桃开谢,未死春心;将菜来比花坞,只好说冬菇烧豆腐,汤清而味隽了。

我的第一次去花坞,是在松木场放马山背后养病的时候,记得是一天日和风定的清秋的下午,坐了黄包车,过古荡,过东岳,看了伴凤居,访过风木庵(是钱唐丁氏的别业),感到了口渴,就问车夫,这附近可有清静的乞茶之处?他就把我拉到了花坞的中间。

伴凤居虽则结构堂皇,可是里面却也坍败得可以;至于杨家牌楼附近的风木庵哩、丁氏的手迹尚新,茅庵的木架也在,

但不晓怎么，一走进去，就感到了一种扑人的霉灰冷气。当时大厅上停在那里的两口丁氏的棺材，想是这一种冷气的发源之处，但泥墙倾圮，蛛网绕梁，与壁上挂在那里的字画屏条一对比，极自然地令人生出了“俯仰之间，已成陈迹”的感想。因为刚刚在看了这两处衰落的别墅之后，所以一到花坞，就觉得清新安逸，像世外桃源的样子了。

自北高峰后，向北直下的这一条坞里，没有洋楼，也没有伟大的建筑，而从竹叶杂树中间透露出来的屋檐半角，女墙一围，看将过去却又显得异常的整洁，异常的清丽。英文字典里有 Cottage 的这一个名字；而形容这些茅屋田庄的安闲小洁的字眼，又有着许多像 Tiny，Dainty，Snug 的绝妙佳词，我虽则还没有到过英国的乡间，但到了花坞，看了这些小庵却不能自已地便想起了这种只在小说里读过的英文字母。我手指着那些在林间散点着的小小的茅庵，回头来就问车夫：“我们可能进去？”车夫说：“自然是可以的。”于是就在一曲溪旁，走上了山路高一段的地方，到了静掩在那里的，双黑板的墙门之外。

车夫使劲敲了几下，庵里的木鱼声停了，接着门里头就有一位女人的声音，问外面谁在敲门。车夫说明了来意，铁门闩一响，半边的开门了，出来迎接我们的，却是一位白发盈头，皱纹很少的老婆婆。

庵里面的洁净，一间一间小房间的布置的清华，以及庭前屋后树木的参差掩映，和厅上佛座下经卷的纵横，你若看了之后，仍不起皈依弃世之心的，我敢断定你就是没有感觉的木石。

那位带发修行的老比丘尼去为我们烧茶煮水的中间，我远远听见了几声从谷底传来的鹊噪的声音；大约天时向暮，乌鹊来归巢了，谷里的静，反因这几声的急噪，而加深了一层。

我们静坐着，喝干了两壶极清极酽的茶后，该回去了，迟疑了一会，我就拿出了一张纸币，当作茶钱，那一位老比丘尼却笑起来了，并且婉慢地说：

“先生！这可以不必；我们是清修的庵，茶水是不用钱买的。”

推让了半天，她不得已就将这一元纸币交给了车夫，说：“这给你作个外快罢！”

这老尼的风度，和这一次逛花坞的情趣，我在十余年后的现在，还在津津地感到回味。所以前一礼拜的星期日，和新来杭州住的几位朋友遇见之后，他们问我“上哪里去玩？”我就立时提出了花坞，他们是有一乘自备汽车的，经松木场，过古荡东岳而去花坞，只须二十分钟，就可以到。

十余年来的变革，到花坞里也留下了痕迹。竹木的清幽，山溪的静妙，虽则还同太古时一样，但房屋加多了，地价当然也增高了几百倍；而最令人感到不快的，却是这花坞的住民也变作了狡猾的商人。庵里的尼媪，和退院的老僧,也不像从前的恬淡了,建筑物和器具之类,并且处处还受着了欧洲的下劣趣味的恶化。

同去的几位,因为没有见到十余年前花坞的处女时期,所以仍旧感觉得非常满意,以为九溪十八涧、云栖决没有这样的清幽深邃;但在我的内心,却想起了一位素朴天真,沉静幽娴的少女,忽被有钱有势的人奸了以后又被弃的状态。

超山的梅花

凡到杭州来游的人，因为交通的便利，和时间的经济的关系，总只在西湖一带，登山望水，漫游两三日，便买些土产，如竹篮纸伞之类，匆匆回去；以为雅兴已尽，尘土已经涤去，杭州的山水佳处，都曾享受过了。所以古往今来，一般人只知道三竺六桥，九溪十八涧，或西湖十景，苏小岳王；而离杭城三五十里稍东偏北的一带山水，现在简直是很少有人去玩，并且也不大有人提起的样子。

在古代可不同；至少至少，在清朝的乾嘉道光，去今百余年前，杭州人的好游的，总没有一个不留恋西溪，也没有一个不披蓑戴笠去看半山（即皋亭山）的桃花，超山的香雪的。原因是因为那时候杭州和外埠的交通，所取的路径都是水道；从嘉兴上海等处来往杭州，运河是必经之路。舟入塘栖，两岸就看得到山影；到这里，自杭州去他处的人，渐有离乡去国之感，自外埠到杭州来的人，方看得到山明水秀的一个外廓；因而塘栖镇，和超山，独山等处，便成了一般旅游之人对杭州的记忆的中心。

超山是在塘栖镇南，旧日仁和县（现在并入杭县了）东北六十里的永和乡的，据说高有五十余丈，周二十里（咸淳《临安志》作三十七丈），因其山超然出于皋亭黄鹤之外，故名。

从前去游超山，是要从湖墅或拱宸桥下船；向东向北向西向南，曲折回环，冲破菱荇水藻而去的；现在汽车路已经开通，自清泰门向东直驶，至乔司站落北更向西，抄过临平镇，由临平山西北，再驰十余里，就可以到了；“小红唱曲我吹箫”的船

行雅处，现在虽则要被汽车的机器油破坏得丝缕无余，但坐船和坐汽车的时间的比例，却有五与一的大差。

汽车走过的临平镇，是以释道潜的一首“风蒲猎猎弄轻柔，欲立蜻蜓不自由，五月临平山下路，藕花无数满汀洲”的绝句出名；而超山北面的塘栖镇，又以南宋的隐士，明末清初的田园别墅出名；介与塘栖与超山之间的丁山湖，更以水光山色，鱼虾果木出名；也无怪乎从前的文人骚客，都要向杭州的东面跑，而超山皋亭山的名字每散见于诸名士的歌咏里了。

超山脚下，塘栖附近的居民，因为住近水乡；阡陌不广之故，所靠以谋生的完全是果木的栽培。自春历夏，以及秋冬、梅子，樱桃，枇杷，杏子，甘蔗之类的出产，一年总有百万元内外。所以超山一带的梅林，成千成万；由我们过路的外乡人看来，只以为是乡民趣味的高尚，个个都在学林和靖的终身不娶，殊不知实际上他们却是正在靠此而养活妻孥的哩！

超山的梅花，向来是开在立春前后的；梅干极粗极大，枝叉离披四散，五步一丛，十步一坂，每个梅林，总有千株内外，一株的花朵，又有万颗左右；故而开的时候，香气远传到十里之外的临平山麓，登高而远望下来，自然自成一个雪海；近年来虽说梅株减少了一点，但我想比到罗浮的仙境，总也只有过之，不会不及。

从杭州到超山去的汽车路上，过临平山后，两旁已经有一处一处的梅林在迎送了，而汇聚得最多，游人所必到的看梅胜地，大抵总在汽车站西南，超山东北麓，报慈寺大明堂（亦称大明寺）前头，梅花丛里有一个周梦坡筑的宋梅亭在那里的周围五六里地的一圈地方。

报慈寺里的大殿（大约就是大明堂了罢?），前几年被寺的仇人毁坏了，当时还烧死了一位当家和尚在殿东一块石碑之下。但殿后的一块刻有吴道子画的大士像的石碑，还好好地镶在壁里，丝毫也没有动。去年我去的时候，寺僧刚在募化重修大殿；殿外面的东头，并且已经盖好了三间厢房在作客室。后面高一段的三间后殿，火烧时也不曾烧去，和尚手指着立在殿后壁里的那一块石刻大士像碑说，“这都是这位大慈大悲救苦救难广大灵感观世音菩萨的福佑！”

在何春渚删成的《塘栖志略》里，说大明寺前有一口井，井水甘冽！旁树石碣，刻有“一人堂堂，二曜重光，泉深尺一，点去冰旁；二人相连，不欠一边，三梁四柱烈火然，添却双钩两日全”之碑铭，不识何意等语。但我去大明堂（寺）的时候，却既不见井，也不见碑；而这条碑铭，我从前是曾在一部笔记叫作《桂苑丛谈》的书里看到过一次的。这书记载着：“令狐相公出镇淮海日，支使班蒙，与从事诸人，俱游大明寺之西廊，忽睹前壁，题有此铭，诸宾皆莫能辨，独班支使曰：‘得非大明寺水，天下无比八字乎?’众皆怅然。”从此看

来,《塘栖志略》里所说的大明寺井碑,应是抄来的文章,而编者所谓不识何意者,还是他在故弄玄虚。当然,寺在山麓,地又近水,寺前寺后,井是当然有一口的;井里的泉,也当然是清冽的;不过此碑此铭,却总有点儿可疑。

大明寺前的所谓宋梅,是一棵曲屈苍老,根脚边只剩了两条树皮围拱,中间空心,上面枝干四叉的梅树。因为怕有人折,树外面全部是用一铁丝网罩住的。树当然是一株老树,起码也要比我的年纪大一两倍,但究竟是不是宋梅,我却不敢断定。去年秋天,曾在天台山国清寺的伽蓝殿前,看见过一株所谓隋梅;前年冬天,也曾在临平山下安隐寺里看见过一枝所谓唐梅;但所谓隋,所谓唐,所谓宋,等等,我想也不过"所谓"而已,究竟如何,还得去问问植物考古的专家才行。

出大明堂,从梅花林里穿过,西面从吴昌硕的坟旁一条石砌路上攀登上去,是上超山顶去的大路了。一路上有许多同梦也似的疏林,一株两株如被遗忘了似的红白梅花,不少的坟园,在招你上山,到了半山的竹林边的真武殿(俗称中圣殿)外,超山之所以为超,就有点感觉得到了;从这里向东西北的三面望去,是汪洋的湖水,曲折的河身,无数的果树;不断的低岗,还有塘的两面的点点的人家;这便算是塘栖一带的水乡全景的鸟瞰。

从中圣殿再沿石级上去,走过黑龙潭,更走二里,就可以到山顶,第一要使你骇一跳的,是没有到上圣殿之先的那一座天然石筑的天门。到了这里,你才晓得超山的奇特,才晓得志上所说的"山有石鱼石笋等,他石多异形,如人兽状。"诸记载的不虚,实实在在。超山的好处,是在山头一堆石,山下万梅花,至若东瞻大海,南眺钱江,田畴如井,河道如肠,桑麻遍地,云树连天等形容词,则凡在杭州东面的高处,如临平山黄鹤峰上都用得着的,并非是超山独一无二的绝景。

你若到了超山之后,则北去超山七里地外的塘栖镇上,不可不去一到。在那些河流里坐坐船,果树下跑跑路,趣味实在是好不过。两岸人家,中夹一水;走过丁山湖时,向西面看看独山,向东首看看马鞍龟背,想象想象南宋垂亡,福王在庄(至今其地还叫作福王庄)上所过的醉生梦死脂香粉腻的生涯,以及明清之际,诸大老的园亭别墅,台榭楼堂,或康熙乾隆等数度的临幸,包管你会起一种像读《芜城赋》似的感慨。

又说到了南宋,关于塘栖,还有好几宗故事,值得一提。第一,卓氏家乘《唐栖考》里说:"唐栖者,唐隐士所栖也;隐士名珏,字玉潜,宋末会稽人。少孤,以明经教授乡里子弟而养其母,至元戊寅,浮图总统杨连真伽,利宋攒宫金玉,故为妖言惑主听;发掘之。珏怀愤,乃货家具,召诸恶少,收他骨易遗骸,瘗兰亭山后,而树冬青树识焉。珏后隐居唐栖,人义之,遂名其地为唐栖。"这镇名的来历说,原是人各不同的,但这也岂不是一件极有趣的故事

么？还有塘栖西龙河圩，相传有宋宫人墓；昔有士子，秋夜凭栏对月，忽闻有环珮之声，不寐听之，歌一绝云：“淡淡春山抹未浓；偶然还记旧行踪，自从一入朱门去，便隔人间几万重。”闻之酸鼻。这当然也是一篇绝哀艳的鬼国文章。

塘栖镇跨在一条水的两岸，水南属杭州，水北属德清；商市的繁盛，酒家的众多，虽说只是一个小小的镇集，但比起有些县城来，怕还要闹热几分。所以游过超山，不愿在山上吃冷豆腐黄米饭的人，尽可以上塘栖镇上去痛饮大嚼；从山脚下走回汽车路去坐汽车上塘栖，原也很便，但这一段路，总以走走路坐坐船更为合式。

城里的吴山

不管是到过或没有到过杭州的人，只须是受过几年中等教育的，你倘若问他：“杭州城里有什么大自然的好景?”他总会毫不思索地回复你一声“西湖”！其实西湖却是在从前的杭州城外的，以其在杭城之西而得名。真正在杭州城里的大观，第一要推吴山(俗名城隍山)，可是现在来杭州的游客，大半总不加以注意；就是住在杭州的本地人，也一年之中去不得几次，这才是奇事。我这一回来称颂吴山，若说得僭一点，也可以说是“我的杭州城的发见”，以效 My Discovery of London 之颦；不过吴山在辛亥革命以前，久已经是杭州唯一的游赏之地，现在的发见，原也只是重翻旧账而已。

“吴山，春秋时为吴南界，以别于越，故曰吴山。或曰，以伍子胥故，讹伍为吴，故《郡志》亦称胥山，在镇海楼(即鼓楼)之右。盖天目为杭州诸山之宗，翔舞而东，结局于凤凰山；其支山左折，遂为吴山；派分西北，为宝月，为蛾眉，为竹园；稍南为石佛，为七宝，为金地，为瑞石，为宝莲，为清平，总曰吴山。……”

这是田叔禾《西湖游览志》卷十二记南山城内胜迹中之关于吴山的记载。二十余年前，杭州人说是出游，总以这吴山为目的；脚力不继的人，也要出吴山的脚下，上涌金门外三雅园等地方去喝茶；自辛亥革命以来，旗营全毁，城墙拆了，游人就集中在湖滨，不再有上城隍山去消磨半日光阴的事情了。

吴山的好处,第一在它的近,第二在它的并不高,元时平章答剌罕脱欢所甃的那数百级的石级,走走并不费力。可是一到顶上,掉头四顾,却可以看得见沧海的日出,钱塘江江上的帆行,西兴的烟树,城里的人家;西湖只像一面圆镜,到城隍山上去俯看下来,却不见得有趣,不见得娇美了。还有一件吴山特有的好处,是这山上的怪石的特多;你若从东面上山,一直的向南向西,沿岭脊走去,在路上有十几处可以看到这些神工鬼斧的奇岩怪石。假山垒不到这样的巧,真山也决没有这样的秀,而襟江带湖,碧天四匝,僧庐道院,画阁雕栏,茂林修竹,尘市炊烟等景物,还是不足道的余事。

还有一层,觉得现在的吴山,对于我,比从前更觉得有味的,是游人的稀少。大约上吴山去的,总以春秋二节的烧香客为限;一般的游人,尤其是老住在杭州的我所认识的许多朋友,平时决不会去的。乡下的烧香客,在香市里虽则拥挤不堪,可是因为我和他们并不相识,所以虽处在稠人广众之中,我还可以尽情地享受我的孤独。

自迁到杭州来后,这城隍山的一角,仿佛是变了我的野外的情人,凡遇到胸怀悒郁,工作倦颓;或风雨晦暝,气候不正的时候,只消上山去走它半天,喝一碗茶两杯酒,坐两三个钟头,就可以恢复元气,爽飒地回来,好像是洗了一个澡。去年元日,曾去登过,今年元日,也照例的去;此外凡遇节期,以及稍稍闲空的当儿,就是心里没有什么烦闷,也会独自一个踱上山去,痴坐它半天。

前次语堂来杭,我陪他走了半天城隍山后,他也看出了这山的好处来了,我们还谈到了集资买地,来造它一个俱乐部的事情。大约吴山卜筑,事亦非难,只教有五千元钱,以一千元买地,四千元造屋,就可以成功了;不过可惜的,是几处地点最好的地方,都已经被有钱有势,不懂山水的人侵占了去,我们若来,只能在南山之下,买几方地,筑数椽屋;处境不高,眺望也不能开畅,与山居的原意,小有不合而已。

不久之前,更有几位研究中国文学的外人来游;我也照例的陪他们游过吴山之后,他们问我说:"金人所说的立马吴山第一峰,是什么意思?"他们以为吴山总是杭州最高的山,所以金人会有这样的诗语。我一时解答不出,就只指示了他们以一排南宋故宫的遗址。大约自凤山门以西,沿凤凰山而北的一段,一定是南宋的大门,穿过万松岭,可以直达湖滨的。他们才恍然大悟地说:"原来是如此,立马吴山,就可以看得到宫城的全部,金人的用意也可算深了。"这一个对于第一峰三字的解释,不知究竟正确不正确。但南宋故宫的遗址,却的确可以由城隍山或紫阳山的极顶,看得一望无遗的。

半日的游程

去年有一天秋晴的午后，我因为天气实在好不过，所以就搁下了当时正在赶着写的一篇短篇的笔，从湖上坐汽车驰上了江干。在儿时习熟的海月桥、花牌楼等处闲走了一阵，看看青天，看看江岸，觉得一个人有点寂寞起来了，索性就朝西的直上，一口气便走到了二十几年前曾在那里度过半年学生生活的之江大学的山中。二十年的时间的印迹，居然处处都显示了面形：从前的一片荒山，几条泥路，与夫乱石幽溪，草房藩溷，现在都看不见了。尤其要使人感觉到我老何堪的，是在山道两旁的那一排青青的不凋冬树；当时只同豆苗似的几根小小的树秧，现在竟长成了可以遮蔽风雨，可以掩障烈日的长林。不消说，山腰的平处，这里那里，一所所的轻巧而经济的住宅，也添造了许多；像在画里似的附近山川的大致，虽仍依旧，但校址的周围，变化却竟簇生了不少。第一，从前在大礼堂前的那一丝空地，本来是下临绝谷的半边山道，现在却已将面前的深谷填平，变成了一大球场。大礼堂西北的略高之处，本来是有几支被朔风摧折得弯腰屈背的老树孤立在那里的，现在却建筑起了三层的图书文库了。二十年的岁月！三千六百日的两倍的七千二百日的日子！以这一短短的时节，来比起天地的悠长来，原不过是像白驹的过隙，但是时间的威力，究竟是绝对的暴君，曾日月之几何，我这一个本在这些荒山野径里驰骋过的毛头小子，现在也竟垂垂老了。

一路上走着看着，又微微地叹着，自山的脚下，走上中腰，我竟费去了三十来分钟的时刻。半山里是一排教员的住宅，我的此来，原因为在湖上在江干孤独得怕了，想来找一位既是同乡，又是同学，而自美国回来之后就在这母校里服务的胡君，和他来谈谈过去，赏赏清秋，并且也可以由他这里来探到一点故乡的消息的。

两个人本来是上下年纪的小学校的同学，虽然在这二十几年中见面的机会不多，但或当暑假，或在异乡，偶而遇着的时候，却也有一段不能自已的柔情，油然会生起在各个的胸中。我的这一回的突然的袭击，原也不过是想使他惊骇一下，用以加增加增亲热的效力的企图；升堂一见，他果然是被我骇倒了。

“哦！真难得！你是几时上杭州来的？”他惊笑着问我。

“来了已经多日了，我因为想静静儿的写一点东西，所以朋友们都还没有去看过。今天实在天气太好了，在家里坐不住，因而一口气就跑到了这里。”

“好极！好极！我也正在打算出去走走，就同你一道上溪口去吃茶去罢，沿钱塘江到溪口去的一路的风景，实在是不错！”

沿溪入谷，在风和日暖，山近天高的田塍道上，二人慢慢地走着，谈着，走到九溪十八涧的口上的时候，太阳已经斜到了去山不过丈来高的地位了。在溪房的石条上坐落，等茶庄里的老翁去起茶煮水的中间，向青翠还像初春似的四山一看，我的心坎里不知怎么，竟充满了一股说不出的飒爽的清气。两人在路上，说话原已经说得很多了，所以一到茶庄，都不想再说下去，只瞪目坐着，在看四周的山和脚下的水，忽而嘘朔朔朔的一声，在半天里，晴空中一只飞鹰，像霹雳似的叫过了，两山的回音，更缭绕地震动了许多时。我们两人头也不仰起来，只竖起耳朵，在静听着这鹰声的响过。回响过后，两人不期而遇的将视线凑集了拢来，更同时破颜发了一脸微笑，也同时不谋而合的叫了出来说：

“真静啊！”

“真静啊！”

等老翁将一壶茶搬来，也在我们边上的石条上坐下，和我们攀谈了几句之后，我才开始问他说：

“久住在这样寂静的山中，山前山后，一个人也没有得看见，你们倒也不觉得怕的么？”

“怕啥东西？我们又没有龙连（钱），强盗绑匪，难道肯到孤老院里来讨饭吃的么？并且春三二月，外国清明，这里的游客，一天也有好几千。冷清的，就只不过这几个月。”

我们一面喝着清茶，一面只在贪味着这阴森得同太古似的山中的寂静，不知不觉，竟把摆在桌上的四碟糕点都吃完了，老翁看了我们的食欲的旺

盛，就又推荐着他们自造的西湖藕粉和桂花糖说：

“我们的出品，非但在本省口碑载道，就是外省，也常有信来邮购的，两位先生冲一碗尝尝看如何？”

大约是山中的清气，和十几里路的步行的结果罢，那一碗看起来似鼻涕，吃起来似泥沙的藕粉，竟使我们嚼出了一种意外的鲜味。等那壶龙井芽茶，冲得已无茶味，而我身边带着的一封绞盘牌也只剩了两枝的时节，觉得今天是行得特别快的那轮秋日，早就在西面的峰旁躲去了。谷里虽掩下了一天阴影，而对面东首的山头，还映得金黄浅碧，似乎是山灵在预备去赴夜宴而铺陈着浓装的样子。我昂起了头，正在赏玩着这一幅以青天为背景的夕照的秋山，忽听见耳旁的老翁以富有抑扬的杭州土音计算着账说：

“一茶，四碟，二粉，五千文！”

我真觉得这一串话是有诗意极了，就回头来叫了一声说：

“老先生！你是在对课呢？还是在作诗？”

他倒惊了起来，张圆了两眼呆视着问我：

“先生你说啥话语？”

“我说，你不是在对课么？三竺六桥，九溪十八涧，你不是对上了‘一茶四碟，二粉五千文’了么？”

说到了这里，他才摇动着胡子，哈哈的大笑了起来，我们也一道笑了。付账起身，向右走上了去理安寺的那条石砌小路，我们俩在山嘴将转弯的时候，三人的呵呵呵呵的大笑的余音，似乎还在那寂静的山腰，寂静的溪口，作不绝如缕的回响。

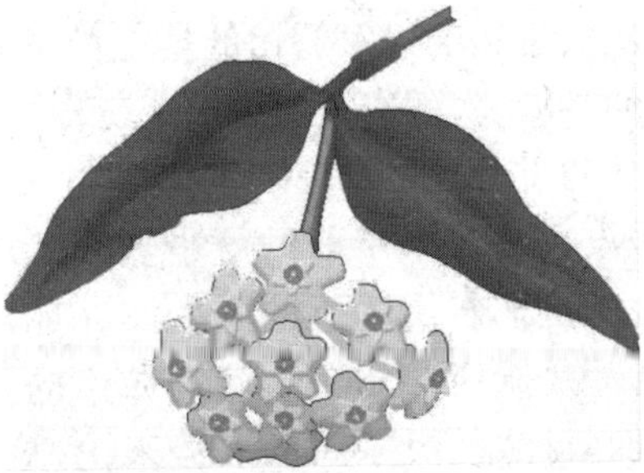

钓台的春昼

因为近在咫尺，以为什么时候要去就可以去，我们对于本乡本土的名区胜景，反而往往没有机会去玩，或不容易下一个决心去玩的。正唯其是如此，我对于富春江上的严陵，二十年来，心里虽每在记着，但脚却没有向这一方面走过。一九三一，岁在辛未，暮春三月，春服未成，而中央党帝，似乎又想玩一个秦始皇所玩过的把戏了，我接到了警告，就仓皇离去了寓居。先在江浙附近的穷乡里，游息了几天，偶而看见了一家扫墓的行舟，乡愁一动，就定下了归计。绕了一个大弯，赶到故乡，却正好还在清明寒食的节前。和家人等去上了几处坟，与许久不曾见过面的亲戚朋友，来往热闹了几天，一种乡居的倦怠，忽而袭上心来了，于是乎我就决心上钓台访一访严子陵的幽居。

钓台去桐庐县城二十余里，桐庐去富阳县治九十里不足，自富阳溯江而上，坐小火轮三小时可达桐庐，再上则须坐帆船了。

我去的那一天，记得是阴晴欲雨的养花天，并且系坐晚班轮去的，船到桐庐，已经是灯火微明的黄昏时候了，不得已就只得在码头近边的一家旅馆的楼上借了一宵宿。

桐庐县城，大约有三里路长，三千多烟灶，一二万居民，地在富春江西北岸，从前是皖浙交通的要道，现在杭江铁路一开，似乎没有一二十年前的繁华热闹了。尤其要使旅客感到萧条的，却是桐君山脚下的那一队花船的失去了踪影。说起桐君山，却是桐庐县的一个接近城市的灵山胜地，山虽不高，但因有仙，自然是灵了。以形势来论，这桐君山，也的确是可

以产生出许多口音生硬，别具风韵的桐严嫂来的生龙活脉。地处在桐溪东岸，正当桐溪和富春江合流之所，依依一水，西岸便瞰视着桐庐县市的人家烟树。南面对江，便是十里长洲；唐诗人方干的故居，就在这十里桐洲九里花的花田深处。向西越过桐庐县城，更遥遥对着一排高低不定的青峦，这就是富春山的山子山孙了。东北面山下，是一片桑麻沃地，有一条长蛇似的官道，隐而复现，出没盘曲在桃花杨柳洋槐榆树的中间，绕过一支小岭，便是富阳县的境界，大约去程明道的墓地程坟，总也不过一二十里地的间隔。我的去拜谒桐君，瞻仰道观，就在那一天到桐庐的晚上，是淡云微月，正在作雨的时候。

鱼梁渡头，因为夜渡无人，渡船停在东岸的桐君山下。我从旅馆踱了出来，先在离轮埠不远的渡口停立了几分钟。后来向一位来渡口洗夜饭米的年轻少妇，躬身请问了一回，才得到了渡江的秘诀。她说："你只须高喊两三声，船自会来的。"先谢了她教我的好意，然后以两手围成了播音的喇叭，"喂，喂，渡船请摇过来！"地纵声一喊，果然在半江的黑影当中，船身摇动了。渐摇渐近，五分钟后，我在渡口，却终于听出了咿呀柔橹的声音。时间似乎已经入了酉时的下刻，小市里的群动，这时候都已经静息，自从渡口的那位少妇，在微茫的夜色里，藏去了她那张白团团的面影之后，我独立在江边，不知不觉心里头却兀自感到了一种他乡日暮的悲哀。渡船到岸，船头上起了几声微微的水浪清音，又铜东的一响，我早已跳上了船，渡船也已经掉过头来了。坐在黑影沉沉的舱里，我起先只在静听着柔橹划水的声音，然后却在黑影里看出了一星船家在吸着的长烟管头上的烟火，最后因为被沉默压迫不过，我只好开口说话了："船家！你这样的渡我过去，该给你几个船钱？"我问。"随你先生把几个就是。"船家的说话冗慢幽长，似乎已经带着些睡意了，我就向袋里摸出了两角钱来。"这两角钱，就算是我的渡船钱，请你候我一会，上山去烧一次夜香，我是依旧要渡过江来的。"船家的回答，只是恩恩乌乌，幽幽同牛叫似的一种鼻音，然而从继这鼻音而起的两三声轻快的咳声听来，他却似已经在感到满足了，因为我也知道，乡间的义渡，船钱最多也不过是两三枚铜子而已。

到了桐君山下，在山影和树影交掩着的崎岖道上，我上岸走不上几步，就被一块乱石绊倒，滑跌了一次。船家似乎也动了恻隐之心了，一句话也不发，跑将上来，他却突然交给了我一盒火柴。我于感谢了一番他的盛意之后，重整步武，再摸上山去，先是必须点一支火柴走三五步路的，但到得半山，路既就了规律，而微云堆里的半规月色，也朦胧地现出一痕银线来了，所以手里还存着的半盒火柴，就被我藏入了袋里。路是从山的西北，盘曲而上，渐走渐高，半山一到，天也开朗了一点，桐庐县市上的灯火，也星星可数

了。更纵目向江心望去，富春江两岸的船上和桐溪合流口停泊着的船尾船头，也看得出一点一点的火来。走过半山，桐君观里的晚祷钟鼓，似乎还没有息尽，耳朵里仿佛听见了几丝木鱼钲钹的残声。走上山顶，先在半途遇着了一道道观外围的女墙，这女墙的栅门，却已经掩上了。在栅门外徘徊了一刻，觉得已经到了此门而不进去，终于是不能满足我这一次暗夜冒险的好奇怪癖的。所以细想了几次，还是决心进去，非进去不可，轻轻用手往里面一推，栅门却呀的一声，早已退向了后方开开了，这门原来是虚掩在那里的。进了栅门，踏着为淡月所映照的石砌平路，向东向南的前走了五六十步，居然走到了道观的大门之外，这两扇朱红漆的大门，不消说是紧闭在那里的。到了此地，我却不想再破门进去了，因为这大门是朝南向着大江开的，门外头是一条一丈来宽的石砌步道，步道的一旁是道观的墙，一旁便是山坡，靠山坡的一面，并且还有一道二尺来高的石墙筑在那里，大约是代替栏杆，防人倾跌下山去的用意，石墙之上，铺的是二三尺宽的青石，在这似石栏又似石凳的墙上，尽可以坐卧游息，饱看桐江和对岸的风景，就是在这里坐它一晚，也很可以，我又何必去打开门来，惊起那些老道的恶梦呢！

空旷的天空里，流涨着的只是些灰白的云，云层缺处，原也看得出半角的天，和一点两点的星，但看起来最饶风趣的，却仍是欲藏还露，将见仍无的那半规月影。这时候江面上似乎起了风，云脚的迁移，更来得迅速了。而低头向江心一看，几多散乱着的船里的灯光，也忽明忽灭地变换了一变换位置。

这道观大门外的景色，真神奇极了。我当十几年前，在放浪的游程里，曾向瓜州京口一带，消磨过不少的时日。那时觉得果然名不虚传的，确是甘露寺外的江山，而现在到了桐庐，昏夜上这桐君山来一看，又觉得这江山之秀而且静，风景的整而不散，却非那天下第一江山的北固山所可与比拟的了。真也难怪得严子陵，难怪得戴征士，倘使我若能在这样的地方结屋读书，颐养天年，那还要什么的高官厚禄，还要什么的浮名虚誉哩？一个人在这桐君观前的石凳上，看看山，看看水，看看城中的灯火和天上的星云，更作作浩无边际的无聊的幻梦，我竟忘记了时刻，忘记了自身，直等到隔江的击柝声传来，向西一看，忽而觉得城中的灯影微茫地减了，才跑也似的走下了山来，渡江奔回了客舍。

第二日清晨，觉得昨天在桐君观前作过的残梦正还没有续完的时候，窗外面忽而传来了一阵吹角的声音。好梦虽被打破，但因这同吹筚篥似的商音哀咽，却很含着些荒凉的古意，并且晓风残月，杨柳岸边，也正好候船待发，上严陵去；所以心里虽怀着了些儿怨恨，但脸上却只现出了一痕微笑，起来梳洗更衣，叫茶房去雇船去。雇好了一只双桨的渔舟，买就了些酒菜鱼米，就在旅馆前面的码头上上了船，轻轻向江心摇出去的时候，东方的云幕

中间，已现出了几丝红晕，有八点多钟了。舟师急得利害，只在埋怨旅馆的茶房，为什么昨晚上不预先告诉，好早一点出发。因为此去就是七里滩头，无风七里，有风七十里，上钓台去玩一趟回来，路程虽则有限，但这几日风雨无常，说不定要走夜路，才回来得了的。

过了桐庐，江心狭窄，浅滩果然多起来了。路上遇着的来往的行舟，数目也是很少，因为早晨吹的角，就是往建德去的快班船的信号，快班船一开，来往于两岸之间的船就不十分多了。两岸全是青青的山，中间是一条清浅的水，有时候过一个沙洲，洲上的桃花菜花，还有许多不晓得名字的白色的花，正在喧闹着春暮，吸引着蜂蝶。我在船头上一口一口的喝着严东关的药酒，指东话西地问着船家，这是什么山，那是什么港，惊叹了半天，称颂了半天，人也觉得倦了，不晓得什么时候，身子却走上了一家水边的酒楼，在和数年不见的几位已经作了党官的朋友高谈阔论。谈论之余，还背诵了一首两三年前曾在同一的情形之下作成的歪诗：

不是尊前爱惜身，
佯狂难免假成真，
曾因酒醉鞭名马，
生怕情多累美人。
劫数东南天作孽，
鸡鸣风雨海扬尘，
悲歌痛哭终何补，
义士纷纷说帝秦。

直到盛筵将散，我酒也不想再喝了，和几位朋友闹得心里各自难堪，连对旁边坐着的两位陪酒的名花都不愿意开口。正在这上下不得的苦闷关头，船家却大声的叫了起来说：

“先生，罗芷过了，钓台就在前面，你醒醒罢，好上山去烧饭吃去。”

擦擦眼睛，整了一整衣服，抬起头来一看，四面的水光山色又忽而变了样子了。清清的一条浅水，比前又窄了几分，四围的山包得格外的紧了，仿佛是前无去路的样子。并且山容峻削，看去觉得格外的瘦格外的高。向天上地下四围看看，只寂寂的看不见一个人类。双桨的摇响，到此似乎也不敢放肆了，钩的一声过后，要好半天才来一个幽幽的回响，静，静，静，身边水上，山下岩头，只沉浸着太古的静，死灭的静，山峡里连飞鸟的影子也看不见半只。前面的所谓钓台山上，只看得见两大个石垒，一间歪斜的亭子，许多纵横芜杂的草木。山腰里的那座祠堂，也只露着些废垣残瓦，屋上面连炊烟

都没有一丝半缕,像是好久好久没有人住了的样子。并且天气又来得阴森,早晨曾经露一露脸过的太阳,这时候早已深藏在云堆里了,余下来的只是时有时无从侧面吹来的阴飕飕的半箭儿山风。船靠了山脚,跟着前面背着酒菜鱼米的船夫走上严先生祠堂的时候,我心里真有点害怕,怕在这荒山里要遇见一个干枯苍老得同丝瓜筋似的严先生的鬼魂。

在祠堂西院的客厅里坐定,和严先生的不知第几代的裔孙谈了几句关于年岁水旱的话后,我的心跳也渐渐儿的镇静下去了,嘱托了他以煮饭烧菜的杂务,我和船家就从断碑乱石中间爬上了钓台。

东西两石垒,高各有二三百尺,离江面约两里来远,东西台相去只有一二百步,但其间却夹着一条深谷。立在东台,可以看得出罗芷的人家,回头展望来路,风景似乎散漫一点,而一上谢氏的西台,向西望去,则幽谷里的清景,却绝对的不像是在人间了。我虽则没有到过瑞士,但到了西台,朝西一看,立时就想起了曾在照片上看见过的威廉退儿的祠堂。这四山的幽静,这江水的青蓝,简直同在画片上的珂罗版色彩,一色也没有两样,所不同的就是在这儿的变化更多一点,周围的环境更芜杂不整齐一点而已,但这却是好处,这正是足以代表东方民族性的颓废荒凉的美。

从钓台下来,回到严先生的祠堂——记得这是洪杨以后严州知府戴槃重建的祠堂——西院里饱啖了一顿酒肉,我觉得有点酩酊微醉了。手拿着以火柴柄制成的牙签,走到东面供着严先生神像的龛前,向四面的破壁上一看,翠墨淋漓,题在那里的,竟多是些俗而不雅的过路高官的手笔。最后到了南面的一块白墙头上,在离屋檐不远的一角高处,却看到了我们的一位新近去世的同乡夏灵峰先生的四句似邵尧夫而又略带感慨的诗句。夏灵峰先生虽则只知崇古,不善处今,但是五十年来,像他那样的顽固自尊的亡清遗老,也的确是没有第二个人。比较起现在的那些官迷的南满尚书和东洋宦婢来,他的经术言行,姑且不必去论它,就是以骨头来称称,我想也要比什么罗三郎郑太郎辈,重到好几百倍。慕贤的心一动,熏人臭技自然是难熬了,堆起了几张桌椅,借得了一支破笔,我也向高墙上在夏灵峰先生的脚后放上了一个陈屁,就是在船舱的梦里,也曾微吟过的那一首歪诗。

从墙头上跳将下来,又向龛前天井去走了一圈,觉得酒后的干喉,有点渴痒了,所以就又走回到了西院,静坐着喝了两碗清茶。在这四大无声,只听见我自己的啾啾喝水的舌音冲击到那座破院的败壁上去的寂静中间,同惊雷似的一响,院后的竹园里却忽而飞出了一声闲长而又有节奏似的鸡啼的声来。同时在门外面歇着的船家,也走进了院门,高声的对我说:

"先生,我们回去罢,已经是吃点心的时候了,你不听见那只鸡在后山啼么?我们回去罢!"

方岩纪静

方岩在永康县东北五十里。自金华至永康的百余里，有公共汽车可坐，从永康至方岩就非坐轿或步行不可；我们去的那天，因为天阴欲雨，所以在永康下公共汽车后就都坐了轿子，向东前进。十五里过金山村，又十五里到芝英是一大镇，居民约有千户，多应姓者；停轿少息，雨愈下愈大了，就买了些油纸之类，作防雨具。再行十余里，两旁就有起山来了，峰岩奇特，老树纵横，在微雨里望去，形状不一，轿夫一一指示说：

“这是公婆岩，那是老虎岩，……老鼠梯。”等等，说了一大串，又数里，就到了岩下街，已经是在方岩的脚下了。

凡到过金华的人，总该有这样的一个经验，在旅馆里住下后，每会有些着青布长衫，文质彬彬的乡下先生，来盘问你：

“是否去方岩烧香的？这是第几次来进香了？从前住过那一家？”

你若回答他说是第一次去方岩，那他就会拿出一张名片来，请你上方岩去后，到这一家去住宿。这些都是岩下街的房头，像旅店而又略异的接客者。远在数百里外，就有这些派出代理人来兜揽生意，一则也可以想见一年到头方岩香市之盛，一则也可以推想岩下街四五百家人家，竞争的激烈。

岩下街的所谓房头，经营旅店业而专靠胡公庙吃饭者，总有三五千人，大半系程应二姓，文风极盛，财产也各可观，房子都系三层楼。大抵的情形，下层系建筑在谷里，中层沿街，上层为楼，房间一家总有三五十间，香市盛的时候，听说每家都患人满。香客之自绍兴、处州、杭州及近县来者，为数固已不

少,最远者,且有自福建来的。

从岩下街起,曲折再行三五里,就上山;山上的石级是数不清的,密而且峻,盘旋环绕,要走一个钟头,才走得到胡公庙的峰门。

胡公名则,字子正,永康人,宋兵部侍郎,尝奏免衢婺二州民丁钱,所以百姓感德,立庙祀之。胡公少时,曾在方岩读过书,故而庙在方岩者为老牌真货。且时显灵异,最著名的,有下列数则:

> 宋徽宗时,寇略永康,乡民避寇于方岩,岩有千人坑,大藤悬挂,寇至缘藤而上,忽见赤蛇啮藤断,寇都坠死。
>
> 盗起清溪,盘踞方岩,首魁夜梦神饮马于岩之池,平明池涸,其徒惊溃。
>
> 洪杨事起,近乡近村多遭劫,独方岩得无恙。
>
> 民国三年,嵊县乡民,慕胡公之灵异,造庙祀之,乘昏夜来方岩盗胡公头去,欲以之造像,公梦示知事及近乡农民,属捉盗神像头者,盗尽就逮。是年冬间嵊县一乡大火,凡预闻盗公头者皆烧失。翌年八月该乡民又有二人来进香,各毙于路上。

类似这样的奇迹灵异,还数不胜数,所以一年四季,方岩香火不绝,而尤以春秋为盛,朝山进香者,络绎于四方数百里的途上。金华人之远旅他乡者,各就其地建胡公庙以祀公,虽然说是迷信,但感化威力的广大,实在也出乎我们的意料之外,这就是方岩的盛名所以能远播各地的一近因而说的话,至于我们的不远千里,必欲至方岩一看的原因,却在它的山水的幽静灵秀,完全与别种山峰不同的地方。

方岩附近的山,都是绝壁陡起,高二三百丈,面积周围三五里至六七里不等。而峰顶与峰脚,面积无大差异,形状或方或圆,绝似硕大的撑天圆柱。峰岩顶上,又都是平地,林木丛丛,簇生如发。峰的腰际,只是一层一层的沙石岩壁,可望而不可登。间有瀑布奔流,奇树突现,自朝至暮,因日光风雨之移易,形状景象,也千变万化,捉摸不定。山之伟观到此大约是可以说得已臻极顶了罢?

从前看中国画里的奇岩绝壁,皴法皱迭,苍劲雄伟到不可思议的地步,现在到了方岩,向各山略一举目,才知道南宗北派的画山点石,都还有未到之处。在学校里初学英文的时候,读到那一位美国清教作家何桑的《大石面》一篇短篇,颇生异想,身到方岩,方知年幼时的少见多怪,像那篇小说里所写的大石面,在这附近真不知有多多少少。我不曾到过埃及,不知沙漠中的 Sphinx 比起这些岩面来,又该是谁兄谁弟。尤其是天造地设,清幽岑寂到

令人毛发悚然的一区境界，是方岩北面相去约二三里地的寿山下五峰书院所在的地方。

北面数峰，远近环拱，至西面而南偏，绝壁千丈，成了一条上突下缩的倒覆危墙。危墙腰下，离边约二三丈的地方，墙脚忽而不见，形成大洞，似巨怪之张口，口腔上下，都是石壁，五峰书院，丽泽祠，学易斋，就建筑在这巨口的上下腭之间，不施椽瓦，而风雨莫及，冬暖夏凉，而红尘不到。更奇峭者，就是这绝壁的忽而向东南的一折，递进而突起了固厚，瀑布，桃花，复釜，鸡鸣的五个奇峰，峰峰都高大似方岩，而形状颜色，各不相同。立在五峰书院的楼上，只听得见四围飞瀑的清音，仰视天小，鸟飞不渡，对视五峰，青紫无言，向东展望，略见白云远树，浮漾在楔形阔处的空中，一种幽静，清新，伟大的感觉，自然而然地袭向人来；朱晦翁，吕东莱，陈龙川诸道学先生的必择此地来讲学，以及一般宋儒的每喜利用山洞或风景幽丽的地方作讲堂，推其本意，大约总也在想借了自然的威力来压制人欲的缘故，不看金华的山水，这种宋儒的苦心是猜不出来的。

初到方岩的一天，就在微雨里游尽了这五峰书院的周围，与胡公庙的全部。庙在岩顶，规模颇大，前前后后，也有两条街，许多房头，在蒙胡公的福荫；一人成佛，鸡犬都仙，原是中国的旧例。胡公神像，是一位赤面长须的柔和长者，前殿后殿，各有一尊，相貌装饰，两都一样，大约一尊是预备着于出会时用的。我们去的那日，大约刚逢着了废历的十月初一，庙中前殿戏台上在演社戏敬神。台前簇拥着许多老幼男女，各流着些被感动了的随喜之泪，而戏中的情节说辞，我们竟一点儿也不懂；问问立在我们身旁的一位像本地出身，能说普通话的中老绅士，方知戏班是本地班，所演的为《杀狗劝妻》一类的孝义杂剧。

从胡公庙下山，回到了宿处的程××店中，则客堂上早已经点起了两支大红烛，摆上了许多大肉大鸡的酒菜，在候我们吃晚饭了，菜蔬丰盛到了极点，但无鱼少海味，所以味也不甚适口。

第二天破晓起来，仍坐原轿绕灵岩的福善寺回永康，路上的风景，也很清异。

第一，灵岩也系同方岩一样的一支突起的奇蜂，峰的半空，有一穿心大洞，大约二三十丈，广可五六丈左右，所谓福善寺者，就系建筑在这大山洞里的。我们由东首上山进洞的后面，通过一条从洞里隔出来的长巷，出南面洞口而至寺内，居然也有天王殿，韦驮殿，观音堂等设置，山洞的大，也可想见了。南面四山环抱，红叶青枝，照耀得可爱之至；因为天晴了，所以空气澄鲜，一道下山去的曲折石级，自上面瞭望下去，更觉得幽深到不能见底。

下灵岩后，向西北的绕道回去，一路上尽是些低昂的山岭与旋绕的清

溪,经过园内有两株数百年古柏的周氏祠庙,将至俗名耳朵岭的五木岭口的中间,一段溪光山影,景色真像是在画里;西南处州各地的远山,呼之欲来,回头四望,清入肺腑。

过五木岭,就是一大平原,北山隐隐,已经看得见横空的一线,十五里到永康,坐公共汽车回金华,还是午后三四点钟的光景。

烂柯纪梦

晋王质，伐木至石室中，见童子四人弹琴而歌，质因倚柯听之。童子以一物如枣核与质，质含之便不复饥。俄顷，童子曰："其归！"承声而去，斧柯摧然烂尽。既归，质去家已数十年，亲情凋落，无复向时比矣。

这传说，小时候就听到了，大约总是喜欢念佛的老祖母讲给我们孩子听的神仙故事。和这故事联合在一起的，还有一张习字的时候用的方格红字，叫作"王子去求仙，丹成入九天，山中方七日，世上已千年。"我的所以要把这些儿时的记忆，重新唤起的原因，不过想说一句这故事的普遍流传而已。是以樵子入山，看神仙对弈，斧柯烂尽的事情，各处深山里都可以插得进去，也真怪不得中国各地，有烂柯的遗迹至十余处之多了。但衢州的烂柯山，却是《道书》上所说的"青霞第八洞天"，亦名"景华洞天"的所在，是大家所公认的这烂柯故事的发源本土，也是从金华来衢州游历的人非到不可的地方，故而到衢州的翌日，我们就出发去游柯山（衢州人叫烂柯山都只称柯山）。

十月阳和，本来就是小春的天气，可是我们到烂柯山的那天，觉得比平时的十月，还更加和暖了几分。所以从衢州的小南门出来，打桑树柏树很多的田野里经过，一路上看山看水，走了十六七里路后，在仙寿亭前渡沙步溪，一直到了石桥寺即宝岩寺的脚下，向寺后山上一个通天的大洞看了一眼的时候，方才同从梦里醒转来的人一样，整了一整精神。烂柯山的这一根石梁，实在是伟大，实在是奇怪。

出衢州的南门的时候，眼面前只看得出一排隐隐的青山

而已；南门外的桑麻野道，野道旁的池沼清溪，以及牛羊村集，草舍蔗田，风景虽则清丽，但也并不觉得特别的好。可是在仙寿亭前过渡的瞬间，一看那一条澄清澈底的同大江般的溪水，心里已经有点发痒似的想叫起来了，殊不知入山三里，在青葱环绕着的极深奥的区中，更来了这巨人撑足直立似的一个大洞；立在山下，远远望走，就可以从这巨人的胯下，看出后面的一湾碧绿碧绿的青天，云烟缥渺，山意悠闲，清通灵秀，只觉得是身到了别一个天地；一个在城市里住久的俗人，忽入此境，那能够叫他不目瞪口呆，暗暗里要想到成仙成佛的事情上去呢？

石桥寺，即宝岩寺，在烂柯山的南麓，虽说是梁时创建的古刹，但建筑却已经摧毁得不得了了。寺后上山，踏石级走里把路，就可以到那条石梁或石桥的洞下；洞高二十多丈，宽三十余丈，南北的深约三五丈，真像是悬空从山间凿出来的一条石桥，不过平常的桥梁，决没有这样高大的桥洞而已。石桥的上面，仍旧是层层的岩石，洞上一层，也有中空的一条石缝，爬上去俯身一看，是可以看得出天来的，所谓一线天者，就系指这一条小缝而言。再上去，是石桥的顶上，平坦可以建屋，从前有一个塔，造在这最高峰上，现在却只能看出一堆高高突起的瓦砾，塔是早已倾圮尽了。

石桥下南洞口，有一块圆形岩石蹲伏在那里，石的右旁的一个八角亭，就是所谓迟日亭；这亭的高度，总也有三五丈的样子，但你若跑上北面离柯山略远的小山顶上去瞭望过来，只觉得是一堆小小的木堆，塞在洞的旁边。石桥洞底壁上，右手刻着明郡守杨子臣写的"烂柯仙洞"四个大字，左手刻着明郡守李遂写的"天生石梁"四个大字，此外还有许多小字的题名记载的石刻，都因为沙石岩容易风化的缘故，已经剥落得看不清楚了。石桥洞下，有十余块断碑残碣，纵横堆迭在那里。三块宋碑的断片，字迹飞舞雄伟，比黄山谷更加有劲。可惜中国人变乱太多，私心太重，这些旧迹名碑，都已经断残缺裂到了不可收拾的地步。《烂柯山志》编者，在金石部下有一段记事说：

> 名碑古物之毁于兵燹，宜也；但烂柯山之金石，不幸竟三次被毁于文人，岂非怪事？所谓文人的毁碑，有两次是因建寺而将这些石碑抬了去填过屋基，有一次系一不知姓名者来寺拓碑，拓后便私自将那些较古的碑石凿断敲裂，使后人不复有再见一次的机会。

烂柯山南麓，在上山去的石级旁边，还有许多翁仲石马，乱倒在荒榛漫草之中。翻《烂柯山志》一查，才知道明四川巡抚徐忠烈公，葬在此地，俗称徐天官墓者，就是此处。

在柯山寺的前前后后，赏玩了两三个钟头，更在寺里吃了一顿午饭，我

们就又在暖日之下，和作梦似的回到了衢州，因为衢州城里还有几处地方，非去看一下不可。

一是在豆腐铺作场后面的那座天王塔。

二是城东北隅吴征虏将军郑公舍宅而建的那个古刹祥符寺。

三是孔子家庙，及庙内所藏的子贡手刻的楷木孔子及夫人亓官氏像。

这三处当然是以孔庙和楷木孔子像最为一般人所知道，数千年来的国宝，实在是不容易见到的稀世奇珍。

陪我们去孔庙的，是三衢医院的院长孔熊瑞先生，系孔子第七十三代的裔孙。楷木像藏在孔庙西首的一间楼上；像各高尺余，孔子是朝服执圭的一个坐像，亓官夫人的也是一样的一个，但手中无圭。两像颜色苍黑，刻划遒劲，决不是近代人的刀势。据孔先生告诉我们的话，则这两像素来就说是出于端木子贡之手刻，宋南渡时由衍圣公孔端友抱负来衢，供在家庙的思鲁阁上；既以来衢州后的年限来说，也已经有八九百年的历史了。孔子像的面貌，同一般的画像并不相同，两眼及鼻子很大，颧骨不十分高，须分三挂，下垂及拱起的手际，耳朵也比常人大一点儿。孔子的一个圭，一挂须，及一只耳朵，已经损坏了，现在的系后人补刻嵌入的，刀法和刻纹，与原刻的一比，显见得后人的笔势来得软弱。

孔庙正中殿上，尚有孔子塑像一尊，东西两庑，各有迁衢始祖衍圣公孔端友等的塑像数尊，西首思鲁阁下，还有石刻吴道子画的孔子像碑一块；一座家庙，形式格局，完全是圣庙的大成至圣先师之殿。我虽则还不曾到过曲阜，但在这衢州的孔庙内巡视了一下。闭上眼睛，那座圣地的殿堂，仿佛也可以想象得出来了。

衢州西安门外，新河沿下的浮桥边，原也有江干的花市在的，但比到兰溪的江山船，要逊色得多，所以不纪。

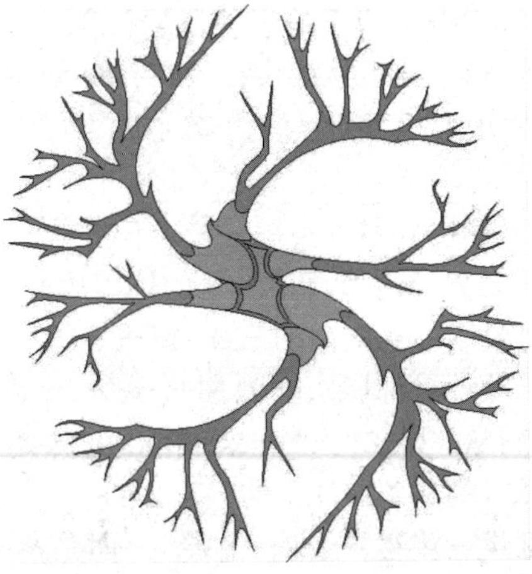

仙霞纪险

从衢州南下，一路上迎送着的有不断的青山，更超过几条水色蓝碧的江身，经一大平原，过双塔地，到一区四山围抱的江城，就是江山县了。

江山是以三片石的江郎山出名的地方，南越仙霞关，直通闽粤，西去玉山，便是江西；所谓七省通衢，江山实在是第一个紧要的边境。世乱年荒，这江山县人民的提心吊胆，打草惊蛇的状况，也可以想见的了；我们南来，也不过想见识见识仙霞关的险峻，至于采风访俗，玩水游山，在这一个年头，却是不许轻易去尝试的雅事，所以到江山的第二日一早，我们就急急地雇了一辆汽车，驰往仙霞关去。

在南门外的汽车站上车，三里就到俗名东岳山，有一块老虎岩，并一座明嘉靖年间建置的塔在的景星山下；南行二十里，远远望得见冲天的三块巨岩江郎山，或合或离，在东面的群山中跳跃；再去是淤头，是峡口，是仙霞岭的区域了，去江山虽有八九十里路程，但汽车走走，也只走了两三个钟头的样子。

仙霞岭的面貌，实在是雄奇伟大得很！老远看来，就是那么高那么大的这排百里来长的仙霞山脉，近来一看，更觉得是不见天日了。东西南的三面，湾里有湾，山上有山；奇峰怪石，老树长藤，不计其数；而最曲折不尽，令人方向都分辨不出来的，是新从关外二十八都筑起，沿龙溪、化龙溪两支深山中的大水而行的那条通江山的汽车公路。

五步一转弯，三步一上岭，一面是流泉涡漩的深坑万丈，

一面又是鸟飞不到的绝壁千寻。转一个弯,变一番景色,上一条岭,辟一个天地,上上下下,去去回回,我们在仙霞山中,龙溪岸上,自北去南,因为要绕过仙霞关去,汽车足足走了有一个多钟头的山路。山的高,水的深,与夫弯的多,路的险,不折不扣的说将出来,比杭州的九溪十八涧,起码总要超过三百多倍。要看山水的曲折,要试车路的崎岖,要将性命和运命去拼拼,想尝一尝生死关头,千钧一发的冒险异味的人,仙霞岭不可不到,尤其是从仙霞关北麓绕路出关,上关南二十八都去的这一条新辟的汽车公路,不可不去一走。车到关南,行经小竿岭的那个隘口,近瞰二十八都谷底里的人家,远望浦城枫岭诸峰的青影的时候,我真感到了一种一则以喜一则以惧的说不出的心理;喜的是关后许多险隘,已经被我走过了,惧的是直望山脚的目的地二十八都,虽然是只离开了一程抛石的空间,但山坡陡削,直冲下去,总也还有二三千尺的高度。这时候回头来看看仙霞关,一条石级铺得像蛇腹似的囊时的鸟道,却早已高高隐没在云雾与树木的中间了。

从小竿岭的隘口下来,盘旋回绕,再走了三四十分钟,到仙霞关外第一口的二十八都去一看,忽然间大家的身上又起了一层鸡皮的细粒。

太阳分明是高照在那里,天色当然是苍苍的,高大的人家的住屋,也一层一层的排列着在,但是人哩,活的生动着的人哩,人都到那里去了呢?

许许多多的很整齐的人家,窗户都是掩着的,门却是半开半闭,或者竟全无地空空洞洞同死鲈鱼的口嘴似的张开在那里。踏进去一看,地下只散乱铺着有许多稻草。脚步声在空屋里反射出来的那一种响声,自己听了也要害怕。忽而索落落屋角的黑暗处稻草一动,偶而也会立起一个人来,但只光着眼睛,向你上下一打量,他就悄悄的避开了。你若追上去问他一句话呢,他只很勉强地站立下来,对你又是光着眼睛的一番打量,摇摇头,露一脸阴风惨惨的苦笑,就又走了,回话是一句也不说的。

我们照这样的搜寻空屋,搜寻了好几处,才找到了一所基干队驻扎在那里的处所。守卫的兵士,对我们起初当然也是很含有疑惧的一番打量,听了我们的许多说明之后,他才开口说:“昨晚上又有谣言。居民是自从去年九月以来,早就搬走了。在这里要吃一顿饭,是很不容易,因为豆腐青菜都没有人作,但今天早晨,队长是已经接到了江山胡站长的信,饭大约总在预备了罢?”说了,就请我们上大厅去息息。我们看到了这一种情形,听到了那一番话,食欲早就被恐怖打倒了,所以道了一声队长万福,跳上车子,转身就走。

重回到小竿岭的那个隘口的时候,几刻钟前曾经盘问我们过,幸亏有了陈万里先生的那个徽章证明,才安然放我们过去的那位捧大刀的守卫兵,却笑着对我们说:“你们就回去了么?”回来一过此口,已经入了安全地带,我们的胆子也大起来了,就在龙溪边上,一处叫作大坞的溪桥旁边下了车,打算

爬上山去，亲眼去看一看那座也可以说是一夫当关，万夫莫开，宋史浩方把石路铺起来的仙霞关口。一面，叫空车子仍遵原路，绕到仙霞关北相去五里的保安村去等候我们，好让我们由关南上岭，关北下山，一路上看看风景。

据书上的记载，则仙霞岭高三百六十级，凡二十四曲，有五关，×十峰等等，我们因为是从半腰里上去的，所以所走的只是关门所在的那一段。

仙霞关，前前后后，有四个关门。第二关的边上，将近顶边的地方，有一座新筑的碉楼在那里，据陪我们去游的胡站长说，江山近旁，共有碉楼四十余处，是新近才筑起来的，但汽车路一开，这些碉楼，这座雄关，将来怕都要变成些虚有其名的古迹了。

仙霞关内岭顶，有一座霞岭亭，亭旁住着一家人家，从前大约是守关官吏的住所，现在却只剩了一位老人，在那里卖茶给过路的行人。

北面出关，下岭里许，是一个关帝庙。规模很大，在观音阁、浣霞池亭等建筑，大约从前的闽浙官吏来往，总是在这庙内寄宿的无疑。现在东面浣霞池的亭上，还有许多周亮工的过关诗，以及清初诸名宦的唱和诗碣，嵌在石壁的中间。

在关帝庙里喝了一碗茶，买了些有名的仙霞关的绿茶茶叶，晚霞已经围住了山腰，我们的手上脸上都感觉得有点潮润起来了，大家就不约而同的叫了出来说：

“啊！原来这里就是仙霞！不到此地，可真不晓得这关名之妙喂！”

下岭过溪，走到溪旁的保安村里，坐上车子，再探头出来看了一眼曾经我们走过的山岭，这座东南的雄镇，却早已羞羞怯怯，躲入到一片白茫茫的仙霞怀里去了。

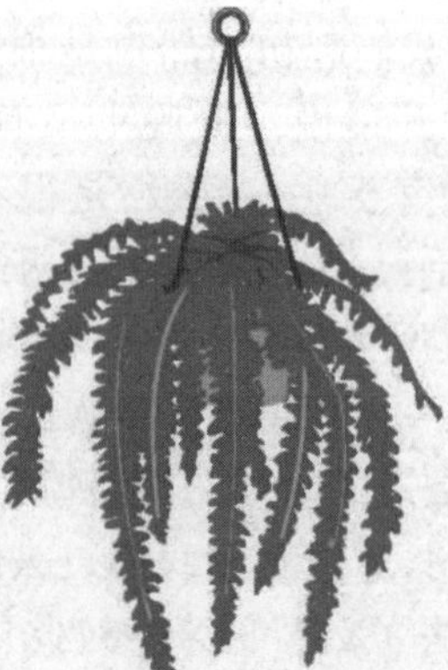

冰川纪秀

冰川是玉山东南门外环城的一条大溪，我们上玉山到这溪边的时候，因为杭江铁路车尚未通，是由江山坐汽车绕广丰，直驱了二三百里的长路，好容易才走到的。到了冰溪的南岸来一看，在衢州见了颜色两样的城墙时所感到的那种异样的，紧张的空气，更是迫切了；走下汽车，对手执大刀，在浮桥边检查行人的兵士们偷抛了几眼斜视，我们就只好决定不进城去，但在冰川旁边走走，马上再坐原车回去江山。

玉山城外是由这一条天生的城河冰溪环抱在那里的，东南半角却有着好几处雁齿似的浮桥。浮桥的脚上，手捧着明晃晃的大刀，肩负着黄苍苍的马枪，在那里检查入城证、良民证的兵士，看起来相貌都觉得是很可怕。

从冰川第一楼下绕过，沿堤走向东南，一块大空地，一个大森林，就是郭家洲了。武安山障在南边，普宁寺，鹤岭寺接在东首。单就这一角的风景来说，有山有水，还有水库，磨房，渔梁、石堋，水闸，长堤，凡中国画或水彩画里所用得着的各种点景的品物，都已经齐备了；在这样小的一个背景里，能具备着这么些个秀丽的点缀品的地方，我觉得行尽了江浙的两地，也是很不多见的。而尤其是出乎我们的意料之外的，是郭家洲这一个三角洲上的那些树林的疏散的逸韵。

郭家洲，从前大约也是冰溪的流水所经过的地方，但时移势易，沧海现在竟变作了桑田了；那一排疏疏落落的杂树林，同外国古宫旧堡的画上所有的那样的那排大树，少算算，大约总也已经有了百数岁的年纪。

这一次在漫游浙东的途中，看见的山也真不少了，但每次总觉得有点美中不足的，是树木的稀少；不意一跨入了这江西的境界，就近在县城的旁边，居然竟能够看到了这一个自然形成的像公园似的大杂树林！

城里既然进不去，爬山又恐怕没有时间，并且离县城向西向北十来里地的境界，去走就有点儿危险，万不得已，自然只好横过郭家洲，上鹤岭寺山上的那一个北面的空亭，去遥望玉山的城市了。

玉山城里的人家，实在整洁得很。沿城河的一排住宅，窗明几净，倒影溪中，远看好像是威尼斯市里的通衢。太阳斜了，城里头起了炊烟，水上的微波，也渐渐地渐渐地带上了红影。西北的高山一带，有一个尖峰突起，活像是倒插的笔尖，大约是怀玉山了罢？

这一回沿杭江铁路西南直下，千里的游程，到玉山城外终止了。“冰为溪水玉为山！”坐上了向原路回来的汽车，我念着戴叔伦的这一句现成的诗句，觉得这一次旅行的煞尾，倒很有点儿像德国浪漫派诗人的小说。

国道飞车记

两浙的山水，差不多已经看到十之七八了，只有杭州北去，所谓京杭国道的一带，自从汽车路修成之后，却终于没有机会去游历。像莫干山，像湖州，像长兴等处，我去的时候，都系由拱宸桥坐小火轮而去，至今时隔十余年，现在汽车路新通，当然又是景象一变了，因而每在私私地打算，想几时腾出几日时间来，从杭州向北，一直的到南京为止，再去试一番混沌的游行。

七月二十一日，亦即阴历六月下旬的头一天，正当几日酷暑后的一个伏里的星期假日，赵公夫妇，先期约去宜兴看善卷庚桑两洞的创制规模；有此一对好游侣，自然落得去领略领略祝英台的故宅，张道陵的仙岩了。所以早晨四点钟的时候，就性急慌忙地立向了苍茫的晨色之中，像一只鹤样，伸长了头，尽在等待着一九五号汽车的喇叭声来。

六点多钟到了旗下，和朱惠清夫妇，一共三对六人，挤入了一辆培克轿车的中间。由武林门，过小河寨，走上两旁有白杨树长着的国道的时候，大家只像是笼子里放出来的小鸟，嘻嘻哈哈。你说一声“这风景多么好啊！”我唱一句“青山绿水常在面前！”把所有的人生之累，都撒向汽车后面的灰尘里去了。

飞跑了二三十分钟，面前看见了一条澄碧的清溪，溪上有一围小山，山上山下更有无数的白壁的人家，倒映在溪水的中流，大家都说是瓶窑到了；是拱宸桥以北的第一个大镇，也就是杭州属下四大镇中间的一个。前两个月，由日本庚款中拨

钱创设的上海自然科学研究所所长中尾博士来浙江调查地质，曾对我说过，瓶窑是五百年前窑业极盛的地方；虽则土质不十分细致，但若开掘下去，也还可以掘出许多有价值的古瓶古碗来。车从那条架在苕溪溪上的木桥上驶过，我心里正在打算，想回来的时候，时间若来得及，倒也可以下车去看看，这瓶窑究竟是一个怎么样的地方。

当这一个念头正还没有转完，汽车到了山后，却迟迟迟地突然发出了几声异样的响声。勃来克一攀，车刹住了；车夫跳下去检查了一下，上来再踏；车身竟摆下了架子，再也不肯动了；我们只能一齐下来，在野道旁一处车水的地方暂息了一下尘身。等车夫上瓶窑公路车站去叫了机器师来检查的时候，我们已经吃完了几个茶叶蛋，两杯黄酒，和三个梨儿；而四周的野景，南面的山坡，和一池浅水，数簇疏林，还不算是正式的下酒之物。

唱着自然的大道之歌，和一群聚拢来看热闹的乡下顽童，亨落呵落地将汽车倒推了车站的旁边，赵公夫妇就忙去打电话叫汽车；不负责任的我们四人，便幸灾乐祸，悠悠地踏上了桥头，踏上了后窑的街市，大嚼了一阵油条烧饼，炒豆黄金瓜。好容易把电话打通，等第二乘汽车自杭州出发来接替的中间，我们大家更不忙不怕，在四十几分钟之内，游尽了瓶窑镇上磨子心，横街等最热闹的街市，看遍了四面有绿水回环着的回龙寺的伽蓝。

当第二乘接替的汽车到来，喇叭吹着，催我们再上车去的一刻，我们立在回龙寺东面的小桥栏里，看看寺后的湖光，看看北面湖上的群山，更问问上这寺里来出家养老，要出几百元钱才可以买到一所寮房的内部组织，简直有点儿不想上车，不想再回到红尘人世去的样子。

因为在瓶窑耽误了将近两小时的工夫，怕前程路远，晚上赶不及回杭州，所以汽车一发，就拼命地加紧了速度；所以驶过湖州，驶过烟波浩荡的太湖边上，都不曾下来拥鼻微吟，学一学骚人雅士的流连风景。但当走过江浙交界的界碑的瞬间，与过国道正中途，太湖湖上有许多妨碍交通的木牌坊立着的一霎那，大家的心里，也莫名其妙的起了一种感慨，这是人类当自以为把“无限”征服了的时候，必然地要起来的一种感慨，宇宙之中，最显而易见的“无限”的观念，是空间与时间；人生天地间，与无限的时间和空间来一较量，实在是太渺小太可怜了；于是乎就得想个法子出来，好让大家来自慰一下。所以国界省界县界等等，就是人类凭了浅薄的头脑，想把无限的空间来加以限制的一种小玩意儿；里程的记数，与夫山川界路的划分，用意虽在保持私有财产的制度，但实际却可以说是我们对于“无限”想加以征服的企图。把一串不断的时间来划成年，分成月，更细切成日与时与分，其用意也在乎此，就是数的设定，也何尝不是出于这一种人类的野心？因为径寸之木，以

二分之，便一辈子也分不完，一加一地将数目连加上去，也同样一辈子都加不尽的。

车过太湖，于受到了这些说不出理由的感动之外，我们原也同作梦似的从车窗里看到了一点点风景。烈日下闪烁着的汪洋三万六千顷的湖波，以及老远老远浮在那里的马迹山洞庭山等的岛影，从飞驰着的汽车窗里遥望过去，却像是电影里的外影，也像是走马灯上的湖山。而正当京杭国道的正中，从山坡高处，在土方堤下看得见的那些草舍田畴，农夫牛马，以及青青的草色，矮矮的树林，白练的湖波，蜿蜒的溪谷，更像是由一位有艺术趣味的模型制作家手捏出来的山谷的缩图。

从国道向西叉去，又在高低不平的新筑支路上疾驰了二三十分钟，正当正午，车子却到了善卷洞外了。

善卷洞外的最初的印象，是一排不大有树木的小山，和许多颜色不甚调和的水泥亭子及洋房，虽说是洋房，但洞口的那一座大建筑物，图样也实在真坏；或许是建筑未完，布置未竣，所以给来游的人的最初印象，不甚高明，但洞内的水门汀路，及岩壁的开凿等工程，也着实还有些可以商量的地方。在我们这些曾经见过广西的岩洞，与北山三十六洞天的游客看来，觉得善卷洞也不过是一个寻常的山洞而已，可是储先生的苦心经营，化了十余万块钱，直到现在也还没有完工的那一种毅力，却真值得佩服得很。善卷洞的最大特点，是由洞底流向后山出口的那一条洞里的暗水，坐坐船也有十几分钟好走；穿出后山，豁然开朗，又是一番景象了，这一段洞里的行舟，倒真是不可埋没的奇趣。我们因为到了洞里，大家都同饿狼似的感到了饥饿，并且下午回来，还有二三百里的公路要跑，所以在善卷洞中只匆匆看了一个大概。附近的古迹，像祝英台的坟和故宅，上面有一块吴天玺元年封禅国碑立着的国山等处，都没有去；而守洞导游的一群貌似匪类的人，只知敲竹杠，不知领导游客，说明历史的种种缺点，更令我们这六位塞饱了面包和罐头食物的假日旅行者，各催生了可嫌的呕吐。竹杠原也敲得并不很大，但使用一根手杖，坐一坐洞里的石磉，甚而至于舒一舒下气，都要算几毛几分的大洋，却真有点儿气人。

从善卷洞出来，大约东面离洞口约莫有十里地左右的路旁，我们又偶然发现了一个芙蓉古寺。这寺据说是唐代的名刹，像是近年来新行修理的样子；四周的树木，门外的小桥，寺东面的一座洁净的客厅，都令人能够发生一种好感；而临走的时候，对于两毫银币的力钱的谢绝，尤其使我们感到了僧俗的界别；因为看和尚的态度，倒并不是在于嫌憎钱少，却只是对于应接不周的这件事情在抱歉的样子。

再遵早晨进去的原路出来，走到了一处有牌坊立着的三叉路口，是朝南走向庚桑亦即张公洞去的支路了，路牌上写着，有三公里多点的路程。

张公洞似乎已经由储先生完全整理好了，我们车到了后洞的石级之前，走上了对洞口的那一扇门前坐下，扑面就感到了一阵冷气，凉隐隐，潮露露，立在那一扇造在马鞍小岭上的房屋下的圆洞门前发着抖，更向下往洞口一看，从洞里哼出来的，却是一层云不像云，烟不似烟的凉水蒸气。没有进洞，大家就高兴极了，说这里真是一块不知三伏暑的极乐世界。喝了几口茶，换上了套鞋，点着油灯，跟着守洞的人，一层一层的下去，大家的肌肤上就起了鸡粒；等到了海王厅的大柱下去立定，举头向上面前洞口瞭望天光的时候，大家的话声，都嗡嗡然变成了怪响。第一是鼻头里凝住了鼻液，伤起风来了，第二是因为那一个圆形的大石盖，几百丈方的大石盖，对说话的人声，起了回音。脚力强健的赵公夫妇，还下洞底里去看了水中的石柱，上前洞口去看天光，我们四个却只在海王厅里，饱吸着蝙蝠的大小便气，高声乱唱了一阵京调，因而嗡嗡的怪响，也同潮也似的涨满了全洞。

从庚桑洞出来，已经是未末申初的时刻了，但从支路驶回国道，飞驰到湖州的时候，太阳还高得很。于是大家就同声一致，决定走下车去，上碧浪潮头去展拜一回英士先生的坟墓。道场山上的塔院、湖州城里的人家，原也同几十年前的样子一样，没有什么改易，可是碧浪湖的湖道，却是淤塞得可观，大约再过几十年，就要变得像大明湖一般，涨成一片的水田旱道无疑了；沧海变桑田，又何必麻姑才看得见，我就可以算是一个目睹着这碧浪湖淤塞的老寿星。

回来的路上，大约是各感到了疲倦的结果，两个多钟头，坐在车子里面，竟没有一个人发放一点高声的宏论；直到七点钟前，车到旗下，在朱公馆洗了一洗手脸，徒步走上湖滨菜馆去吃饭的中间，朱公才用了文言的语气，作了一篇批评今天的游迹的奇文，终于引得大家哈哈地发了笑，多吃了一碗稀饭，总算也是这一次游行的一个伟大的结局。

“且夫天下事物，有意求之，往往不能得预定的效果；而偶然的发生，则枝节之可观每有胜于根干万倍者。所谓有意栽花花不活，无心插柳柳成荫之古语，殆此之谓欤？即以今日之游踪而论，瓶窑的一役，且远胜于宜兴之两洞；芙蓉的一寺，亦较强于碧浪的湖波；而一路之遥山近水，太湖的倒映青天，回来过拱埠时之几点疏雨，尤其是文中的佳作，意外的收成。总而言之，清游一日，所得正多，我辈亦大可自慰。若欲论功行赏，则赵公之指挥得体，夫人的辎重

备粮，尤堪嘉奖；其次则飞车赶路，舆人之功不可磨；至于吟诗记事，播之遐迩，传之将来，则更有待于达翁，鄙见如此，质之赵公，以为何如?”

这一段名议论，确是朱公用了缓慢的湖北官音，随口诵出来的全文，认为不忍割爱，所以一字不易，为之记录于此。

屯溪夜泊记

屯溪是安徽休宁县属的一个市镇，虽然居民不多，——人口大约最多也不过一二万——工厂也没有，物产也并不丰富，但因为地处在婺源，祁门，黟县，休宁等县的众水汇聚之乡，下流成新安江，从前陆路交通不便的时候，徽州府西北几县的物产，全要从这屯溪出去，所以这个小镇居然也成了一个皖南的大码头，所以它也就有了小上海的别名。“生意兴隆通四海，财源茂盛达三江”，这一副最普通的联语，若拿来赠给屯溪，倒也很可以指示出它的所以得繁盛的原委。

我们的漂泊到屯溪去，是因为东南五省交通周览会的邀请，打算去白岳黄山看一看风景；而又蒙从前的徽州府现在的翕县县长的不弃，替我们介绍了一家徽州府里有名的实在是龌龊得不堪的宿夜店，觉得在徽州是怎么也不能够过夜了，所以才夜半开车，闯入了这小上海的屯溪市里。

虽则小上海，可究竟和大上海有点不同，第一，这小上海所有的旅馆，就只有大上海的五万分之一。我们在半夜的混沌里，冲到了此地，投各家旅馆，自然是都已经客满了，没有办法，就只好去投奔公安局，——这公安局却是直系于省会的一个独立机关，是屯溪市上，最大并且也是唯一的行政司法以及维持治安的公署，所以尽抵得过清朝的一个州县——请他们来救济，我们提出的办法，是要他们去为我们租借一只大船来权当宿舍。

这交涉办到了午前的一点，才兹办妥，行李等物，搬上船后，舱铺清洁，空气通畅，大家高兴了起来，就交口称赞语堂林

氏的有发明的天才，因为大家搬上船上去宿的这一件事情，是语堂的提议，大约他总也是受了天随子陆龟蒙或八旗名士宗室宝竹坡的影响无疑。

浮家泛宅，大家联床接脚，在篾篷底下，洋油灯前，谈着笑着，悠悠入睡的那一种风情，倒的确是时代倒错的中世纪的诗人的行径。那一晚，因为上船得迟了，所以说废话说不上几刻钟，一船里就呼呼地充满了睡声。

第二天，天下了雨；在船上听雨，在水边看雨的风味，又是一种别样的情趣，因为天雨，旅行当然是不行，并且林潘全叶的四位，目的是只在看看徽州，与自杭州至徽州的一段公路的，白岳黄山，自然是不想去的了，只教天一放晴，他们就打算回去，于是乎我们便有了一天悠闲自在的屯溪船上的休息。

屯溪的街市，是沿水的两条里外的直街，至西面而尽于屯浦，屯浦之上是一条大桥，过桥又是一条街，系上西乡去的大路。是在这屯浦桥附近的几条街上，由他们屯溪人看来，觉得是完全毛色不同的这一群丧家之犬，尽在那里走来走去的走。其实呢，我们的泊船之处，就在离桥不远的东南一箭之地，而寄住在船上，却有两件大事，非要上岸去办不可，就是，一，吃饭；二，大便。

况且，人又是好奇的动物，除了睡眠，吃饭，排泄以外，少不得也要使用使用那两条腿，于必要的事情之上，去作些不必要的事情；于是乎在江边的那家饭馆延旭楼即紫云馆，和那座公坑所，当然是可以不必说，就是一处贩卖破铜烂铁的旧货铺，以及就开在饭馆边上的一家假古董店，也突然地增加了许多顾客。我在旧货铺里，买了一部歙县吴殿麟的《紫石泉山房集》，语堂在那家假古董店里，买了些桃核船，翡翠，琥珀，以及许多碎了的白磁。大家回到船上研究将起来，当以两毛钱买的那些点点的磁片，最有价值，因为一只纤纤的玉手，捏着的是一条粗而且长，头如松菌的东西，另外的一条三角形的尖棕而带着微有曲线的白柄者，一定是国货的小脚；这些碎磁，若不是康熙，总也是乾隆，说不定，恐怕还是前朝内府坤宁宫里的珍藏。仔细研究到后来，你一言，我一语，想入非非，笑成一片，致使这一个水上小共和国里的百姓们，大家都堕落成了群居终日，专为不善的小人团。

早午饭吃后，光旦、秋原等又坐了车上徽州去了。语堂、增嘏，歪身倒在床上看书打磕睡，只有被鬼附着似的神经质的我，在船里觉得是坐立都不能安，于是乎只好着了雨鞋，张着雨伞，再上岸去，去游屯溪的街市。

雨里的屯溪，市面也着实萧条。从东西有一块枪毙红丸犯处的木牌立着的地方起，一直到西尽头的屯浦桥附近为止，来回走了两遍，路上遇着的行人，数目并不很多，比到大上海的中心街市，先施、永安下那块地方的人海人山，这小上海简直是乡村角落里了。无聊之极，我就爬上了市后面的那一

排小山之上,打算对屯溪全市,作一个包罗万象的高空鸟瞰。

市后的小山,断断续续,一连倒也有四五个山峰。自东而西,俯瞰了屯溪市上的几千家人家,以及人家外围,贯流在那的三四条溪水之后,我的两足,忽而走到了一处西面离桥不远的化山的平顶。顶上的石柱石磉石梁,依然还在,然而一堆瓦砾,寸草不生,几只飞鸟,只在乱石堆头慢声长叹,我一个人看看前面天主堂界内的杂树人家,和隔岸的那条同金字塔样的狮子(俗称扁担)石山,觉得阴森森毛发都有点直竖起来了,不得已就只好一口气的跳下了这座在屯溪市是地点风景最好也没有的化山。后来上桥头的酒店里去坐下,向酒保仔细一探听,才晓得民国十八年的春天,宋老五带领了人马,曾将这屯溪市的店铺民房,施行了一次火洗,那座化山顶上的化山大寺,也就是于这个时候被焚化了的。那时候未被烧去而仅存者,只延旭楼的一间三层的高阁和天主堂内的几间平房而已。

在酒店里,和他们谈谈说说,我只吃了一碟炒四件,一斤杂有泥沙的绍兴酒,算起账来,竟被敲去了两块大洋,问"何以会这么的贵?"回答说"本地人都喝的歙酒,绍兴酒本来是很贵的。"这小上海的商家,别的上海样子倒还没有学好,只有这一个欺生敲诈的门径,却学得来青胜于蓝了,也无怪有人告诉我说,屯溪市上,无论那一家大商店,都有讨价还价,就连一盒火柴,一封香烟,也有生人熟面的市价不同。

傍晚四五点的时候,去徽州的大队人马回来了,一同上延旭楼去吃过晚饭,我和秋原、增嘏、成章四人,在江岸的东头走走,恰巧遇见了一位自上海来此的像白相人那么的汽车小商人。他于陪我们上游艺场去逛了一遍之余,又领我们到了一家他的旧识的乐户人家。姑娘的名号现在记不起来了,仿佛是翠华的两字,穿着一件黑绒的夹袄,镶着一个金牙齿,相貌倒也不算顶坏,听了几句徽州戏,喝了一杯祁门茶后,出到了街上,不意门头又遇见了三位装饰时髦到了极顶,身材也窈窕可观的摩登美妇人。那一位引导者,和她们也似乎是素熟的客人,大家招呼了一下走散之后,他就告诉了我们以她们的身世。她们的前身,本来是上海来游艺场献技的坤角,后来各有了主顾,唱戏就不唱了。不到一年,各主顾忽又有了新恋,她们便这样的一变,变作了街头的神女。这一段短短的历史,简单虽也简单得很,但可惜我们中间的那位江州司马没有同来,否则倒又有一篇《琵琶行》好作了。在微雨黄昏的街上走着,他还告诉了我们这里有几家头等公娼,几家二等花茶馆,几家三等无名窟,和诨名"屯溪之王"的一家半开门。

回到了残灯无焰韵船舱之内,向几位没有同去的诗人们报告了一番消息,余事只好躺下去睡觉了,但青衫憔悴的才子,既遇着了红粉飘零的美女,虽然没有后花园赠金,妓堂前碰壁的两幕情景,一首诗却是少不得的;斜依

着枕头，合着船篷上的雨韵，哼哼唧唧，我就在朦胧的梦里念成了一首：

新安江水碧悠悠，两岸人家散若舟，
几窗屯溪桥下梦，断肠春色似扬州。

的七言绝句。这么一来，既有了佳人，又有了才子，煞尾并且还有着这一个有诗为证的大团圆，一出屯溪夜泊的传奇新剧本，岂不就完全成立了么？

饮食男女在福州

福州的食品，向来就很为外省人所赏识：前十余年在北平，说起私家的厨子，我们总同声一致的赞成刘崧生先生和林宗孟先生家里的蔬菜的可口。当时宣武门外的忠信堂正在流行，而这忠信堂的主人，就系旧日刘家的厨子，曾经作过清室的御厨房的。上海的小有天以及现在早已歇业了的消闲别墅，在粤菜还没有征服上海之先，也曾盛行过一时。面食里的伊府面，听说还是汀州伊墨卿太守的创作；太守住扬州日久，与袁子才也时相往来，可惜他没有像随园老人那么的好事，留下一本食谱来，教给我们以烹调之法；否则，这一个福建萨伐郎（Savarin）的荣誉，也早就可以驰名海外了。

福建菜的所以会这样著名，而实际上却也实在是丰盛不过的原因，第一，当然是由于天然物产的富足。福建全省，东南并海，西北多山，所以山珍海味，一例的都贱如泥沙。听说沿海的居民，不必忧虑饥饿，大海潮回，只消上海滨去走走，就可以拾一篮海货来充作食品。又加以地气温暖，土质腴厚，森林蔬菜，随处都可以培植，随时都可以采撷。一年四季，笋类菜类，常是不断；野菜的味道，吃起来又比别处的来得鲜甜。福建既有了这样丰富的天产，再加上以在外省各地游宦营商者的数目的众多，作料采从本地，烹制学自外方，五味调和，百珍并列，于是乎闽菜之名，就宣传在饕餮家的口上了。清初周亮工著的《闽小纪》两卷，记述食品处独多，按理原也是应该的。

福州海味，在春三二月间，最流行而最肥美的，要算来自长乐的蚌肉，与海滨一带多有的蛎房。《闽小纪》里所说的西

施舌，不知是否指蚌肉而言；色白而腴，味脆且鲜，以鸡汤煮得适宜，长圆的蚌肉，实在是色香味俱佳的神品。听说从前有一位海军当局者，老母病剧，颇思乡味；远在千里外，欲得一蚌肉，以解死前一刻的渴慕，部长纯孝，就以飞机运蚌肉至都。从这一件轶事看来，也可想见这蚌肉的风味了；我这一回赶上福州，正及蚌肉上市的时候，所以红烧白煮，吃尽了几百个蚌，总算也是此生的豪举，特笔记此，聊志口福。

蛎房并不是福州独有的物产，但福建的蛎房，却比江浙沿海一带所产的，特别的肥嫩清洁。正二三月间，沿路的摊头店里，到处都堆满着这淡蓝色的水包肉：价钱的廉，味道的鲜，比到东坡在岭南所贪食的蚝，当然只会得超过。可惜苏公不曾到闽海去谪居，否则，阳羡之田，可以不买，苏氏子孙，或将永寓在三山二塔之下，也说不定。福州人叫蛎房作"地衣"，略带"挨"字的尾声，写起字来，我想只有"蚳"字，可以当得。

在清初的时候，江瑶柱似乎还没有现在那么的通行，所以周亮工再三的称道，誉为逸品。在目下的福州，江瑶柱却并没有人提起了，鱼翅席上，缺少不得的，倒是一种类似宁波横脚蟹的蟳蟹，福州人叫作"新恩"。《闽小纪》里所说的虎蟳，大约就是此物。据福州人说，蟳肉最滋补，也最容易消化，所以产妇病人以及体弱的人，往往爱吃。但由对蟹类素无好感的我看来，却仍赞成周亮工之言，终觉得质粗味劣，远不及蚌与蛎房或香螺的来得干脆。

福州海味的种类，除上述的三种以外，原也很多很多：但是别地方也有，我们平常在上海也常常吃得到的东西，记下来也没有什么价值，所以不说。至于与海错相对的山珍哩，却更是可以干制，可以输出的东西，益发的没有记述的必要的，所以在这里只想说一说叫作肉燕的那一种奇异的包皮。

初到福州，打从大街小巷里走过，看见好些店家，都有一个大砧头摆在店中；一两位壮强的男子，拿了木锥，只在对着砧上的一大块猪肉，一下一下的死劲地敲。把猪肉这样的乱敲乱打，究竟算什么回事？我每次看见，总觉得奇怪；后来向福州的朋友一打听，才知道这就是制肉燕的原料了。所谓肉燕者，将是将猪肉打得粉烂，和入面粉，然后再制成皮子，如包馄饨的外皮一样，用以来包制菜蔬的东西。听说这物事在福建，也只是福州独有的特产。

福州食品的味道，大抵重糖：有几家真正福州馆子里烧出来的鸡鸭四件，简直是同蜜饯的罐头一样，不杂入一粒盐花。因此福州人的牙齿，十人九坏。有一次去看三赛乐的闽剧，看见台上演戏的人，个个都是满口金黄；回头更向左右的观众一看，妇女子的嘴里也大半镶着全副的金色牙齿。于是天黄黄，地黄黄，弄得我这一向就痛恨金牙齿的偏执狂者，几乎想放声大哭，以为福州人故意在和我捣乱。

将这些脱嫌糖重的食味除起，若论到酒，则福州的那一种土黄酒，也还

勉强可以喝得。周亮工所记的玉带春、梨花白、蓝家酒、碧霞酒、莲须白、河清、双夹、西施红、状元红等,我都不曾喝过,所以不敢品评。只有会城各处在卖的鸡老(酪)酒,颜色却和绍酒一样的红似琥珀,味道略苦。喝多了觉得头痛。听说这是以一生鸡,悬之酒中,等鸡肉鸡骨都化了后,然后开坛饮用的酒,自然也是越陈越好。福州酒店外面,都写酒库两字,发卖叫发扛,也是新奇得很的名称。以红糟酿的甜酒,味道有点像上海的甜白酒,不过颜色桃红,当是西施红等名目出处的由来,莆田的荔枝酒,颜色深红带黑,味甘甜如西班牙的宝德红葡萄,虽则名贵,但我却终不喜欢。福州一般宴客,喝的总还是绍兴花雕,价钱极贵,斤量又不足,而酒味也淡似沪杭各地,我觉得建庄终究不及京庄。

福州的水果花木,终年不断;橙柑、福橘、佛手、荔枝、龙眼、甘蔗、香蕉,以及茉莉、兰花、橄榄等等,都是全国闻名的品物:好事者且各有谱谍之著,我在这里,自然可以不说。

闽茶半出武夷,就是不是武夷之产,也往往借这名山为号召。铁罗汉,铁观音的两种,为茶中柳下惠,非红非绿,略带赭色:酒醉之后,喝它三杯两盏,头脑倒真能清醒一下。其他若龙团玉乳,大约名目总也不少,我不恋茶娇,终是俗客,深恐品评失当,贻笑大方,在这里只好轻轻放过。

从《闽小纪》中的记载看来,番薯似乎还是福建人开始从南洋运来的代食品;其后因种植的便利,食味的甘美,就流传到内地去了;这植物传播到中国来的时代,只在三百年前,是明末清初的时候,因亮工所记如此,不晓得究竟是否确实。不过福建的米麦,向来就说不足,现在也须仰给于外省或台湾,但田稻倒又可以一年两植。而福州正式的酒席,大抵总不吃饭散场,因为菜太丰盛了,吃到后来,总已个个饱满,用不着再以饭颗来充腹之故。

饮食处的有名处所,城内为树春园、南轩、河上酒家、可然亭等。味和小吃,亦佳且廉;仓前的鸭面,南门兜的素菜与牛肉馆,鼓楼西的水饺子铺、都是各有长处的小吃处;久吃了自然不对,偶而去一试,倒也别有风味。城外在南台的西菜馆,在嘉宾、西宴台、法大、西来,以及前临闽江,内设戏台的广聚楼等。洪山桥畔的义心楼,以吃形同比目鱼的贴沙鱼著名;仓前山的快乐林,以吃小盘西洋菜见称,这些当然又是菜馆中的别调。至如我所寄寓的青年会食堂,地方精洁宽广,中西菜也可以吃吃,只是不同耶稣的飨宴十二门徒一样,不许顾客醉饮葡萄酒浆,所以正式请客,大感不便。

此外则福建特有的温泉浴场,如汤门外的百合、福龙泉,飞机场的乐天泉等,也备有饮馔供客;浴客往往在这些浴场里可以鬼混一天,不必出外去买酒买食,却也便利。从前听说更可以在个人池内男女同浴,则饮食男女,就不必分求,一举竟可以两得了。

要说福州的女子,先得说一说福建的人种。大约福建土著的最初老百姓,为南洋近边的海岛人种;所以面貌习俗,与日本的九州一带,有点相像。其后汉族南下,与这些土人杂婚,就成了无诸种族,系在春秋战国,吴越争霸之后。到得唐朝,大兵入境;相传当时曾杀尽了福建的男人,只留下女人,以配光身的兵士;故而直至现在,福州人还呼丈夫为"唐晡人",晡者系日暮袭来的意思,同时女人的"诸娘仔"之名,也出来了。还有现在东门外北门外的许多工女农妇,头上仍带着三把银刀似的簪为发饰,俗称他们作三把刀,据说犹是当时的遗制。因为她们的父亲丈夫儿子,都被外来的征服者杀了;她们誓死不肯从敌,故而时时带着三把刀在身边,预备复仇。只今台湾的福建籍妓女,听说也是一样;亡国到了现在,也已经有好多年了,而她们却仍不肯与日本的嫖客同宿。若有人破此旧习,而与日本嫖客同宿一宵者,同人中就视作禽兽,耻不与伍,这又是多么悲壮的一幕惨剧!谁说犹唱后庭花处,商女都不知家国的兴亡哩!试看汉奸到处卖国,而妓女乃不肯辱身,其间相去,又岂只泾渭的不同?这一种古代的人种,与唐人杂婚之后,一部分不完全唐化、仍保留着他们固有的生活习惯,宗教仪式的,就是现在仍旧退居在北门外万山深处的畲民。此外的一族,以不上为家,明清以后,一向被视为贱民,不时受汉人的蹂躏的,相传其祖先系蒙古人,自元亡后;遂贬为蜑户,俗呼科蹄。科蹄实为曲蹄之别音,因他们常常曲膝盘坐在船舱之内,两脚弯曲,故有此称。串通倭寇,骚扰沿海一带的居民,古时在泉州叫作泉郎的,就是这一种人种的旁支。

因为福州人种的血统,有这种种的沿革;所以福建人的面貌,和一般中原的汉族,有点两样。大致广颡深眼,鼻子与颧骨高突,两颊深陷成窝,下额部也稍稍尖凸向前。这一种面相,生在男人的身上,倒也并不觉得特别;但一生在女人的身上,高突部为嫩白的皮肉所调和,看起来却个个都是线条刻划分明,像是希腊古代的雕塑人形了。福州女子的另一特点,是在她们的皮色的细白。生长在深闺中的宦家小姐,不见天日,白腻原也应该;最奇怪的,却是那些住在城外的工农佣妇,也一例地有着那种嫩白微红,像刚施过脂粉似的皮肤。大约日夕灌溉的温泉浴是一种关系,吃的闽江江水,总也是一种关系。

我们从前没有居住过福建,心目中总只以为福建人种,是一种蛮族。后来到了那里,和他们的文化一接触,才晓得他们虽则开化得较迟,但进步得却很快;又因为东南是海港的关系,中西文化的交流,也比中原僻地为频繁,所以闽南的有些都市,简直繁华摩登得可以同上海来争甲乙。及至观察稍深,一移目到了福州的女性,更觉得她们的美的水准,比苏杭的女子要高好几倍;而装饰的入时,身体的康健,比到苏州的小型女子,又得高强数倍都不止。

“天生丽质难自弃”，表露欲，装饰欲，原是女性的特嗜；而福州女子所有的这一种显示本能，似乎比什么地方的人还要强一点、因而天晴气爽，或岁时伏腊，有迎神赛会的关头，南大街，仓前山一带，完全是美妇人披露的画廊。眼睛个个是灵敏深黑的，鼻梁个个是细长高突的，皮肤个个是柔嫩雪白的；此外还要加上以最摩登的衣饰，与来自巴黎纽约的化装品的香雾与红霞，你说这幅福州晴天午后的全景，美丽不美丽？迷人不迷人？

亦唯因此之故，所以也影响到了社会，影响到了风俗。国民经济破产，是全国到处都一样的事实；而这些妇女子们，又大半是不生产的中流以下的阶级。衣食不足，礼义廉耻之凋伤，原是自然的结果，故而在福州住不上几月，就时时有暗娼流行的风说，传到耳边上来。都市集中人口以后，这实在也是一种不可避免而急待解决的社会大问题。

说及了娼妓，自然不得不说一说福州的官娼。从前邵武诗人张亨甫，曾著过一部《南浦秋波录》，是专记南台一带的烟花韵事的；现在世业凋零，景气全落，这些乐户人家，完全没有旧日的豪奢影子了。福州最上流的官娼，叫作白面处，是同上海的长三一样的款式。听几位久住福州的朋友说，白面处近来门可罗雀，早已掉在没落的深渊里了；其次还勉强在维护市面的，是以卖嘴不卖身为标榜的清唱堂，无论何人，只须化三元法币，就能进去听三出戏。就是这一时号称极盛的清唱堂，现在也一家一家的废了业，只剩了田墩的三五家人家。自此以下，则完全是惨无人道的下等娼妓，与野鸡款式的无名密贩了，数目之多，求售之切，到了骇人听闻的地步。至于城内的暗娼，包月妇，零售处之类，只听见公安维持者等谈起过几次，报纸上见到过许多回，内容虽则无从调查，但演绎起来，旁证以社会的萧条，产业的不振，国步的艰难，与夫人口的过剩，总也不难举一反三，晓得她们的大概。

总之，福州的饮食男女，虽比别处稍觉得奢侈，而福州的社会状态，比别处也并不见得十分的堕落。说到两性的纵弛，人欲的横流，则与风土气候有关，次热带的境内，自然要比温带寒带为剧烈。而食品的丰富，女子一般姣美与健康，却是我们不曾到过福建的人所意想不到的发见。

福州的西湖

天气热了之后，真是热得不可耐，而又不至于热死的时候，我们老会有那一种失神状态出现，就是嗒焉我丧吾的状态。茫茫然，浑浑然，知觉是有的，感觉却迟钝一点；看周围的事物风景，只融成一个很模糊的轮廓，对极熟悉的环境，也会发生奇异的生疏感，仿佛似置身在外国，又仿佛是回到了幼小的时期，总之，是一种半麻木的入梦的状态。

与此相反，于烈日行天的中午，你若突然走进一处阴凉的树林；或如烧似煮地热了一天，忽儿向晚起微风，吹尽了空中的热气，使你得在月明星淡的天盖下静躺着细看天河；当这些样的时候，我们也会起一种如梦似的失神状态，仿佛是从恶梦里刚苏醒转来的样子，既不愿意动弹，也不能够把注意力集中，陶然泰然，本不知道有我，更不知道有我以外的一切纠纷。

这两种情怀，前一种分明有不快的下意识潜伏在心头，而后一种当然是涅槃的境地。在福州，一交首夏，直到白露为止，差不多每日都可以使你体味到这两种至味。

因为福州地处东海之滨，所以夏天的太阳出来得特别的早；可是阳光一普照，空气，地壳，山川草木，就得蒸吐热气。故而自上午八九点钟起，到下午五时前后止，热度，大约总在八十六七至九十一二度的中间。依这一度数看来，福州原也并不比别处特别的热；但是一年到头——十二个月中间，差不多有四五个月，天天都是如此，因而新自外地来的人，总觉得

福州这地方比别处却热得不同。在福州热的时间虽则长一点，白天在太阳底下走路的苦楚，虽则觉得难熬一点，但福州的夏夜，实在是富有着异趣，实在真够使人留恋。我假使要模仿《旧约》诸先知的笔调，写起牧歌式的福州夏夜记事来，那开始就得这么的说：

——太阳平西了，海上起了微风。天上的群星放了光，地上的亚当夏娃的子女，成群，结队，都走向西去，同伊色列人的出埃及一样。……

为什么一到晚上，福州的住民大家要走向西去呢？就因为在福州的城西，也有一个西湖，是浮瓜沉李，夏夜乘凉的唯一的好地方。

没有到福州之先，我并不知道福州也有一个西湖。虽则说"天下西湖三十六"，但我们所习知的，总只是与苏东坡有关的几个，河南颍上，广东惠州，与浙江杭州。到了福州之后，住上了年余，闲来无事，到各处去走走，觉得西湖在福州的重要，却也不减似杭州，尤其是在夏天。让我们先来查一查这福州西湖的历史（当然是抄的旧籍），乾隆徐景熹修的《福州府志》里说：西湖在候官县西三里。

《三山志》蓄水成湖，可荫民田。《闽都记》周回二十里，引西北诸山溪水注于湖，与海通潮汐，所溉田不可胜计。

《闽书》西湖晋太守严高所凿，蓄泄泽民田，周围十数里；王审知时大之，至四十余里。

自从晋后，这西湖屡塞屡濬，时大时小；最后到了民国，许世英氏在这里作省长的时候，还大大地疏濬了一次，并且还编了一部十二大册的《西湖志》。到得现在，时势变了，东北角城墙拆去，建设厅正在作植树，修堤，筑环湖马路的工作。千余年来西湖的历史，不过如此；但史上西湖的黄金时代，却有先后的两期。其一，是王审知王闽以后的时期。闽王宫殿，就筑在现在的布使埕威武军门以内；闽王鏻时，朝西筑甬道，可以直达西湖，在湖上并且更筑起了一座水晶的宫殿，居民道上，往往可以听见地下的弦索之音。

闽王后代，不知前王创业的艰难，骄奢淫佚，享尽了人间的艳福；宫婢陈金凤的父子聚麀，湖亭水嬉，高唱棹歌，当然是在这西湖的圈里，这当是西湖的第一个黄金时代。

其次，是宋朝天下太平，风流太守，像曹颖区，程师孟，蔡君谟等管领的时代。诗酒流连，群贤毕至，当时的西湖虽小，而流传的韵事却很多！现在市场上流行的那部民国初年修的《西湖志》里，所记的遗闻轶事，歌赋诗词，亦以这一代的为多，称它为西湖第二期的黄金时代；大约总也不至大错。

其后由元历明，以及清朝的一代，虽然也有许多诗人的传说在西湖；但穷儒的点缀，当然只是修几间茅亭，筑一些坟墓而已，像帝王家，太守府那般

的豪举，当然是没有的。

这些都是西湖的家谱，只能供好寻故事的人物参考，现在却不得不说一说西湖的面貌，以尽我介绍这海滨西子之劳；万一这僻处在一方的静女，能多得到几位遥思渴慕的有情人，则我一支秃笔的功德也可以说是不少。

杭州的西湖，若是一个理想中的粉本，那么可以说颐和园得了她的紧凑，而福州的西湖，独得了她的疏散。各有点相像，各有各的好处，而各在当地的环境里，却又很位置的得当。

总之，是一湖湖水，处在城西。水中间有一堆小山，山旁边有几条堤，几条桥，与许多楼阁与亭台。远一点，是附廓的乡村；再远一点，是四周的山，连续不断的山。并且福州的西湖之与闽江，也却有杭州的西湖与钱塘江那么的关系，所以要说像，正是再像也没有。

但是杭州湖上的山，高低远近，相差不多；由俗眼看来，虽很悦目，一经久视，终觉变化太少，奇趣毫无。而福州的西湖近侧，要说低岗浅阜，有城内的屏山（北）与乌石山（南），城外的大梦山祭酒山（西），似断若连，似连实断。远处东望鼓山连峰，自莲花山一路东驰，直到海云生处。有时候夕阳西照，有时候明月东升，这一排东头的青峰，真若在掌股之间；山上的树木危岩，以及树林里的禅房僧舍，都看得清清楚楚；与西湖的距离，并不迫近眉睫，可也不远在千里，正同古人之所说，如硬纸写黄庭，恰到好处的样子。

福州的西湖，因为面积小，所以十景八景的名目，没有杭州那么的有名；并且时过景迁，如大梦松涛的一景，简直已经寻不出一个小浪来了，其他的也就可想而知。但是开化寺前的茶店，开化寺后，从前大约是宛在堂的旧址的那一块小阜，却仍是看晚霞与旭日的好地方。西面一堤，过环桥，就可以走上澄澜堂去，绕一个圈子。可以直绕到北岸的窑角诸娘的家里，这些地方，总仍旧是千余年前的西湖的旧景。并且立在环桥上面，北望诸山腰里的人家，南瞻乌石山头的大石，俯听桥洞下男男女女的行舟，清风不断，水波也时常散作鳞文，以地点来讲，这桥上当是西湖最好的立脚地。桥头东西，是许世英氏于五四那一年立“击楫”碑的地方，此时此景，恰也正配。

福州西湖的游船，有一种像大明湖的方舟，有一种像平常的舢板，设备倒也相当的富丽，但终因为湖面太小了一点，使人鼓不起击楫的勇气；又因为湖水不清，码头太少，四岸没有可以上去游玩的别墅与丛林，所以船家与坐船的人，并没有杭州那么得多。可是年年端午，西湖的里里外外，上上下下，总是人多如鲫，挤得来寸步难移；这时候这些船家，便也可以借吊屈原之名而扬眉吐气，一只船的租金，竟有上二三元一日的；八月半的晚上，当然也是一样。

对于福州的西湖，我初来时觉得她太渺小，现在习熟了，却又觉她的楚楚可怜。在《西湖志》的附录里，曾载有一位湖上的少女，被人买去作妾；后来随那位武弁到了北京，因不容于大妇，发配厮养卒以终。少女多才，赋诗若干绝以自哀，所谓“为问生身亲父母，卖儿还剩几多钱？”以及“嫁得伧父双脚健，报人夫婿早登科”等名句，就是这一位福州冯小青之所谓。诗的全部，记得《随园诗话》，和两般《秋雨庵随笔》里都抄登着在。她，这一位可怜的少女，我觉得就是福州西湖的化身；反过来说，或者把西湖当作她的象征，也未始不可。

闽游滴沥之二

曾经到过福州的一位朋友写信来，说福建留在他脑子里的印象，依次序来排列，当为：第一山水，第二少女，第三饮食，第四气候。福建的山水，实在也真美丽；北峙仙霞，西耸武夷，蜿蜒东南直下，便分成无数的山区。地气温暖，微雨时行，以故山间草木，一年中无枯萎的时候。最奇怪的，是梅花开日，桃李也同时怒放；相思树，荔枝树，榕树，杜松之属，到处青葱欲滴，即在寒冬，亦像是首夏的样子。

闽江发源浦城县北渔梁山下，亦称建溪，又叫剑江，更有一个西江的别号；大抵随地易名，到处收纳清溪小水，曲折而达福州，更从南台折而向东向南，以入于海。水色的清，水流的急，以及湾处江面的宽，总之江上的景色，一切都可以作一种江水的秀逸的代表，扬子江没有她的绿，富春江不及她的曲，珠江比不上她的静。人家在把她譬作中国的莱茵，我想这譬喻总只有过之，决不会得不及。

你试想想，福建既有了那么些个山，又有了这么大的一条水，盘旋环绕，终岁绿成一片，自然的风景，那里还会得比别处更差一点儿？然而“逢人都问武夷山”，仿佛是福建的景致，只限在闽西崇安的一角，除了九曲的清溪，三十六峰的崇山峻岭而外，别的就不足道似的，这又是什么缘故？想来想去，我想最大的原因，总还是在古代交通的不便。因为交通不便之故，所以外省的人士，很少有得到福建来的；一二个驰骋中原的闽中骚客，懒得把乌龟山，蛇山，老虎山，狮子山等小山浅水，一一的列举出来，就只言其大者著者的武夷山来包括一切；于是

外面的人，只晓得福建仅有武夷的三三六六，而返射过来，福建人也只知道唯有武夷山是值得向人夸说的了。其实呢，在闽江的两岸，以及从闽东直下，一直至诏安和广东接壤的海滨一带，都是无山不秀，无水不奇的地方；要取景致，非但是十景八景，可以随手而得，就是千景万景，也不难给取出很风雅很好听的名字来，如我们故乡西湖上的平湖秋月，苏堤春晓之类。

话虽则如此的说，但因尘事的劳人，闽南闽北，直到今日，我终还没有去过，所以详细的记叙，只好等诸异日；现在只能先从实地见过到过的地方说起，还是来记一点福州以及附廓的山川大略罢。

周亮工的《闽小记》，我到此刻为止，也还不曾读过；但正在托人搜访，不知他所记的究竟是些什么。以我所见到的闽中册籍，以及近人的诗文集子看来，则福州附廓的最大名山，似乎是去东门外一二十里地远的鼓山。闽都地势，三面环山，中流一水，形状绝像是一把后有靠背左右有扶手的太师椅子。若把前面的照山，也取在内，则这一把椅子，又像是面前有一横档，给一二岁的小孩坐着玩的高椅了。两条扶手的脊岭，西面一条，是从延平东下，直到闽侯结脉的旗山；这山隔着江水，当夕阳照得通明，你站上省城高处，障手向西望去，原也看得浓紫絪缊；可是究竟路隔得远了一点，可望而不可即，去游的人，自然不多。东面的一条扶手，本由闽侯北面的莲花山分脉而来，一支直驱省城，落北而为屏山，就成了上面有一座镇海楼镇着的省城座峰。一支分而东下，高至二千七八百尺，直达海滨，离城最远处，也不过五六十里，就是到过福州的人，无不去登，没有到过福州的人，也无不闻名的鼓山了。鼓山自北而东而南，绵亘数十里，襟闽江而带东海，且又去城尺五，城里的人，朝夕偶一抬头，在无论什么地方，都看得见这座头上老有云封，腰间白墙点点的瑰奇屏障。所以到福州不久，就有友人，陪我上山去玩；玩之不足，第二次并且还去宿了一宵。

鼓山的成分，当然也和别的海边高山一样，不外乎是些岩石泥沙树木泉水之属；可是它的特异处，却又奇怪得很，似乎有一位同神话里老出来的艺术巨人，把这些大石块，大泥沙，以及树木泉流，都按照了多样合致的原理，细心堆叠起来的样子。

坐汽车而出东城，三十分钟就可以到鼓山脚下的白云廨门口；过闽山第一亭，涉利见桥，拾级盘旋而上，穿过几个亭子，就到半山亭了；说是半山，实在只是到山腰涌泉寺的道路的一半，到最高峰的屴崱——俗称卓顶——大约总还有四分之三的路程。走过半山亭后，路也渐平，地也渐高，回眸四望，已经看得见闽江的一线横流，城里的人家春树，与夫马尾口外，海面上的浩荡的烟岚。路旁山下，有一座伟大的新坟，深藏在小山的怀里，是前主席杨树壮的永眠之地；过更衣亭，放生池后，涌泉寺的头山门牌坊，就远远在望了，

这就是五代时闽王所创建的闽中第一名刹，有时候也叫作鼓山白云峰涌泉院的选佛大道场。

涌泉寺的建筑布置，原也同其他的佛地丛林一样，有头山门，二山门，钟鼓楼，天王殿，大雄宝殿，后大殿，藏经楼，方丈室，僧寮客舍，戒堂，香积厨等等，但与别的大寺院不同的，却有三个地方。第一，是大殿右手厢房上的那一株龙爪松；据说未有寺之先，就有了这一株树，那么这棵老树精，应该是五代以前的遗物了，这当然是只好姑妄听之的一种神话，可是松枝盘曲，苍翠盖十余丈周围，月白风清之夜，有没有白鹤飞来，我可不能保，总之以躯干来论它的年纪，大约总许有二三百岁的样子。第二，里面的一尊韦驮菩萨，系跷起了一只脚，坐在那里的。关于这镇坐韦驮的传说，也是一个很有趣味的故事，现在只能含混的重述一下，作未曾到过鼓山的人的笑谈，因为和尚讲给我听的话，实际上我也听不到十分之二三，究竟对与不对，还须去问老住鼓山的人才行。

——从前，一直在从前，记不清是那一朝的那一年了，福建省闹了水荒呢也不知旱荒；有一位素有根器的小法师，在这涌泉寺里出了家，年龄当然还只有十一二岁的光景。在这一个食指众多的大寺院里，小和尚当然是要给人家虐待，奚落，受欺侮的。荒年之后，寺院里的斋米完了；本来就待这小和尚不好的各年长师兄们，因为心里着了急，自然更要虐待虐待这小师弟，以出出他们的气。有一天风雨雷鸣的晚上，小和尚于吞声饮泣之余，双眼合上，已经朦胧睡着了，忽而一道红光，照射斗室，在他的面前，却出现了那位金身执杵的韦驮神。他微笑着对小和尚说："被虐待者是有福的，你明天起来，告诉那些虐待你的众僧侣罢，叫他们下山去接收谷米去；明天几时几刻，是有一个人会送上几千几百担的米来的。"第二天天明，小和尚醒了，将这一个梦告诉了大家；大家只加添了些对他的揶揄，那里能够相信？但到了时候，小和尚真的绝叫着下山去了，年纪大一点的众僧侣也当作玩耍似的嘲弄着他而跟下了山。但是，看吓！前面起的灰尘，不是运米来的车子么？到得山下，果然是那位城里的最大米商人送米来施舍了。一见小和尚合掌在候，他就下车来拜，嘴里还喃喃地说，活菩萨，活菩萨，南无阿弥陀佛，救了我的命，还救了我的财。原来这一位大米商，因鉴于饥馑的袭来，特去海外贩了数万斛的米，由海船运回到福建来的。但昨天晚上，将要进口的时候，忽而狂风大雨，几乎把海船要全部的掀翻。他在舱里跪下去热心祈祷，只希望老天爷救救他的老命。过了一会，霹雳一声，桅杆上出现了两盏红灯，红灯下更出现了那一位金身执杵的韦驮大天君。怒目而视，高声而叱，他对米商人说："你这一个剥削穷民，私贩外米的奸商，今天本应该绝命的；但念你祈祷的诚心，姑且饶你。明朝某时某刻，你要把这几船米的全部，送到鼓山寺去。

山下有一位小法师合掌在等的，是某某菩萨的化身，你把米全交给他者！”说完不见了韦驮，也不见了风云雷雨，青天一抹，西边还现出了一规残夜明时的月亮。

众僧侣欢天喜地，各把米搬上了山，放入了仓；而小和尚走回殿来，正想向韦驮神顶礼的时候，却看见菩萨的额上，流满了辛苦的汗，袍甲上也洒满了雨滴与浪花。于是小和尚就跪下去说：“菩萨，你太辛苦了，你且坐下去息息罢！”本来是立着的韦驮神，就突然地跷起了脚，坐下去休息了——

涌泉寺的第三个特异之处，真的值得一说的，却是寺里宝藏着的一部经典。这一部经文，前两年日本曾有一位专门研究佛经的学者，来住寺影印，据说在寺里寄住工作了两整年，方才完工，现在正在东京整理。若这影印本整理完后，发表出来，佛学史上，将要因此而起一个惊天动地的波浪，因为这一部经，是天上天下，独一无二的宝藏，就是在梵文国的印度，也早已绝迹了的缘故。此外还有一部血写的《金刚经》，和几叶菩提叶画成的藏佛，以及一瓶舍利子，也算是这涌泉寺的寺宝，但比起那一部绝无仅有的佛典来，却谈不上了。我本是一个无缘的众生，对佛学全没有研究，所以到了寺里，只喜欢看那些由和尚尼姑合拜的万佛胜会，寺门内新在建筑的回龙阁，以及大雄宝殿外面广庭里的那两支由海军制造厂奉献的铁铸灯台之类，经典终于不曾去拜观。可是庙貌的庄严伟大，山中空气的幽静神奇，真是别一个境界，别一所天地；凡在深山大寺，如广东的鼎湖山，浙江的天目山，天台山等处所感得到的一种绝尘超世，缥渺凌云之感，在这里都感得到，名刹的成名，当然也不是一件偶然的事情。

闽游滴沥之五

福州城的雅号，叫作榕城，原因是为了在城内外的数千年老榕树之多得无以复加；福州的别号，又叫作三山，就因为在福州城里有许多许多大大小小的山。

凡到过福州，或翻开福州游记及指南之类的书来看过一道的人，都背诵得出山歌似的一句形容福州城内诸山的熟语，叫作三山藏，三山现，三山看不见。所谓三山藏者，有的说系指法海寺所在地的罗山，屏山东南麓的冶山，与在闽山巷光禄坊附近的闽山而言；有的更变换名称，说是罗山、泉山（即冶山）、玉尺山（即闽山）的三山。总之，这不大惹人注意的三山，是在三山现的三山之外的高地，或共脉而异名，或沿山而起屋，使一般身履其顶的人，不觉得是登在山上。此外则福州城内，尤其是在北城，还有许多以岭取名的地方，若说起藏而不露的山来，我想这些岭地，当然也可以包括在内。所谓三山看不见者，听说是指在钟山涧里的钟山，芝涧里的芝山，以及龙山巷一家私人园内的龙山（或谓系指东城的灵山）而言；这些大约本不是山，不过那些好奇爱僻的先生们，手捧着水烟袋，眼看着梅雨天，闲空不过，才想出来难难人的说法。至于三山现的三山哩，却位置天然，风景互异，真是值得一说的福州佳丽。凡曾经身到过福建省会的人，钩辀的鸟语，海陆的奇珍，都会年久而或忘，唯有这三山的形势，却到死也不会忘记。福州的别号三山，实在也真是最简括不过的命名。

福州城全体的形状，像一只龙虾的赴壑；两只大箝，是东面的于山，西面的乌山，上翘的尾巴，恰正是上面有一座镇海

楼在的屏山(即越王山);一道虾须,直拖出去,是到南台为止的那一条大道;虾须尽处,就是闽江的江面,众水汇聚而入海的地方了。

福州城的创建,当然要远溯到越王勾践的七世孙无疆;及秦二世时,无诸开国,都冶为城,就在现在的布政里,屏山东南麓名冶山的一块小地方。晋太康三年,始置郡;后太守严高,听了郭璞之言,方经始于越王山之南,又向南开辟了一下。于是就有了左鼓右旗,玉带横腰的赞语。唐宋而后,渐次扩充;到了明朝,因元之旧,更建橹楼敌台,覆以重屋,门列七城,于是便"隐然金汤之固,三峰峙于域中,二绝标于户外,甘果方几,莲花现瑞,襟江带湖,东南并海,二潮吞吐,百河灌溉",居然成了现在那么的一大都会。宋谢泌的"湖田播种重收谷,山路逢人半是僧,城里三山千簇寺,夜间七塔万支灯"及陈轩的"城里三山古越都,楼台相望跨蓬壶,有时细雨微烟罩,便是天然水墨图"两诗,就是到了现代,也还用得着。诗里头每有人题起,而会城别号之所从出的三山,就是屏山,乌山,与于山了。

屏山在现在省城的正北,下面拖落来就是冶山,实际上,却从何处起是屏山;到何处止是冶山的界限也分不明白。旧日的城墙,一半就绕在这山的北部;而山的绝顶,雄镇着一座巍巍乎大不可当的镇海楼。楼的原建筑,虽则已经摧毁,但旧址上的那座碉堡,也足以令人想起当年的豪举。每于夕阳欲下时,车过山脚,举头一望碉堡上金黄的残照;总莫名其妙的要起一种感慨,真也不知究竟是什么缘故。

屏山东南下的一区山地,南为冶山,再南为将军山,是古代闽中衙署府第的中枢。无诸建国;都即在此;晋守严高的刺史衙署,也就在这里。唐为都督府衙,又为观察使衙,又为威武军衙。闽王审知建牙开府,造文德殿长春宫紫薇宫东华宫跃龙宫明威殿的地方,原全在这些低山浅阜的中间,其后王氏父子兄弟的荒淫流血,钱氏纳土归宋后之创置清和堂,垂拱殿,元之行中书省,明的布政使司,也都在这些地方,所以屏山古时又有越王山之称。再南下去,是山坡的尾闾了,现在的那座鼓楼所在的地方,就是唐观察使元锡建置之威武军门;宋元以后,屡毁屡建;明宣德年间,御史方端命僧了心募修之后,更名全闽第一楼。所谓造三狮以制五虎,或只开左门出入等传说,当自这时候起的无疑。

总之,屏山雄镇北城,大有南面垂拱的气象,所以历代衙署,咸集于此。现在则王都旧府。却只剩了衰草斜阳,陆军被服厂,科学馆,惠儿院,乾元寺,以及许多摧毁的空房,分占据了这一圈地面。上去在西北的半山中,建有许多新式的平楼房屋,系省府县政人员训练之处。再上去,革命纪念碑先烈墓等,纵横的立着,桃花千树,更散点在断碑残碣的中间;当碉堡下半里的地方,且有石砌的七星缸一簇,埋在青草碎石里,想系北斗七星之遗意,或者

是用以来镇压火患的也说不定。

屏山亦即越王山的妙处，是在它的能西眺闽江上游，如洪塘桥以上的风景；登硐楼而北望，莲花峰以下的乱山起伏，又像是万马千军，南驰赴海的样子。若在阴雨初霁，残阳欲落的时候，去登高一望，包管你立不上十五分钟，就会得怆然而泪下，因为前不见古人，后不见来者，天地悠悠之念，唯在这北门管钥的越王台上，感觉得最切。登其他二山之巅，则所见者，唯民房塔影，与日夜的江流船只而已；和煦繁华，仿佛是坐在春风怀里，一种温柔软感，与在屏山上所感得的哀思愁绪，截然的不同。

省城东南角的于山，别名九仙山，因传说中有何氏兄弟九人修炼于此（兄弟各养一鲤，后各成龙飞去，解化于九鲤湖中）之故。据说，高有一百五十步，周回三百一十步。《闽中记》上又说，越王无诸，九日宴集兹山，有大石樽尚存。所以又名九日山。山的最高峰，名鳌顶峰，在火神庙荧星祠南。是宋状元陈诚之读书处；后来在山的南麓开了一所书院，取名鳌峰，想来总就在影射着这件事情。山前山后，寺院道观，不计其数，而规模最大，香火也最旺盛的，当首推东面斜坡上的那一座九仙观。旧志上所说的磊老岩，跃马岩，喜雨台，仙人床，金锁园，杏坛，棋盘石，醉乡石，九日台，石门，龙舌泉，以及揽鳌亭倚鳌轩等等故迹，都在九仙观之西南北的三面，因为山本不高不大，所以许多奇名怪石的名胜，大抵总在五十步百步之间。而正德间太监尚春，于宋丞相陈自强宅假山取来的三石，现在还直立在平远台的门外，旁边两石上所刻"景元春"三字，仍旧是鲜明得同前日刻出一样。

于山山上，最值得登临怀念的，是山西面的一座戚公祠，祠里头的一所平远台。明参将戚继光，大败倭寇回来，曾宴士卒于此。至今戚公祠内，供奉着的一张彬彬儒雅的戚将军像，还是为福州全郡人士所崇拜景仰的唯一岘山碑。祠中的醉石一方，因为戚公醉后，曾经在此坐卧休息过的，游人过境，个个都脱帽致敬，浩叹着现代良将的不多。关于戚参将的轶闻故事，以及民间遗爱的证明，如思儿亭，惨恻桥，光饼，征东饼之类，流传在福州界限的很多很多，将来想作一篇详细一点的《戚将军传》来纪念这位民族大英雄，所以在这里只能简单的一提了事。

于山的好处，是在它的接近城市，遥揖闽江，而鼓山的岚翠，又近逼在目前。你若于饭后省下三十分钟工夫，从东面九曲亭边慢慢地走上山去，在大榕树下立它片时半刻，看看城市的繁华，看看山川的苍翠，一定会感到积食俱消，双眸清醒；而正因为俯抬即是市场之故，所以又不至于有厌离人世，想一个人去羽化而登仙。我故而常对人说，快活的时候，可以去上上于山，拜拜戚将军的遗像，因为在于山上所感到的气氛，是积极的，入世的，并没有那一种遗世独立的佛徒门的悲观色彩。

城内和于山东西对峙的，是西南角上的一簇乌石。因为乌石山来得高大一点，所以照堪舆家说来，右强左弱，往往有关气运。唐咸通中侯官令薛逢，与神光僧灵观游此；创亭山侧，刻薛老峰三字于石上，五代开运元年，雷雨大作，薛老峰三字倒立，是年闽亡，就是一个应验。但是将这些风水地理之说丢开，照我们常人的意思来说，觉得乌石山的所以得胜过于山的地方，就在它的高大灵奇，可以扩充视野。这山在唐天宝时，曾奉敕改称过闽山；宋熙宁初，光禄卿程师孟知福州，谓此山登览之胜，敌得过道家的蓬莱方丈，所以又称作了道山。山顶最高处，是凌霄台的遗址，东下是香炉峰，金刚迹，浴鸦池，初阳顶，华严岩，般若台等名胜了；而旧时祀唐处士周朴的刚显庙，祀明督学宗子相的宗公祠等，现在却没有了踪影。

乌石山之秀，是在山头的那些怪石。如香炉峰的奇岩千丈，对辟两开，千年不动，永镇山巅，从远处瞭望过去，因日光云影的迁移，往往会幻变作种种的形象。到了身涉其巅，爬上这些大石块去向四边一望，又像是脚不着土，飘飘然如腾云驾雾，身子在飞翔的样子。像这样秀丽的一支大石山，从前自然有不少的寺院，现在也自然要都被人家侵占去建别墅了。山的南面，有省立的师范学校一所，盘踞的地位最大最好；稍东是沈文肃公祠堂，再东是私人的别业之类；南面上山的大道顶边，却直到现在也还有几个坍败得不堪的庙宇存着，在那里点缀名山，标示没落。关于乌石山周围的古迹名区，寺观金石，以及名宦僧道的寄迹题诗，本有一部《乌石山志》在那里，我可以不必再来抄录。我只想说一说我每次登乌石山的时候，所感到的，总是一种清空之气。这一种感觉的由来，大约是因眺望西门南门外的平野，与洪塘乡的水势而得。记得元蓝智游乌石道山亭时曾写过一首诗，特为抄在这里，以表示我的同感：

> 江国凉风白燕初，道山秋色野亭虚，天连野水蓬莱近，霜落汀洲橘柚疏。北望每怀王粲赋，南游空上贾生书，四郊但愿休戎马，独客何妨老钓鱼。

福州名胜，于三山之外，还有双塔二桥诸大寺等等，这一回是记不完了，所以只能暂时搁下了再说。

闽游滴沥之六

福州的名胜，三山之外；还有二塔；其实，从前中国的都市府县城池之类，大抵总有几个伽蓝塔院，以为妆饰；这在东洋建筑史上，一定有一段很久的历史，——所受的当然是印度与佛教的影响——不过福建省城的两塔，在对称上独觉得特别一点而已。

两塔的位置，一在于山即九仙山的西麓，城的东南隅；一在乌石山的东首，城的西南角；其间相去，不过两百步的样子，与南门——古称宁越门——两两斜对，却成一个正三角形。两塔的对称，于位置之外，还有一白一黑，一木一石的不同；因而关于两塔，民间也着实流传得有些荒唐的传说。

东面于山山麓的一塔，因为是木造而外面的砖壁上涂以白粉的，所以俗称白塔，与西面的那座颜色苍黑的石塔相对；其实呢，白塔本名定光多宝塔，为天祐元年琅琊王王审知所造，使与西面唐观察使柳冕所造之石塔无垢净光塔相齐。后来梁开平中，表为万岁塔，所以那一个藏塔的寺，亦称万岁塔或万寿塔寺。塔七级八角，里面以木作阶，像螺旋的样子，共有一百四十二级。这塔看着虽不坚牢，仿佛是马上就得塌倒下来了，可是直到现在，也还每日有人在那里攀登。塔下的寺，有千秋堂，有佛经流通处，更有前后山门，倒也还像个大寺；比到西面的黑塔，与塔下的荒基，要堂皇得多了。

到西边石塔去的一条路，叫作下殿口；弯弯曲曲，狭小不堪，不是发有宏愿，非登一次这黑阴阴的石塔不可的人，决不

会寻到。据说唐贞元十五年，德宗诞辰，观察使柳冕为祝圣寿而建此塔，有庾承宣贞元无垢净光塔碑记为证。五代晋天福六年，王延曦重建，名崇妙保圣坚牢塔，林同颖曾有碑记。塔共七层，十六门，七十二角，每一层的每一面中间，都有一个石龛，嵌一石刻佛像，角上刻有一篇愿赞。例如有一块大字塔名碑的那一层上，西南面嵌有石刻南无多宝佛一尊，款书“福清公主王氏二十六娘，驸马守司徒同中书门下平章事陈文质，伏愿天宫降福，仙掖迎祥，舜华永茂于容仪，柳絮恒资于赋咏”的几行字刻在那里之类。凡为此塔出钱造像的善男信女，皇帝王后公主驸马以及其他的皇亲国戚，本在最高层上，有一块很详细的题名碑刻在那里的；不过不知于那一朝的那一年，被一位拓碑者的恶心肠所忌嫉，将塔上的碑刻，凡有年份与姓名处，都用锥凿来凿去了。这一个人，我想他总一定还在地狱里受罪，否则，那些塔上的菩萨，以及地下的王氏子孙，又那里肯干休？

石塔的底下一层，南面已经坍了，没有了攀登的入口。胆子放大一点，从坍下来的石块上勉强学着飞檐走壁的妙技，也还可以从第二层起，直登到塔顶。现在塔下面并没有佛寺围住，只剩了一条狭小的弄，向北直引到塔的根头；周围的荒地，也不过数弓而已。但是塔的西南方，却还有一个住着比丘尼的庵，塔的东南面，也还有一个驻扎保安队的寺存在在那里；这些寺与庵，想来总还是这塔下的寺观的前身。

从双塔下来，一出南门，纵横十余里，直到著名的大桥止，是南台的境界了；南台以钓龙台得名，台在南台西北的大庙山上，也是福州的一个胜境。相传闽越王曾钓龙于此，所以山上的一个大庙的匾额，是闽中第一正神之祠的几个大字。庙后西北面，当福商小学的操场墙外，现在还有一块全闽第一江山的石碑立着；大约南台盛日，这地方一定是一般富商名姬的游宴之区，现在可不行了，只剩了些学校和诗社的建筑物，在那里迎送江潮，斜睁落日。

往日南台最著名的地方，叫作洲边与湾里，是游冶郎的流连忘返，城开不夜的淫乐的中枢。邵武诗人张亨甫，在他那部假名华胥大夫所著的《南浦秋波录》里，曾有过“春秋月夜，灯火千家；远望桥外，旗鼓山光，马龙江色，尽在帘栊几席间。丝竹之声，与风潮相上下，壮士为之激昂，美人为之惆怅，游冶郎之杂沓无论已……”（说洲边）。“湾里地稍宽于洲边，诸姬纵横为楼阁，而街衢之曲折随之。巷宛转以生风，帘玲珑而共月，春人对倚，秋士忘悲；东笛西箫，千珠万玉，是为香海？抑作情天？……”等美辞丽句，记述辛巳年火灾以前的这几处的繁华；现在虽则市面萧条，官娼失势，但是一二三等的妓馆，以及最下流的烟花野雉，还是集中在这一片地方。这地方的好处，是在门临江水，窗对远山，有秦淮之胜，而无吏役之烦；且为历来商业的中心，所以大腹贾与守财奴，都群集在脚下。陆上玩得不够，就可以游水里；西上洪

山桥，是去竹崎关水口的要道，东下尚书庙，又是登鼓山的捷径，故而张亨甫有两首诗说：

> 狎客宵宵拥翠鬟，水楼烟榭不曾闲，
> 尚书庙外红船子，只自呼人去鼓山。
> 新道（系浦西的俗称）年来歌舞繁，洪山桥畔几家存，
> 金陵珠市今重见，若个人如寇白门。

总之，自南台的大桥至洪山桥，二桥之间，不问是水中还是陆上，从前都是冶叶倡条，张根作势的区域，福兰二桥的著名，一半当然是为了它们桥身的长，与往来交通的重要与频繁，可是一半，也在这种行旅之人所缺少不得的白面女姣娘。

因为说到了二塔，所以更及于双桥；既说及了双桥，自然也不得不说一说福州的女子。可是关于福州少女的一般废话，已经在一篇名《饮食男女在福州》的杂文里说过了，这儿自然可以不必再来绕舌，现在只想补订一下前文所未及，或说错的地方，藉作这一篇短文的煞尾。

居住在水上，以操舟卖淫为业的女人，本来是闽粤一带都有的蜑妇；福州的蜑妇，名叫曲蹄婆，一说是元朝蒙古人的遗族。但据《南浦秋波录》之所载，则这些又似乎是真正的福州土人：

> “初。闰永和——闽王王鏻年号——间，王鏻与伪后陈金凤，侍人李春燕，三月上巳，修禊于桑溪，五月端午，斗彩于西湖，皆以大姓良家女为宫婢，进迭奏之音，歌乐游之曲；及闽亡，官婢年少者，沦落为妓，世遂名之曰曲喜婆。（注）后音误为舸底，又曰诃黎，盖曲字闽音读如舸诃二音，喜字读如底黎二音。”

张亨甫是闽人，而且又是乾嘉间杰出的才子，考据当然不会错；我在那一篇文字里所说的曲蹄婆，就是这些曲喜婆的意思。

福州的女子，不但一般皮肤细白，瞳神黑大，鼻梁高整，面部轮廓明晰，个个都够得上美人的资格，就从身体的健康，精神的活泼两点来讲，也当然可以超过苏杭一带的林黛玉式的肺病美女。我所以说，福州的健康少女，是雕塑式的，希腊式的；你即使不以整个人的相貌风度来讲，切去了她的头部，只将胴体与手足等捏成一个模型，也足够与罗丹的 Torso 媲美了。这原因，是在福州的女子，早就素足挺胸，并没有受过裹脚布的遗毒的缘故。

周栎园的《闽小纪》里，有闽素足女多簪全兰，颇具唐宫妆美人遗意的一

条。张亨甫的《南浦秋波录》里，讲得更加详细：

> 诸姬皆不缠足——按缠足或以为始于六朝，始于中唐，始于齐东昏；始于李后主，其说不一；然前明被选入宫之女，尚解去足纨，别作宫样，可知不缠足，原雅装也——所穿履，墙纵不知四寸，横不满二寸；底高不过二寸，长不过三寸，前斜后削，行袅娜以自媚，视燕齐吴越，缠而不纤，饰为假脚者，觉美观矣。

从此可知福州少女身体的健康，都从不缠足不束胸上来的；祖母是如此，母亲是如此，女儿孙女都是如此，几代相传，身体自然要比吴越的小姐们强了。

福建美人之在历史上著名的，当然要首推和杨贵妃争宠的梅妃；清朝初年，有一位风流的莆田县长至刻“梅妃里正”四字的印章，来作他的光荣的经历，与后来袁子才的刻钱塘苏小是乡亲的雅章，同是拜尸狂的色情的倒错。

闽王宫里，自陈金凤以后，代有父子兄弟因争宫婢而相残杀的事情；这些宫婢的相貌如何，暂可不问；但就事其父后，更事其子的一点来看，也能够推测到她们的虽老不衰的驻颜的妙术。这一种奇迹的复兴，现在也还没有过去，颇闻某巷某宅有一位太太，年纪早就出了三十以外了，但看起来却还只像二十几岁的人。美妇人的耐久耐老，真是人生难得的最大幸福，而福建女子独得其秘，想来总也是身体健康，饮食丰盛，气候和暖，温泉时浴的结果。

听说长乐县的梅花村，是产美人之乡；而两广的俗语里，又有一句“福州妹”的美人称号，足见福建的美人，到处都有，也不必一定局限于梅妃的故里或长乐的海滨。就我及身所见的来说，当民国十一二年，在北京的交际场里最出名的四大金刚，便都是福州府下的人。至今事隔十余年，偶而与这四位之中的一二人相见于倥偬的驿路，虽则儿女都已成行，但风度却还不减当年。回头来一看我们自家，牙齿掉了，眼睛花了，笑起来时，绉纹越加得多了，想起从前，真觉得是隔了一世。俗语说，人到中年万事休，所谓万事者，是指那一种浪漫的倾向而言；我的所以要再三记述福州的美女，也不过是隔雨望红楼，聊以留取一点少年的梦迹而已。

马六甲记游

为想把满身的战时尘滓暂时洗刷一下，同时，又可以把个人的神经，无论如何也负担不起的公的私的积累清算一下之故，毫无踌躇，飘飘然驶入了南海的热带圈内，如醉如痴，如在一个连续的梦游病里，浑浑然过去的日子，好像是很久很久了，又好像是只有一日一夜的样子。实在是，在长年如盛夏，四季不分明的南洋过活，记忆力只会一天一天的衰弱下去，尤其是关于时日年岁的记忆，尤其是当踏上了一定的程序工作之后的精神劳动者的记忆。

某年月日，为替一爱国团体上演《原野》而揭幕之故，坐了一夜的火车，从新加坡到了吉隆坡。在卧车里鼾睡了一夜，醒转来的时候，填塞在左右的，依旧是不断的树胶园，满目的青草地，与在强烈的日光里反射着殷红色的墙瓦的小洋房。

揭幕礼行后，看戏看到了午夜，在李旺记酒家吃了一次朱植生先生特为筹设的宵夜筵席之后，南方的白夜，也冷悄悄的酿成了一味秋意；原因是由于一阵豪雨，把路上的闲人，尽催归了梦里，把街灯的玻璃罩，也洗涤成了水样的澄清。倦游人的深夜的悲哀，忽而从驶回逆旅的汽车窗里，露了露面，仿佛是在很远很远的异国，偶而见到了一个不甚熟悉的同坐过一次飞机或火车的偕行伙伴。这一种感觉，已经有好久好久不曾尝到了，这是一种在深夜当游倦后的哀思啊！

第二天一早起来，因有友人去马六甲之便，就一道坐上汽

车，向南偏西，上山下岭，尽在树胶园椰子林的中间打圈圈，一直到过了丹平的关卡以后，样子却有点不同了。同模形似的精巧玲珑的马来人亚答屋的住宅，配合上各种不同的椰子树的阴影，有独木的小桥，有颈项上长着双峰的牛车，还有负载着重荷，在小山坳密林下来去的原始马来人的远景，这些点缀，分明在告诉我，是在南洋的山野里旅行。但偶一转向，车驶入了平原，则又天空开展，水田里的稻秆青葱，田塍树影下，还有一二皮肤黝黑的农夫在默默地休息，这又像是在故国江南的旷野，正当五六月耕耘方起劲的时候。

到了马六甲，去海滨“彭大希利”的莱斯脱·好坞斯(Rest House)去休息了一下，以后，就是参观古迹的行程了。导我们的先路的，是由何葆仁先生替我们去邀来的陈应桢、李君侠、胡健人等几位先生。

我们的路线，是从马六甲河西岸海滨的华侨银行出发，打从圣弗兰雪斯教堂的门前经过，先向市政厅所在的圣保罗山，亦叫作升旗山的古圣保罗教堂的废墟去致敬的。

这一块周围仅有七百二十英里方的马六甲市，在历史上，传说上，却是马来半岛，或者也许是南洋群岛中最古的地方，是在好久以前，就听人家说过的。第一，马六甲的这一个马来名字的由来，据说就是在十四世纪中叶，当新加坡的马来人，被爪哇西来的外人所侵略，酋长斯干达夏率领群众避至此地，息树荫下，偶问旁人以此树何名，人以“马六甲”对，于是这地方的名字，就从此定下了。而这一株有五六百年高寿的马六甲树，到现在也还婆娑独立在圣保罗的山下那一个旧式栈桥接岸的海滨。枝叶纷披，这树所覆的荫处，倒确有一连以上的士兵可以扎营。

此外，则关于马六甲这名字的由来，还有酋长见犬鹿相斗，犬反被鹿伤的传说；另一说，则谓马六甲系爪哇语“亡命”之意，或谓系爪哇人称巨港之音，巫来由即马六甲之变音。

这些倒还并不相干，因为我们的目的，只想去瞻仰瞻仰那些古时遗下来的建筑物，和现时所看得到的风景之类，所以一过马六甲河，看见了那座古色苍然的荷兰式的市政厅的大门，就有点觉得在和数世纪前的彭祖老人说话了。

这一座门，尽以很坚强的砖瓦垒成，像低低的一个城门洞的样子；洞上一层，是施有雕刻的长方石壁，再上面，却是一个小小的钟楼似的塔顶。

在这里，又不得不简叙一叙马六甲的史实了；第一，这里当然是从新加坡西来的马来人所开辟的世界，这是在十四世纪中叶的事情。在这先头，从宋代的中国册籍(《诸藩志》)里，虽可以见到巨港王国的繁荣，但马六甲这一

名,却末被发见。到了明朝,郑和下南洋的前后,马六甲就在中国书籍上渐渐知名了,这是十四世纪末叶的事情。在十六世纪初年,葡萄牙人第奥义·洛泊斯特·色开拉——(Diogo Lopes de Sequeira)率领五艘海船到此通商,当为马六甲和西欧交通的开始时期。一五一一年,马六甲被亚儿封所·达儿勃开儿克(Alfonsod' Albuquerque)所征服以后,南洋群岛就成了葡萄牙人独占的市场。其后荷兰继起,一六四一年,马六甲便归入了荷人的掌握;现在所遗留的马六甲的史迹,以荷兰人的建筑物及墓碑为最多的原因,实在因为荷兰人在这里曾有过一百多年繁荣的历史的缘故。一七九五年,当拿破仑战争未息之前,马六甲管辖仅移归了英国东印度公司。一八一五年,因维也纳条约的结果,旧地复归还了荷属,等一八二四年的伦敦会议以后,英国终以苏门答腊和荷兰换回了这马六甲的治权。

关于马六甲的这一段短短的历史,简叙起来,也不过数百字的光景,可是这中间的杀伐流血,以及无名英雄的为国捐躯,为公殉义的伟烈丰功,又有谁能够仔细说得尽哩!

所以,圣保罗山下的市政厅大门,现在还有人在叫作"斯泰脱呼斯"的大门的"斯泰脱呼斯"者,就是荷兰文 Stadt—Huys 的遗音,也就是英文 Town—House 或 City—House 的意思。

我们从市政厅的前门绕过,穿过图书馆的二楼,上阅兵台,到了旧圣保罗教堂的废墟门外的时候,前面那望楼上的旗帜已经在收下来了,正是太阳平西,将近午后四点钟的样子。伟大的圣保罗教堂,就单单只看了它的颓垣残垒,也可以想见得到当日的壮丽堂皇。迄今四五百年,雨打风吹,有几处早已没有了屋顶,但是周围的墙壁,以及正殿中上一层的石屋顶,仍旧是屹然不动,有泰山磐石般的外貌。我想起了三宝公到此地时的这周围的景象,我又想起了大陆国民不善经营海外殖民事业的缺憾;到现在被强邻压境,弄得半壁江山,尽染上腥污,大半原因,也就在这一点国民太无冒险心,国家太无深谋远虑的弱点之上。

市政厅的建筑全部,以及这圣保罗山的废墟,听说都由马六甲的史迹保存会的建议,请政府用意保护着的;所以直到了数百年后的今日,我们还见得到当时的荷兰式的房屋,以及圣保罗教堂里的一个上面盖有小方格铁板的石穴。这石穴的由来,就因十六世纪中叶的圣芳济(St. Famcis Xavier)去中国传教,中途病故,遗体于运往卧亚(Goa)之前,曾在此穴内埋葬过五个月(一五五三年三月至同年八月)的因缘。废墟的前后,尽是坟茔,而且在这废墟的堂上,圣芳济遗体虚穴的周围,也陈列着许多四五百年以前的墓碑。墓碑之中,以荷兰文的碑铭为最多,其间也还有一两块葡萄牙文的墓碑在哩!

参观了这圣保罗山以后，我们的车就遵行着“彭大希利”的大道，驰向了东面圣约翰山的故垒。这山头的故垒，还是葡萄牙人的建筑，炮口向内，用意分明是防止本地土人的袭击的。炮垒中的堑壕坚强如故；听说还有一条地道，可以从这山顶通行到海边福脱路的旧垒门边。这时候夕阳的残照，把海水染得浓蓝，把这一座故垒，晒得赭黑，我独立在雉堞的缺处，向东面远眺了一回马来亚南部最高的一支远山，就也默默地想起了萨雁门的那一首“六代豪华，春去也，更无消息”的《金陵怀古》之词。

从圣约翰山下来，向南洋最有名的那一个飞机型的新式病院前的武极巴拉（Bukit Palah）山下经过，赶上青云亭的坟山，去向三宝殿致敬的时候，平地上已经见不到阳光了。

三宝殿在青云亭坟山三宝山的西北麓，门朝东北，门前有几棵红豆大树作旗幛。殿后有三宝井，听说井水甘冽，可以愈疾病，市民不远千里，都来灌取。坟山中的古墓，有皇明碑纪的，据说现尚存有两穴。但我听见到的却是坟山北麓，离三宝殿约有数百步远的一穴黄氏的古茔。碑文记有“显考维弘黄公，妣寿妲谢氏墓，皇明壬戌仲冬谷旦，孝男黄子、黄辰同立”字样，自然是三百年以前，我们同胞的开荒远祖了。

晚上，在何葆仁先生的招待席散以后，我们又上中国在南洋最古的一间佛庙青云亭去参拜了一回。青云亭是明末遗民，逃来南洋，以帮会势力而扶植侨民利益的最古的一所公共建筑物。这庙的后进，有一神殿，供着两位明代衣冠，发须楚楚的塑像，长生禄位牌上，记有开基甲国的甲必丹芳杨郑公及继理宏业的甲必丹君常李公的名字；在这庙的旁边一间碑亭里，听说还有两块石碑树立在那里，是记这两公的英伟事迹的，但因为暗夜无灯，终于没有拜读的机会。

走马看花，马六甲的五百年的古迹，总算匆匆地在半天之内看完了。于走回旅舍之前，又从歪斜得如中国街巷一样的一条娘惹街头经过，在昏黄的电灯底下谈着走着，简直使人感觉到不像是在异邦漂泊的样子。马六甲实在是名副其实的一座古城，尤其是从我们中国人看来。

回旅舍冲过了凉，含着纸烟，躺在回廊的藤椅上举头在望海角天空处的时候，从星光里，忽而得着了一个奇想。譬如说吧，正当这一个时候，旅舍的侍者，可以拿一个名刺，带领一个人进来访我。我们中间可以展开一次上下古今的长谈。长谈里，可以有未经人道的史实，可以有悲壮的英雄抗敌的故事，还可以有缠绵哀艳的情史。于送这一位不识之客去后，看看手表，当在午前三四点钟的时候。我倘再回忆一下这一位怪客的谈吐、装饰，就可以发现他并不是现代的人。再寻他的名片，也许会寻不着了。第二天起来，若问

侍者以昨晚你带来见我的那位客人(可以是我们的同胞,也可以是穿着传教士西装的外国人),究竟是谁?侍者们都可以一致否认,说并没有这一回事。这岂不是一篇绝好的小说么?这小说的题目,并且也是现成的,就叫作《古城夜话》或《马六甲夜话》,岂不是就可以了么?

我想着想着,抽尽了好几支烟卷,终于被海风所诱拂,沉入到忘我的梦里去了。第二天的下午,同样的在柏油大道上飞驰了半天,在麻坡与峇株巴辖过了两渡,当黄昏的阴影盖上柔佛长堤桥面的时候,我又重回到了新加坡的市内。《马六甲夜话》《古城夜活》,这一篇 Imaginary Conversations——幻想中的对话录,我想总有一天会把它记叙出来。

略谈幽默

幽默究竟是属于情的呢还是属于智的？对这问题，许多文学家心理学家，似乎争论得很起劲。有的说，幽默是全属于智的，一涉及情，幽默便终止了。譬如，看见一个人，忽而仰天跌了一跤，我们就会得笑，但一感到这人跌死了或跌伤了的时候，怜悯同情之心动了，所以笑也就笑不成功。这话原也不错，但李逵搬母过山，老虎吃了他的老母，后来经他述说，宋大哥心中不觉好笑，却也是事实。所以说一涉及情，幽默便而终止的话，我觉得也不尽然。不过幽默之来，终像属于智的部分较多，涉及情的地方较少，倒是讲得通的话，若说完全与情无关，那却有点不对了。从前日本人初译幽默这一个外国字的时候，还有人把它译作"有情滑稽"的，假使幽默而不带一点情味，则这一种幽默，恐怕也不会有多大的回味。俄国柴霍甫的小说、戏剧的所以受人欢迎，妙处也就在他的滑稽里总带有几分情味。所以有人说微苦笑的心境，是真正的艺术心境。

查组成幽默的实际，总不外乎性格和场面的两种分子。幽默的人物性格，和幽默的事件场面，互相织合起来，喜剧就成功了。让我先引一段古书作例之后，再来说明：

> 杭城石某，家甚富，有呆子之名，善于丝竹，而挥金如土，出于意表。后渐贫，屡欲谋售宅，有来议视者，必盛筵款接，优戏笙歌竟日。人或给以看宅未遍，来晨再至，别歌席相待如初，甚至半月未议价，而亏欠已累累矣。有田数百亩在萧山，托王兆祥代售，馆于其家；每数日，有人乘舆来索债，形容褴褛，石必

鞠躬迎款。向王乞余钱赠之而去，隔日来，仍复如故。王私问其家人，究何急债乃尔？答曰：“主人所穿洋绒袍，系赁来者，每日赁价千钱，此人系居间言定，索价时，并赏舆钱工食，故源源而来也。”时正严寒，王视其袍，亦敝甚，劝不如自购裘服，因借银六锭付之。石至衣店中，拣阅竟日而归，绝不提及。居数日，王问前买衣银何在？答曰：“衣有合意者，来讲定价值，以银为押，约昨日不往取，则银必押没；昨因酒醉，偶忘之，无可复问也。”至岁晚，田未售成，石愤急欲自尽，王惊救之，因为减半价售去。问何急需？石曰：“昨岁欠人千钱，除夕有群众持刀斫入，我哀切恳求，许以堂中楠木桌椅及一切什物偿利，始恨恨持去：今若空归，又须受窘迫也。”其痴骇类如此，妻劝之，不听，因析炊别居，得田百余亩，尚温饱；怜石饥寒，制衣遣人造至，石必怒叱之，取衣碎剪如缕，送食至，则抛掷户外。遂卒以馁死。

京师寿佛寺门前，地甚辽旷，云有鬼，傍晚路过者咸惴惴。一暑夜，溟濛尘雨，淡月微映，一人着屐过，值一人对面来，相去不数步，谛视，其人矗然戴三首焉，疾号倒地，三首者亦狂呼，脱二首而倒。有顷，行人集，始掖起而苏，视三首者，则以两手捧两瓜于肩耳，怪其大声号，故亦惊，释手碎瓜而僵云。

（以上两则，都见海昌俞石年著之《高辛砚斋杂记》中，我是从《妙香室丛话》卷十四里转抄下来的。）

上面的两则笔记，读起来都有点好笑，不过第一则的幽默，分明是在石某这一个人的性格上，第二则，当然是由于事件场面的巧合了。虽然仅仅看了这两节笔记，我们不能不下概括的断语，但大体说来，则幽默的性格，往往会诉之于情。如法国莫利哀的喜剧，我们读了，笑自然会笑，但衷心隐隐，对主人公的同情或憎恶之情，也每有不能自已之势。其次，对于错误、颠倒，或意外的幽默场面，则哄然一笑，此外没有什么余味了，这就因为不涉及情，所以感人不深的缘故。

雨

周作人先生名其书斋曰苦雨，恰正与东坡的喜雨亭名相反。其实，北方的雨，却都可喜，因其难得之故。像今年那么大的水灾，也并不是雨多的必然结果；我们应该责备治河的人，不事先预防，只晓得糊涂搪塞，虚糜国帑，一旦有事，就互相推诿，但救目前。人生万事，总得有个变换，方觉有趣；生之于死，喜之于悲，都是如此，推及天时，又何尝不然？无雨哪能见晴之可爱，没有夜也将看不出昼之光明。

我生长江南，按理是应该不喜欢雨的；但春日暝蒙，花枝枯竭的时候，得几点微雨，又是一件多么可爱的事情！“小楼一夜听春雨”，“杏花春雨江南”，“天街细雨润如酥”，从前的诗人，早就先我说过了。夏天的雨，可以杀暑，可以润禾，它的价值的大，更可以不必再说。而秋雨的霏微凄冷，又是别一种境地，昔人所谓“雨到深秋易作霖，萧萧难会此时心”的诗句，就在说秋雨的耐人寻味。至于秋女士的“秋雨秋风愁煞人”的一声长叹，乃别有怀抱者的托辞，人自愁耳，何关雨事。三冬的寒雨，爱的人恐怕不多。但“江关雁声来渺渺，灯昏宫漏听沉沉”的妙处，若非身历其境者决领悟不到。记得曾宾谷曾以《诗品》中语名诗，叫作《赏雨茅屋斋诗集》。他的诗境如何，我不晓得，但“赏雨茅屋”这四个字，真是多么的有趣！尤其是到了冬初秋晚，正当“苍山寒气深，高林霜叶稀”的时节。

说肥瘦长短之类

人体的肥瘦长短，照中国历来的审美标准来看，似乎总是瘦长的比肥短的美些。从古形容美人，总以长身玉立的四字为老调，而“嫫母倭傀，善誉者不能掩其丑”，也是大家所熟知的典故。按常理来说，大约瘦者必长，肥者必倭；但人身不同，各如其面，肥瘦长短的组合配分，却不能像算术上的组合法那么简单。所以同外国文中不规则动词的变化一样，瘦而短，肥且长的阴性阳性，美妇丑男，竟可以有，也竟可以变得非常普通。

若把肥瘦长短分开来说，则燕瘦环肥，各臻其美；尧长舜短，同是圣人；倘说唐明王是懂得近世择美人鱼的心理的人，则不该赉送珍珠，慰她寂寥。倘说人长者心美，短者必丑，则尧之子何以不肖，而娥皇、女英又如何肯共嫁一人。

关于肥瘦，若将美的观点撇开，从道义人品来立论，则肥者可该倒霉了。訾食者不肥体，是管子的金言；子贡淫思七日，不寝不食，以至骨立，的是圣门弟子的行为。饭颗山头逢杜甫，他老人家只为了忠君爱国，弄得骨瘦如柴。桓温之孽子桓元，重兼常儿，抱辄易人，终成了篡位的奸臣，被人杀戮；叔鱼之母，见了她儿子的鸢肩牛腹，叹曰，溪壑可盈，是不可餍也，必以贿死，遂勿视。凡此种种，都是说肥者坏；瘦者好的史实，而韩休为宰相，弄得唐玄宗不敢小有过差，只能勉强说一句“吾貌虽瘦，天下则肥”的硬好汉语来解嘲，尤其是有名的故事。

反过来从长短来说，中国历史里，似乎是特别以赞扬矮子的记录为多。第一，有名的大政治家矮的却占了不少，周公伊尹，全是矮子，晏子长不满六尺，而身相齐国，名显诸侯。孟尝君乃渺小丈夫，淳于髡亦为人甚小。其他如能令公喜公怒的短主薄王珣，磨穿铁砚赋日出扶桑的半人桑维翰等，都系以矮而出名者，比起长大人来（当然也是很多），短小人决不会有逊色。武人若伍子胥，若韩王信辈，都系长人，该没有矮子的份了，而专诸郭解，相传亦是矮人。

看了这些废话，大家怕要疑我在赞成瘦子矮子了，但鄙意却没有这样简单。对于美人，我当然也是个摩登的男子，"软玉温香抱满怀"，岂不是最快活也没有的事情？至于政治家呢，我觉得短小精悍的拿破仑，究竟要比自己瘦长因而卫兵也只想挑长大的普国弗列特克大王好得多。若鸟喙长颈的胥水之精（子华子），大口鸢肩的东方之士（淮南子）能否与大王弗列特克比肩，当然又是另一问题。

山水及自然景物的欣赏

自从亚里士多德的文学模仿论创定以来，以为诗的起源是根据于模仿本能的学说，到现在还没有绝迹；论客的富有独断性者，甚至于说出“所有的艺术，都是自然的模仿；模仿得像一点，作品就伟大一点，文学是如此，绘画亦如此，推而至于音乐、舞蹈，也无一不如此”等话来。这句话，虽则说得太独断，太笼统；但反过来说，自然景物以及山水，对于人生，对于艺术，都有绝大的影响，绝大的威力，却是一件千真万确的事情；所以欣赏山水以及自然景物的心情，就是欣赏艺术与人生的心情。

无论是一篇小说，一首诗，或一张画，里面总多少含有些自然的分子在那里；因为人就是上帝所造的物事之一，就是自然的一部分，决不能够离开自然而独立的。所以欣赏自然，欣赏山水，就是人与万物调和，人与宇宙合一的一种谐合作用，照亚里士多德的说法，就是诗的起源的另一个原因，喜欢调和的本能的发露。

自然的变化，实在多而且奇，没有准备的欣赏者，对于他的美点也许会捉摸不十分完全的；就单说一个天体罢，早晨的日出，中午的晴空，傍晚的日落，都是最美也没有的景象；若再配上以云和影的交替，海与山的参错，以及一切由人造的建筑园艺，或种植畜牧的产物，如稻麦牛羊飞鸟家畜之类，则仅在一日之中，就有万千新奇的变化，更不必去说暗夜的群星，月明的普照，或风雷雨雪的突变，与四季寒暖的更迭了。

我们人类，大家都有一种特性，就是喜新厌旧，每想变更

的那一种怪习惯;不问是一个绝色的美人,你若与她日日相对,就要觉得厌腻,所以俗语里有家花不及野花香的一句;或者是一碗最珍贵最可口的菜,你若每日吃着,到了后来,也觉得宁愿去换一碗粗肴淡菜来下饭;唯有对于自然,就决不会发生这一种感觉,太阳自东方出来,西方下去,日日如此,年年如此,我们可没有听见说有厌看白天晚上的一定轮流而去自杀的人。还有月亮哩,也是只在那么循行,自有地球有人类以来的一套老调,初一出,月半圆,月底全没有,而无论那一处的无论那一个人,看了月亮,总没有不喜欢的,当然瞎子又当别论了。自然的伟大,自然的与人类有不可须臾离的关系,就此一点也可以看出来了,这就是欣赏自然景物的人类的天性。

欣赏自然景物的本能,是大家都有的;不过有些人忙于衣食,不便沉酣于大自然的美景,有些人习以为常了,虽在欣赏,也没有欣赏的自觉,因而使一般崇拜自然美的人,得自命为雅士,以为自然景物,就只为了他们少数人而存在的。更有些人,将自然范围限制得很小,以为能如此这般的欣赏,自然景物,就尽在他们的囊中了。下边的四首歌曲,和一张节目,就是这些雅士们的欣赏自然的极致,我们虽则不能事事学他们,但从小处也可以见大,倒未始不是另一种欣赏自然景物的规范。

山居自乐(四季之歌见乾隆御制悦心集)无名氏

爱山居,春色佳,有桃花有杏花;绿杨深处莺儿啼,天阴草色连云暖,夜静花阴带月斜。兴来时,醉倒荼蘼下;这是俺山中和气,岂恋他金谷繁华?(春)

爱山居,夏日长,抚苍松坐翠篁;南风不用蒲葵扇,放开短发迎朝爽,洗涤尘襟纳晚凉。竹方床,一枕清无汗;这是俺山中潇洒,岂恋他束带矜妆?(夏)

爱山居,秋月清,白苹洲红蓼汀;芳菲黄菊开三径。风前倚石吹长笛,月下焚香抚玉琴。木兰草,坠露朝堪饮;这是俺山中雅淡,岂恋他人世红尘?(秋)

爱山居,冬景余,掩柴门著道书;红炉榾柮拙煨山芋,开窗积雪千峰白,绕屋梅花几树疏。兴来时,驴背闲寻句;这是俺山中冷趣,岂恋他车马驰驱?(冬)

明高濂稚尚斋四时幽赏目录:

孤山月下看梅花。八卦田看菜花。虎跑泉试新茶。保俶塔看晓山。西溪楼啖煨笋。登东城望桑麻。三塔基看春草。初阳台望春树。山满楼观柳。苏堤看桃花。西泠桥玩落月。天然阁上看雨。 (以上春时幽赏)苏堤看新绿。东郊玩蚕山。三生石谈月。

飞来洞避暑。压堤桥夜宿。湖心亭采莼。晴湖视水面流虹。山晚听轻雷断雨。乘露剖莲涤藕。空亭坐月鸣琴。观湖上风雨欲来。步山径野花幽鸟。 (以上夏时幽赏)西泠桥畔醉红树。宝石山下看塔灯。满家弄赏桂花。三塔基听落雁。胜果寺月岩望月。水乐洞雨后听泉。资岩山下看石笋。北高峰顶观云海。策杖林园访菊。乘舟风雨听芦。保俶塔顶观海日。六和塔夜玩风潮。 (以上秋时幽赏)湖冻初晴远泛。雪霁策蹇寻梅。三节山顶望江天雪霁。西溪道中玩雪。山头玩赏茗花。登眺天目绝顶。山居听人说书。扫雪烹茶玩画。雪夜煨芋谈禅,山窗听雪敲竹。除夕登吴山看松盆。雪后镇海楼看晚饮。 (以上冬时幽赏)(录自《西湖集览》)

这些原也不免有点过于自命风雅,弄趣成俗之嫌;可是对于有些天良丧尽,人性全无的衣冠禽兽,倒也可以给他们一个警告,教他们不要忘掉自然。我从前在北平的时候,就有一位同事,是专门学法律的人,他平时只晓得钻门路,积私财,以升官发财为唯一的人生乐趣,你若约他上中央公园去喝一碗茶;或上西山去行半日乐,他就说这是浪漫的行径,不是学者所应有的态度。现在他居然位至极品,财积到了几百万了,但闻他唯一娱乐,还是出外则装学者的假面,回家则翻存在英国银行里的存折,对于自然,对于山水,非但不晓得欣赏,并且还是视若仇敌似的。对于这一种利欲熏心的人,我以为对症的良药,就只有一服山水自然的清凉散,到这里,前面所开的那两个节目,倒真合用了;因为山水、自然,是可以使人性发现,使名利心减淡,使人格净化的陶冶工具。我想中国贪官污吏的辈出,以及一切政治施设都弄不好的原因,一大半也许是在于为政者的昧了良心,忽略了自然之所致。

自然景物所包涵的方面,原是极博大,极广阔的;像上面所说的天地岁时,社会人事,静而观之,无一不是自然,无一不可以资欣赏,但这却非要悠闲自得,像朱夫子那么的道学先生才办得到;至于我们这种庸人,要想得到些自然的美感,第一,还是上山水佳处去寻生活,较为直截了当;古今来,闲人达士的游山玩水的习惯的不易除去,甚至于有渴慕烟霞成痼疾的原因,大约总也就在这里。

大抵山水佳处,总是自然景物的美点发挥得最完美,最深刻的地方;孔夫子到了川上,就觉悟到了他的栖栖一代,猎官求仕之非;太史公游览了名山大川,然后才死心塌地,去发愤而著书,从知我们平时所感受不到的自然的威力,到了山高水长的风景聚处,就会得同电光石火一样,闪耀到我们的性灵上来;古人的讲学读书,以及修真求道的必须要入深山傍大水去结庐的理由，想来也就在想利用这一点山水所给与人的自然的威力。

我曾经到过日本的濑户内海去旅行，月夜行舟，四面的清葱欲滴，当时我就只想在四国的海岸作一个半渔半读的乡下农民；依船楼而四望，真觉得物我两忘，生死全空了。后来也登过东海的崂山，上过安徽的黄岳，更在天台雁宕之间，逗留过一段时期，每到一处，总没有一次不感到人类的渺小，天地的悠久的；而对于自然的伟大，物欲的无聊之念，也特别的到了高山大水之间，感觉得最切。所以要想欣赏自然的人，我想第一着还是先上山水优秀的地方去训练耳目，最为适当。

从前有一个赞美英国十九世纪的那位美术批评家拉斯肯的人说，他在没有读过拉斯肯以前，对于绘画，对于蒙勃兰高峰的积雪晴云，对于威尼斯，弗露兰斯的壁画殿堂，犹如瞎子，读了之后，眼就开了。这话对于高深的艺术品的欣赏，或者是真的，但对于自然美，尤其是山水美的感受，我想也未必尽然。粗枝大略的想欣赏自然，欣赏山水，不必要有学识、有鉴赏力的人才办得到的；乡下愚夫愚妇的千里进香，都市里寄住的小市民的窗槛栽花，都是欣赏自然的心情的一丝表白。我们只教天良不泯，本性尚存，则但凭我们的直觉，也就尽够作一个自然景物与高山大水的初步欣赏者了。

说“沉默”

自发的沉默,中外一例地都视为人生的美德。中国人说:“祸从口出!”所以金人要三缄其口。英国喀拉衣耳说:“沉默与玄秘!若这时代还是造神坛的时代,那神坛正还该献造给它们。”他又引着一句瑞士的金言“言语是银的,沉默是金的”而改造过说:“言语是一时的,沉默是永久的。”比利时的那位神秘诗人梅泰林克在一本《心贫者之宝》(Le Tresordes Humbles)的散文集里,更把沉默推崇得至高至上,无以复加。

他甚至说,言语的沟通灵魂,远不如沉默的来得彻底。尤其是两人相爱的时候,决定此爱者,乃是来至两人间的最初的那一个沉默。在远道回家,别离在即,大喜临头,生命终息,或大大的不幸,将次到来的一瞬间,沉默总在我们的先头,所以人们在人数多的时候,最怕的也就是这一个沉默。沉默的严肃,就是爱和死和运命的严肃。

梅泰林克的赞美沉默,自然是有他的见地在的;但非自发的沉默,却未免有点儿难受。先让我来说一个故事:火德星君纪晓岚,酷嗜淡巴菰,有一日正在吞云吐雾,校修着《四库全书》的时候,忽听报说:“皇上来了!”他把烟斗向靴袋里一塞,就匆忙地下去接驾。后来烟火烧上袜子、皮肉,干焦气都熏出外面来了,皇上问:“有什么在烧?”他老人家却只装着苦笑,镇静地回复说:“没有什么!”像这一种的沉默,可真是应了法国人的说法,言语是隐秘思想的艺术(Speech is the art of concealing thought)了;但艺术虽然成了功,而皮肉可不免受了痛。

谈结婚

前些日子,林语堂先生似乎曾说过女子的唯一事业,是在结婚。现在一位法国大文豪来沪,对去访问他的新闻记者的谈话之中,又似乎说,男子欲成事业,应该不要结婚。

华盛顿·欧文是一个独身的男子,但《见闻短记》里的一篇歌颂妻子的文章,却写得那么的优美可爱。同样查而斯·兰姆也是个独身的男子,而爱丽亚的《独身者的不平》一篇,又冷嘲热讽,将结婚的男女和婚后必然的果子——小孩们——等,俏皮到了那一步田地。

究竟是结婚的好呢,还是不结婚的好?这问题似乎同先有鸡呢还是先有鸡蛋一样,常常有人提起,而也常常没有人解决过的问题。照大体看来,想租房子的时候,是无眷莫问的,想作官的时候,又是朝里无裙莫作官的,想写文章的时候,是独身者不能写我的妻的,凡此种种似乎都是结婚的好。可是要想结婚,第一要有钱,第二要有闲,第三要有职,这潘驴……的五个条件,却也很不容易办到。更何况结婚之后,"儿子自己要来",在这世界人口过剩,经济恐慌,教育破产,世风不古的时候,万一不慎,同兰姆所说的一样,儿子们去上了断头台,那真是连祖宗三代的楣都要倒尽,那里还有什么"官人请!娘子请!"的唱随之乐可说呢?

左思右想,总觉得结婚也不好的,不结婚也是不好的。中庸之道,若在男子之婚姻上能适用的话,我倒很想把某先生驳复林先生的话再来加以吟味,先将同胞们都化成了像魏忠贤一样的中性者来试试看如何?

清贫慰语

洪范五福，二曰富；同时五极，四曰贫。当然，富与贵，是人之所欲；而贫与贱，也是人之所恶的。可是贵者必富，似乎是“自古已然，于今为烈”的定则；因为“子夏贫甚，人曰，子何不仕？子夏曰，诸侯之骄我者，我不为臣，大夫之骄我者，我不复见。”终而至于悬鹑衣于壁，这定则，在西洋却并不通用；倍根论富，也同中国的古圣昔贤一样，以大地为致富之源，但其来也缓慢，而费力也多。其次则他在说商贾之致富，专卖垄断之致富，为役吏或因职业之致富，虽则都可以很快的发财，然而却不高尚。

西哲的视富，也和中国圣人的为富不仁，为仁不富的调子一样。倍根的大斥高利贷的地方倒颇有些近世社会主义者所说的剩余价值，与不当利得的倾向。

尤其是说得有趣的，是在讲到财神 Plutus 的势利的一点。他说财神于受到 Jupiter 大神的命令的时候，总缓缓跛行，姗姗而去；但一得到死神中之掌财魔王 Pluto 的命令的时候，却飞奔狂跳，唯恐不及了。所以致富之道的最快的手段，是在弄他人至死，而自己因之得财的一条路，譬如得遗产之类，就是。其次则如作恶事，坏良心，行奸邪，施压迫，亦是致富的捷径。总而言之你若想富，你得先弄人贫。散文的祖宗，法国蒙泰纽，在他的一篇《论一人之得就是他人之失》的短文里也说，一位雅典的卖葬式器具者，每以劣货而售重价，因而 Demades 痛斥其为不仁，因他的利益，就系悬在他人的死的上面的。蒙泰纽却又进一步说，不独卖葬具者为然，凡天下之得利者，都该

痛斥。商人利用青年的无节制，农夫只想抬高谷价，建筑师希望人家屋倒，讼师唯恐天下没有事，就是善誉者以及牧师，也是因为我们作恶或死人时才有实用。医生决不喜欢人的健康，兵士没有一个是爱和平的。

如此说来，很简单的一句话，是富者都是恶人，善人没有一个不穷的了。因为弄成了我们的穷，然后可以致他的富。不过因节俭而致富，因无中生有的生产而致富，如其富得正当而不害及他人者，又当别论。

那么贫穷的人是不是都可以宝贵的呢？倍根先生也在说，对于那些似乎在看不起富的人，也不可一味的轻信，因为他们的看不起富，是实在对于富是绝望了；万一使他们也能得到，那时候他们可又不同了。所以是清而且贫者为上，懒而且贫者次之，孜孜欲富而终得其贫者为最下。像黔娄子的夫妻，庶几可以当得起清贫的两字了，且看《高士传》，“黔娄子守道不屈，卒时覆以布被，覆头则足露，覆足则头露。或曰，斜其被则敛矣！其妻曰，斜而有余，不如正而不足！”

现在一般人的不守清贫，终至卑污堕落的原因，大抵在于女人；若有一位能识得斜而有余不如正而不足的女人在旁，那世界上的争夺，恐怕可以减少一半。

其次则还有一位与势利的财神相对立的公正的死神在那里；无常一到，则王侯将相，乞丐偷儿，都平等了。俗语说：“一双空手见阎君！”这实在是穷人的一大安慰；而西洋人的轮回之说比此还要更进一步。耶稣教的轻薄富人，是无所不用其极的；他们说，富者欲入天国，难于骆驼之穿针孔；所以倍根也说，财富是德性的行李，譬如行军，辎重财富，是进军之大累也。

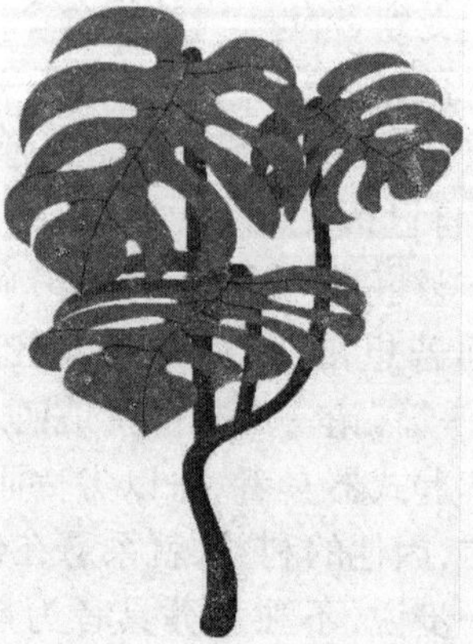

说谎的衰落

说谎的衰落(The Decay of Lying),这是唯美者王尔特的一篇以对话来写出的论文题目。他诋毁写实主义,追怀古昔的美的虚幻世界,以为说谎造谣的这种艺术,至近代而衰落尽了,所以他的同时代的作家,和稍古一点的英法前辈,一个个都受了他的警句的嘲弄,他说美国人的没有好文学创制出来,就因为他们的开国元勋的不知道说谎。华盛顿斧砍樱树的那一个传说,就是窒塞杀美国人的创造本能的一种毒素。

王尔特的这种奇矫的见解,究竟对与不对,已经有许多文艺批评家畅论过了,我们暂且不去管它。回头来一看我们中国古今的文人,觉得在说谎造谣的艺术上,的确要比西洋人落后得多。成王剪桐叶为圭,戏封叔虞,是何等有趣的雅事,而周公认真,最好的一个谎,就被拆破。赵高指鹿为马,也是一个好玩意儿。但背后要加以刑诛,谋成实用,趣事就变成恶事了。

到了现代,这说谎的艺术,更加变得恶劣到了极顶,新闻记事,每因说谎而露出马脚,小刊物的造谣说谎,恶劣当然更甚。不说别的,就说关于我个人的记事罢,有一个刊物,刚说过我在杭州奔走于三四流政客之门,钻营牵拍,得了一个三十元一月的报屁股编辑;同时另一个刊物,却又说我在对雪赋诗,悠闲风雅到了无以复加;为求这说谎话的像煞是真起见,这位先生,还自绞脑汁,替我作了好几首新又不新,旧又不旧的很有独创性的咏雪诗。你想一般造谣的艺术,衰落到了如此的地步,中国的民族,还能创造得出大作品吗?

暴力与倾向

《明史》里有一段记载说："燕王即位，铉被执，入见；背立庭中，正言不屈；割其耳鼻，终不回顾。成祖怒，脔其肉纳铉口，曰：'甘乎？'厉声曰：'忠臣之肉，有何不甘！'至死，骂不绝口。命盛油大镬，投尸煮之，拨使北向，辗转向外。更令内侍以铁棒夹之北向，成祖笑曰：'尔今亦朝我耶？'语未毕，油沸，内侍手皆烂，咸弃棒走，骨仍向外。"这一段记载的真实性，虽然还有点疑问，因为去今好几世纪以前的事情，史官之笔，须打几个折扣来读，正未易言；但有两点，却可以用我们所耳闻目睹的事实来作参证，料想它的不虚。第一，是中国人用虐刑的天才，大约可以算得起世界第一了。就是英国的亨利八世，在历史上是以暴虐著名的，但说到了用刑的一点，却还赶不上中国现代的无论那一处侦探队或捕房暗探室里的私刑。杠杆的道理，外国人发明了是用在机械上面的，而中国人会把它去用在老虎凳上；电气的发明，外国人是应用在日用的器具之上，以省物力便起居施疗治的，而中国人独能把它应用作拷问之助。从这些地方看来，则成祖的油锅，铁棒，"割肉令自啖之"等等花样，也许不是假话。第二，想用暴力来统一思想，甚至不惜用卑污恶劣的手段，来使一般人臣服归顺的笨想头，也是"自古已然，于今尤烈"的中国人的老脾气。

可是，私刑尽管由你去用，暴力也尽管由你去加，但铁铉的尸骨，却终于不能够使它北面而朝，也是人类的一种可喜的

倾向。“匹夫不可夺志也”，是中国圣经贤传里曾经提出过的口号。“除死无他罪，讨饭不再穷”，是民间用以自硬的阿 Q 的强词。可惜成祖还见不及此，否则油锅，铁棒等麻烦，都可以省掉，而明史的史官也可以略去那一笔记载了。

谈轰炸

飞机的轰炸，要与海陆空配合起来助战的时候，才能发生意义与价值，我已在《晨星》上说过了：像最近敌机的滥炸福州，潮汕，重庆，龙岩等处，是在作战上，一点儿意思和价值也没有的。

并且，我们在抗战的后方住久了的人；从敌人的泄愤滥上来下判断，随时都可以看出：敌人在战线上的损失伤亡太重大的时候，往往接着就会有这一种滥炸的事情出来，以作报复。所以，鉴于他们的这些滥炸的频来，我们就可以断定，最近湘赣鄂晋陕豫和浙东，敌方伤亡损失，一定不少。

轰炸的次数多了，人民习以为常，敌机去后，倒很会有幽默的余情，造些笑话出来解闷。这种幽默，当然同俄国柴霍甫的小说一样，是带眼泪的笑声。

譬如，上海当大世界附近及先施面前落下大炸弹时，沪上的茶馆里，就流行着种种的传说。其一，说一小旅馆楼上的一位旅客，当炸弹落时，正在凭栏闲眺，忽而震天一声，房屋一动，一只女人的玉手，连臂带骨，飞到他脸上来，打了他一记耳光，他的半面被打得有点乌青，但拾起这一只还热的玉手来一看，上面却带着一两五钱重的一只金镯，和一个宝石戒指。其二，炸弹来的时候，有一洋行小鬼，正走过那里，被震倒地，身上脸上，浸透了血。救护车来把他救起，抬到医院去，一经洗涤，却一点儿微伤也没有，原来他是睡卧在他人的血泊里的。在车上时，他还叫痛连声，可是洗涤完后，大笑一场，马上就跳出医院来。

此外则幸不幸的毫发之差的轶事最多。所以,有些人,又重申了八字和定命论的古义。南京轰炸之日,中央大学附近的防空壕内,挤满了七八十人;有一个寡妇抱了一个两岁幼儿后至,也进了这防空壕。小孩一见生人挤得多,且又暗如地狱,便放声大哭;壕内避难者大动公愤,要驱逐这母子出去。寡妇也恐因儿子的哭声,累及大家,只得仍复走出那一所防空壕,而避入了西面的一条小巷。但结果,一颗炸弹,正落在这防空壕上,在壕的七八十人尽被活埋,而这寡妇的母子独全。所以,有人说,这小孩将来必成大器,也有人说,这寡妇是心好食报。

冯焕章先生,当武汉日日被炸的时候,是住在蛇山东麓的福音堂里的。有卫队百余人,和他老在一起。当飞机来时,冯先生老爱说笑话,去壮旁人之胆。他有一次问兵士们说:飞机和飞鸟,是那一种数目多?当然是飞鸟多。又问鸟粪和炸弹,是那一种多?当然是鸟粪多。再问你们在走路或操练的时候,有鸟粪落到你们的头上身上过没有?当然是没有。“那么,”他说:“炸弹那里准会打到你的头上来呢?”这虽是一个笑话,但也可看出冯先生的善用譬喻,训育士兵。

所以,经过轰炸地的人,对飞机炸弹,是不十分怕的。前线的士兵和红枪会的同志们一样,说枪弹是生眼睛的,对于好人,枪弹自然会得趋避转弯。理直气壮,行为勇敢机警的人,很不容易死亡。

总之,空袭来时,最不好的现象,是大家慌张,挤聚在一起。至于讲到疏散呢,自然有永久疏散,和临袭时疏散的两种。在人口密度不大的地方,则就是临时疏散,也就可以了。我们凡在放弃以前的粤汉路南段走过的人,大约总有过飞机袭火车的经验,那时候不也只跳下火车,跑开一二里路外的草地水田里伏着就行了么?

对于普通的空袭,我总以为是不十分可怕的,只有和海军舰上的大炮与陆军的排炮连合起来的炸弹才有点儿可怕。

娱霞杂载

清康熙的时候，休宁赵吉士恒夫，于作了一任交城县后，就在北平住下了，作官到了给练。他的别业寄园，就在宣武门的西偏，菜市西南，教子胡同内。有人也说，长桩寺西，全浙会馆，便是寄园的故址。读查他山九日游寄园诗：“萦成曲蹬叠成冈，高着楼台短着墙，花气清如初过雨，树阴浓爱未经霜，熟游不受园丁拒，放眼从惊客路长，亦有东篱归不得，四年京洛共重阳，”可以想见当时寄园的花木楼台之胜。癸亥甲子之交，我寄寓北平，日斜客散，往往独步于菜市的附近，想寻出那寄园的遗址来；可是寻来寻去，不但旧迹无存，就是老树，也不多见。寄园藏书之富，本为当时的京官所艳称。赵著《万青阁全集》，流传不广，我也不曾见到，而其所编之《寄园寄所寄》十二卷，却为妇孺所共赏，现在还在流行。赵吉士的《万青阁诗余》，曾在《清百名家词钞》里见到十首，现在且抄一首游平山堂的《扬州慢》在这里，以见一斑：“霜岸妆楼，草桥画舫，隔林几处烟钟。望江南无数，碧浪泻云峰。庐陵子，构堂以后，春风杨柳，岁岁啼红。到而今栏槛，依然半依晴空。何方歌吹，杜郎梦断竹西中。想北海荒陵，东山老桧，曲径遥通。已是小阳春候，犹留得，半壑秋容。叹刘苏难再，风流谁继遗踪。”平时喜翻阅前人笔记及时文别集，很有仿《寄园寄所寄》遗意，随时抄录，别类分门，以成一书之野心。可是近年来日逼于衣食，作卖钱投稿之文，尚无暇晷，这事是办不到了，以后只想于茶余酒后，未拿正式写稿笔之先，来抄录一点，聊以寄兴。因为霞很喜欢读这一类的诗文，所以名之曰《娱霞杂载》。

金坛于敏中,字叔子,一字重棠,花朝舟中寄内诗云:“青山曲曲水迢迢,红白山花拥画挠,寄语归潮将信去,富春江外过花朝。”“梁燕双栖二月中,小桃庭院又东风,凭栏亿到春山外,可系花间一道红。”这乃是公宦游越中时所作,细腻风光,柔情可掬。我平时很想将关系富春的诗词文赋,抄成一册,仿《严陵集》例,名之曰《富春集》。像这两绝,当然是《富春集》里的材料。公乾隆进士,授修撰,历官文华殿大学士,文渊阁领阁事,卒谥文襄。

幼时曾熟记律诗一首,题名《春景》:“裁红晕碧泪漫漫,南国春来正薄寒,此处柳花如梦种,向来烟月是愁端,画堂消息何人晓,宝镜容颜独自看,珍重君家兰桂宝,东风取次一凭栏。”书题作者为柳氏,不知是否牧斋夫人杨爱之作。即系后人伪托,诗总也是好诗,而尤以前半截为更有情趣。

宋吕蒙正微时,尝于腊月祀灶日,作送神词云:“一炷清香一缕烟,灶君今日上青天,玉皇若问人间事,报道文章不值钱。”这与刘后村赠相士诗:“拙貌惭君仔细看,镜中我自觉神寒,直从杜甫编排起,几个吟人作大官。”一样的感慨。

厉太鸿《宋诗纪事》,八十七卷闺媛部,有寇莱公妾蒨桃,为公因会赠歌姬以束绫,作诗呈公云:“一曲清歌一束绫,美人犹自意嫌轻,不知织女萤窗下,几度抛梭织始成。”“风劲衣单手屡呵,幽窗轧轧度寒梭,腊天日短难盈尺,何以妖姬一曲歌。”两诗虽像是满含醋意,可是相府的爱妾,而竟能关怀到寒窗织女的苦哀,也不得不说她是仁者之言。又同卷中,转载《随隐漫录》一条,记姑苏女子沈清友一绝:“晚天移棹泊垂虹,闲倚篷窗问钓翁,为底鲈鱼低价卖?年来朝市怕秋风。”也颇得风人微讽之意。

南丰刘壎,本为宋室遗民,其所著《隐居通义》二十卷,论诗论文,颇有独到之处。卷七记曾南丰一条,力辩世俗传言谓子固不能作诗之无识,曾抄有曾子固诗句若干,中有《城南》绝句一首:“雨过横塘水满堤,乱山高下路东西,一番桃李花开尽,唯有青青柳色齐。”又《夜过利沙门》一首:“红纱笼烛照斜桥,复观翚飞入斗杓,人在画船犹未睡,满堤明月一溪潮。”乃系曾在福建时作,的确是好诗。

杭州的文人,大家都知道“到江吴地尽,隔岸越山多”的一联,以为只有十字的断句。《全唐诗》中载有此诗,乃释处默题圣果寺之作:“路自中峰上,盘回出薜萝,到江吴地尽,隔岸越山多。古木丛青霭,遥天浸白波,下方城郭近,钟磬杂笙歌。”据编者所考,处默初与贯休同薙染,后入庐山,与修睦,栖隐游,当为唐末五代初人。《全唐诗》中存诗亦仅八首,其《咏织妇》一绝:“蓬鬓蓬门积恨多,夜阑灯下不停梭,成缣犹自赔钱纳,未直青楼一曲歌。”语意与蒨桃相似,而织户苦状,和现下杭州的机织业者又略同。

绵州李调元雨村,乾隆二十八年进士,改庶吉士;三十一年散馆,改授吏

部文选司主事。三十九年，放广东副考官，四十二年因画稿两议被参。旋以特旨，简授广东学政，三年任满，补直隶通永道。解组归后，以著述自娱，晚号童山老人，刻有《函海》《升庵著书》《全五代诗》等，《童山诗集》四十卷，《童山文集》二十卷，以及《雨村诗话》《赋话》《词话》《曲话》《剧话》等。与袁蒋赵同时而略少，后随园二十二年生，较问陶张船山又长一辈，其论诗要旨，亦重性灵，大约是当时的风尚。诗话序中有云："夫花既以新为佳，则诗须陈言务去；大率诗有恒裁，思无定位。立言先知有我，命意不必由人。诗衷于理，要有理趣，勿堕理障。诗通于禅，要得禅意，毋堕禅机。言近而指远，节短而韵长，得其一斑，可窥全豹矣。"又《词话》序中，有释话字之大旨两语曰："大凡表人之妍，而不使美恶交混曰话；摘人之强，而使之瑕瑜不掩亦曰话。"他的著作态度，可以想见。虽则僻处西蜀，才不如袁赵诸家，名亦不能传遍海内，但刻意好诗书，专心弄著述，童山老人当然亦是乾嘉文坛的一位健将。

遵义郑子尹，与独山莫友芝齐名，咸丰中，人目为黔中二杰，殁于同治三年。治许郑学，精三礼，故为文有根底，诗近苏黄，而不规规肖仿古人。著作除《经学笺考》诸书外，有《巢经巢文集》六卷，《诗集》九卷，《后集》《遗集》各若干卷。现在抄录几首他的诗在这里，以见经生辞藻，亦并非专是曰若稽古的一流。《晚兴》："写毕黄庭册，归从道士家，晚风亭子上，闲看白莲花。"《寄远》："美人夜起梅花底，身载梅花渡江水，四天寻遍不相闻，遥认寒灯九万里。柔肠牵引不禁愁，暗有铜仙涕泪流，多情赖得徒相忆，若便相逢尽白头。"《邯郸》："尽说邯郸歌舞场，客车停处草遮墙，少年老去才人嫁，独对春城看夕阳。"《南阳道中》："先车雨过尘方少，未夏村明望不遮，林脚天光如野水，麦头风焰渡晴沙。春当上巳犹无燕，地近南都渐有花，昼睡十分今减半，为留双眼对芳华。"《行至静怀庄寄家》："秋山送客影萧萧，落拓吟魂不可招，村店雨来天欲晚，行人方度杏花桥。"好句正多，抄不胜抄，割取一脔，聊当大嚼而已。

张泌初仕南唐，入宋官虞部郎中；寄故人一绝："别梦依依到谢家，小廊回合曲阑斜，多情只有春庭月，犹为离人照落花。"尚有"扬子江头杨柳春"的遗味；至汪水云湖州歌中之"京口沿河卖酒家，东边杨柳北边花，柳摇花谢人分散，一向天涯一海涯。"则语意率直，真是宋人口吻。诗分唐宋，并无优劣之意，不过时代不同，语气自然各异耳。

西溪老泅袁忠节公，正色立朝，谠言殉志，自是清末一代名臣。公故里桐庐，又与富阳接壤，我收藏他的著作以及关于当时的册籍不少，人但传其诗句僻涩，上追北宋，殊不知他的长短句，也音节悠扬，直入宋人堂奥，现在且抄两阕朝中措在这里，以示才人的多艺。其一，《咏桂花》："一枝移得小山

从,肤粟镂金融。荷后菊前位置,秋光烂占篱东。轻浮抹丽(俗作茉莉盖译音也),冶容桅子,扫地俄空。凭仗天风吹送,余香散入房栊。”其二,《淀园》:“画桥流水碧潺潺,烟外几重山。曲涧朱阑一径,垂杨青琐双环。芋绵跸路,名园相倚,花掩重关。一片晓云开处,金庭出翠微间。”

昭文孙原湘字子潇,中式乾隆乙卯恩科江南乡试,嘉庆乙丑进士,改翰林院庶吉士,充武英殿协修官。假归,得怔忡疾,遂绝意仕进,但主毓文,紫阆,娄东,游文诸书院讲席;为人乐善好施,广惠乡里,道光九年享寿七十岁卒。著有诗词古文骈体文及外集六十卷,名《天真阁集》,而尤长于艳体。其论诗主性情,讲风雅,故所作辄玉润珠圆,不施金翠,而风格天然。夫人虞山席佩兰女士,本系外家中表,为随园入室女弟子,《长真阁集》诗词数卷,亦情致缠绵,足与《天真阁集》前后辉映。闺中唱和无虚日,乾嘉诗人之饱享艳福者,当以子潇为第一,他若张船山,孙渊如,即袁子才,亦有所不及,子潇有押环字无题诗二十四章和竹桥丈韵,中数首为:“绛阙宸妃字阿环,云耕小谪凤城间,神光离合随方变,仙梦凄迷竟夕闲。凝雪自穿衫缕莹,纤尘不上袜罗斑,玉楼咫尺如天远,何况楼中润玉颜。”“一年小梦事循环,又值秋分白露间,十洞三清皆阻碍,六张五角每空闲。诉将幽怨鹍弦语,替得悲啼凤蜡斑,镇日画图中看杀,何时暂许对芳颜。”“丽质休猜燕与环,秾纤修短适中间,小鬟戏学晨梳嫩,中妇偷窥午梦闲。画角暗搔纤指晕,墨痕微舔绛唇斑,不知亿着何年事,半响妆台独解颜。”夫人亦和成四章,其二云:“小阁疏帘绿树环,妆台移至北窗间,工书赢得蛮笺积,贪绣翻抛羽扇闲。藕雪素丝留有节,瓜浮碧玉辨无斑,兰桡早绝清游想,羞共芙蕖斗粉颜。”其四云:“屈膝围屏面面环,水沉炉火置中间,金铃远报风声紧,彩线频量日影闲。蔫忝自劳盘搦粉,吟椒犹喜管拈斑,耐寒生与梅花似,冰作肌肤雪作颜。”至其《送外入都》一首:“打叠轻装一月迟。今朝真是送行时,风花有句凭谁赏,寒暖无人要自知。情重料应非久别,名成翻恐误归期,养亲课子君休念,若寄家书只寄诗。”哀而不怨,情挚且长,真备有大家的风度。

日本的文化生活

无论那一个中国人,初到日本的几个月中间,最感觉到苦痛的,当是饮食起居的不便。

房子是那么矮小的,睡觉是在铺地的席子上睡的,摆在四脚高盘里的菜蔬,不是一块烧鱼,就是几块同木片似的牛蒡。这是二三十年前,我们初去日本念书时的大概情形;大地震以后,都市西洋化了,建筑物当然改了旧观,饮食起居,和从前自然也是两样,可是在饮食浪费过度的中国人的眼里,总觉得日本的一般国民生活,远没有中国那么的舒适。

但是住得再久长一点,把初步的那些困难克服了以后,感觉就马上会大变起来;在中国社会里无论到什么地方去也得不到的那一种安稳之感,会使你把现实的物质上的痛苦忘掉,精神抖擞,心气和平,拼命的只想去搜求些足使智识开展的食粮。

若再在日本久住下去,滞留年限,到了三五年以上,则这岛国的粗茶淡饭,变得件件都足怀恋:生活的刻苦,山水的秀丽,精神的饱满,秩序的整然,回想起来,真觉得在那儿过的,是一段蓬莱岛上的仙境里的生涯,中国的社会,简直是一种乱杂无章,盲目的土拨鼠式的社会。

记得有一年在上海生病,忽而想起了学生时代在日本吃过的早餐酱汤的风味;教医院厨子去作来吃,作了几次,总作不像,后来终于上一位日本友人的家里去要了些来,从此胃口就日渐开了;这虽是我个人的生活的一端,但也可以看出日本的那一种简易生活的耐人寻味的地方。

而且正因为日本一般的国民生活是这么刻苦的结果，所以上下民众，都只向振作的一方面去精进。明治维新，到现在不过七八十年，而整个国家的进步，却尽可以和有千余年文化在后的英法德意比比；生于忧患，死于逸乐，这话确是中日两国一盛一衰的病源脉案。

刻苦精进，原是日本一般国民生活的倾向，但是另一面哩，大和民族，却也并不是不晓得享乐的野蛮原人。不过他们的享乐，他们的文化生活，不喜铺张，无伤大体；能在清淡中出奇趣，简易里寓深意，春花秋月，近水遥山，得天地自然之气独多，这，一半虽则也是奇山异水很多的日本地势使然，但一大半却也可以说是他们那些岛国民族的天性。

先以他们的文学来说罢，最精粹最特殊的古代文学，当然是三十一字母的和歌。写男女的恋情，写思妇怨男的哀慕，或写家国的兴亡，人生的流转，以及世事的无常，风花雪月的迷人，等等，只有清清淡淡，疏疏落落的几句，就把乾坤今古的一切情感都包括得纤屑不遗了。至于后来兴起的俳句哩，又专以情韵取长，字句更少——只十七字母——而余韵余情，却似空中的柳浪，池上的微波，不知所自始，也不知其所终，飘飘忽忽，袅袅亭亭；短短的一句，你若细嚼反刍起来，会经年累月的使你如吃橄榄，越吃越有回味。最近有一位俳谐师高滨虚子，曾去欧洲试了一次俳句的行脚，从他的记行文字看来，那处只以和服草履作横行的这一位俳人，在异国的大都会，如伦敦、柏林等处；却也遇见了不少的热心作俳句的欧洲男女。他回国之后，且更闻有西欧数处在计划着出俳句的杂志。

其次，且看看他们的舞乐看！乐器的简单，会使你回想到中国从前唱“南风之薰矣”的上古时代去。一棹七弦或三弦琴，拨起来声音也并不响亮；再配上一个小鼓——是专配三弦琴的，如能乐，歌舞伎，净琉璃等演出的时候——同凤阳花鼓似的一个小鼓，敲起来，也只是冬冬地一种单调的鸣声。但是当能乐演到半酣，或净琉璃唱到吃紧，歌舞伎舞至极顶的关头，你眼看着台上面那种舒徐缓慢的舞态——日本舞的动作并不复杂，并无急调——耳神经听到几声琤琤琤琤与冬冬笃拍的声音，却自然而然的会得精神振作，全身被乐剧场面的情节吸引过去。以单纯取长，以清淡制胜的原理，你只教到日本的上等能乐舞台和歌舞伎座去一看，就可以体会得到。将这些来和西班牙舞的铜琶铁板，或中国戏的响鼓十番一比，觉得同是精神的娱乐，又何苦嘈嘈杂杂，闹得人头脑昏沉才能得到醍醐灌顶的妙味呢？

还有秦楼楚馆的清歌，和着三味线太鼓的哀音，你若当灯影阑珊的残夜，一个人独卧在“水晶帘卷近秋河”的楼上，远风吹过，听到它一声两声，真像是猿啼雁叫，会动荡你的心腑，不由你也扑簌簌地落下几点泪来；这一种悲凉的情调，也只有在日本，也只有从日本的简单乐器和歌曲里，才感味得到。

此外，还有一种合着琵琶来唱的歌；其源当然出于中国，但悲壮激昂，一经日本人的粗喉来一喝，却觉得中国的黑头二面，决没有那么的威武，与“春雨楼头尺八箫”的尺八，正足以代表两种不同的心境；因为尺八音脆且纤，如怨如慕，如泣如诉，迹近女性的缘故。

日本人一般的好作野外嬉游，也是为我们中国人所不及的地方。春过彼岸，樱花开作红云；京都的岚山丸山，东京的飞鸟上野，以及吉野等处，全国的津津曲曲，道路上差不多全是游春的男女。“家家扶得醉人归”的《春社》之诗，仿佛是为日本人而咏的样子。而祇园的夜樱与都踊，更可以使人魂销魄荡，把一春的尘土，刷落得点滴无余。秋天的枫叶红时，景状也是一样。此外则岁时伏腊，即景言游，凡潮汐干时，蕨薇生日，草菌簇起，以及萤火虫出现的晚上，大家出狩，可以谑浪笑傲，脱去形骸；至于元日的门松，端阳的张鲤祭雏，七夕的拜星，中元的盆踊，以及重九的栗糕，等等，所奉行的虽系中国的年中行事，但一到日本，却也变成了很有意义的国民节会，盛大无伦。

日本人的庭园建筑，佛舍浮屠，又是一种精微简洁，能在单纯里装点出趣味来的妙艺。甚至家家户户的厕所旁边，都能装置出一方池水，几树楠天，洗涤得窗明宇洁，使你闻觉不到秽浊的熏蒸。

在日本习俗里最有趣味的一种幽闲雅事，是叫作茶道的那一番礼节；各人长跪在一堂，制茶者用了精致的茶具，规定而熟练的动作，将末茶冲入碗内，顺次递下，各喝取三口又半，直到最后，恰好喝完。进退有节，出入如仪，融融泄泄，真令人会想起唐宋以前，太平盛世的民风。

还有“生花”的插置，在日本也是一种有派别师承的妙技；一只瓦盆，或一个净瓶之内，插上几支红绿不等的花枝松干，更加以些泥沙岩石的点缀，小小的一穿围里，可以使你看出无穷尽的多样一致的配合来。所费不多，而能使满室生春，这又是何等经济而又美观的家庭装饰！

日本人的和服，穿在男人的身上，倒也并不十分雅观；可是女性的长袖，以及腋下袖口露出来的七色的虹纹，与束腰带的颜色来一辉映，却又似万花缭乱中的蝴蝶的化身了。《蝴蝶夫人》这一出歌剧，能够耸动欧洲人的视听，一直到现在，也还不衰的原因，就在这里。

日本国民的注重清洁，也是值得我们钦佩的一件美德。无论上下中等的男女老幼，大抵总要每天洗一次澡；住在温泉区域以内的人，浴水火热，自地底涌出，不必烧煮，洗澡自然更觉简便；就是没有温泉水脉的通都大邑的居民，因为设备简洁，浴价便宜之故，大家都以洗澡为一天工作完了后的乐事。国民一般轻而易举的享受，第一要算这种价廉物美的公共浴场了，这些地方，中国人真要学学他们才行。

凡上面所说的各点，都是日本固有的文化生活的一小部分。自从欧洲文化输入以后，各都会都摩登化了，跳舞场，酒吧间，西乐会，电影院等等文化设备，几乎欧化到了不能再欧，现在连男女的服装，旧剧的布景说白，都带上了牛酪奶油的气味；银座大街的商店，门面改换了洋楼，名称也唤作了欧语，譬如水果饮食店的叫作 Fruits Parlour，旗亭的叫作 CafeVienna 或 Barcelona 之类，到处都是；这一种摩登文化生活，我想叫上海人说来，也约略可以说得，并不是日本独有的东西，所以此地从略。

末了，还有日本的学校生活，医院生活，图书馆生活，以及海滨的避暑，山间的避寒，公园古迹胜地等处的闲游漫步生活，或日本阿尔泊斯与富士山的攀登，两国大力士的相扑等等，要说着实还可以说说，但天热头昏，挥汗执笔，终于不能详尽，只能等到下次有机会的时候，再来写了。

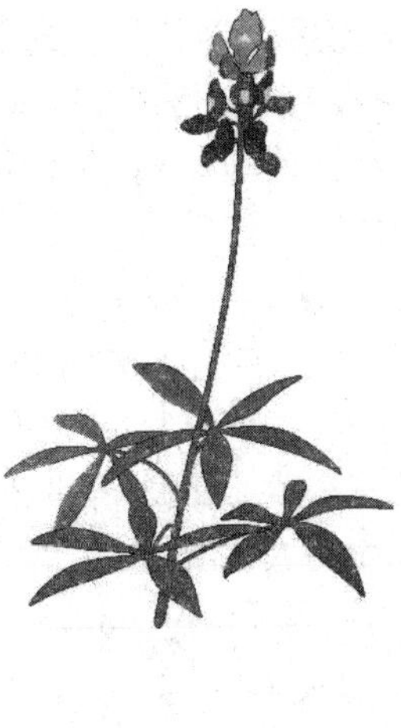

读劳伦斯的小说

——《却泰来夫人的爱人》

劳伦斯的小说,《却泰来夫人的爱人》(Lady Chattertey's lover),批评家们大家都无异议地承认它是一代的杰作。在劳伦斯的晚年,大约是因为有了闲而又有了点病前的脾气的结果罢,他把这小说稿,清书重录成了三份之多。这一样的一部小说的三份稿本,实质上是很有些互相差异的,头一次出版的本子,是由他自己计划的私印出版;其后因为找不到一个大胆的出版者为他发行,他就答应法国的一家书铺来印再版,定价是每本要六十个法郎,这是在数年以前,离他的死期不久的时候。其后他将这三本稿子的版权全让给了 Frieda Lawrence。他曾在英国本国,将干犯官宪的忌讳,为检查官所通不过的部分削去,出了一本改版的廉价本。一九三三年,在巴黎的 Les Editions Du Pegase 出的廉价版,系和英国本不同的不经删削的全豹,头上是有一篇 Frieda Lawrenee 的公开信附在那里的。

先说明了这版本的起伏显没以后,然后再让我来谈谈这书的内容和劳伦斯的技巧等等。

书中所叙的,仍旧是英国中部偏北的 Derby 炭矿区中的故事,不过这书与他的许多作品不同,女主人公是一位属于将就没落的资产贵族阶级的男爵夫人。

克列福特·却泰来是却泰来男爵家的次子,系英国中部 Terershall 矿区的封建大地主,离矿区不远的山上的宫囿 Wragey Hall 就是克列福持家历代的居室,当然是先由农民的苦汗,后由矿区劳动者的血肉所造成的阿房宫。

却泰来家的长子战死了，克列福持虽有一位女弟兄，但她却在克列福特结婚的前后作了故，此外，却泰来家就没有什么近亲了。

却泰来夫人，名叫康司丹斯(Constance)，是有名的皇家美术协会会员，司考得兰绅士(Sir Malcolm Reid)之次女。母亲是费边协会的会员，所以康司丹斯和她的姊姊希儿黛 Hilda 从小就受的是很自由地教育。她们姊妹俩，幼时曾到过巴黎、弗罗兰斯、罗马等自由之都。当一九一三年的前后，希儿黛二十岁，康司丹斯十八岁的光景的时候，两人在德国念书，各人曾很自由地和男同学们谈过恋爱，发生过关系。一九一七年克列福特·却泰来从前线回来，请假一月，他就和康司丹斯认识，匆匆地结了婚。一月以后，假期满了，他只能又去上了弗兰大斯的阵线，三个月后，他终被炮弹所伤，变成了一堆碎片被送回来了，这时候康司丹斯(爱称康尼 Connie)。正当是二十三岁的青春。在病院里住了二年，他总算痊愈了，但是自腰部以下，终于是完全失去了效用。一九二〇年，他和康尼回到了却泰来世代的老家；他的父亲死了，所以他成了克列福特男爵，而康尼也成了却泰来男爵夫人。

此后两人所过的生活，就是死气沉沉的传统的贵族社会的生活了。男爵克列福特，是一个只有上半身(头脑)，而没有下半身的废人，活泼强壮的却泰来夫人，是一个守着活寡的随身看护妇。从早起一直到晚上，他们俩所过的都是刻板的不自由的英国贵族生活。而英国贵族所特有的那一种利己、虚伪、傲慢、顽固的性格，又特别浓厚地集中在克列福特的身上。什么花呀，月呀，精神呀，修养呀，统治阶级的特权呀等废话空想，来得又多又杂，实际上他却只是一位毫不中用，虚有其名的男爵。

在这中间，这一位有闲有爵，而不必活动的行尸，曾开始玩弄了文墨。他所发表的许多空疏矫造的文字，也曾博得了一点社会上的虚名。同时有一位以戏剧成名的爱尔兰的青年密克立斯 Michaelis(爱称 Mick)于声名大噪之后，终因出身系爱尔兰人的结果，受了守旧的英国上流社会的排挤，陷入了孤独之境。克列福特一半是好意，一半也想利用了密克而成名，招他到了他的家里。本来是一腔热情，无处寄托，而变成孤傲的密克，和却泰来夫人一见，就成了知己，通了款曲。但却泰来夫人，在他的身上觉得还不能够尽意的享乐，于是两个人中间的情交，就又淡薄了下去。密克去伦敦以后，在 Wragby Hall 里的生活，又回复了故态，身强血盛的却泰来夫人，又成了一位有名无实的守活寡的贵族美妇人。这中间她对于喜欢高谈阔论，自命不凡的贵族社会，久已生了嫌恶之心了。因厌而生倦，因倦而生病，她的健康忽而损坏到了消瘦的地步。

不久以后，克列福特的园囿之内，却雇来了一位自就近的矿区工人阶级出身，因婚姻失败而曾去印度当过几年兵的管园猎夫 Melors。小说中的男主

人公从此上场了！这一位工人出身的梅洛斯就是却泰来夫人的爱人！

原书共十九章，自第五章以下，叙的就是却泰来夫人和爱人梅洛斯两人间的性生活，以及书中各人的微妙的心理纠葛。

梅洛斯的婚姻的失败，就因为他对于女人，对于性，有特异的见解和特别的要求的缘故。久渴于男性的爱，只在戏剧家密克身上尝了一点异味而又同出去散了一次步仍复回到了家来一样的康尼，遇见了梅洛斯的瘦长精悍的身体以后，就觉得人生的目的，男女间的性的极致，尽在于此了。说什么地位，说什么富贵，人生的结果，还不是一个空，一个虚无！运命是不可抗，也不能改造的。

在这一种情形之下，残废的却泰来，由他一个人在称孤道寡，让雇来的一位看护妇 Mrs. Bolton 寡妇去伺候斯伴，她——却泰来夫人自己便得空就走，成日地私私的来到园中，和梅洛斯来过原始的彻底的性生活。

但是很满足的几次性交之后，所不能避免的孕育问题，必然地要继续着发生的。在这里，却泰来夫人，却想起了克列福特的有一次和她谈的话。他说："若你去和别人生一个孩子，只教不破坏像现在那么的夫妇生活，而能使却泰来家有一个后嗣，以传宗而接代，保持我们一家的历史，倒也很好"。她想起了这一段话的时候，恰巧她的父亲和也已出嫁的姊姊希儿黛在约她上南欧威尼斯去过一个夏。于是她就决定别开了克列福特，跟她父亲姊妹上威尼斯去。因为她想在这异国的水乡，她或者可以找出一个所以得怀孕的理由。而克列福特，或者会因这使她怀孕者是一个不相识的异乡人之故而把这事情轻轻地看过。

但是巴黎的醉舞，威尼斯的阳光，与密克的再会，以及和旧友理想主义者的福勃斯相处，都不能使她发生一点点兴趣，这中间，胎内的变化，却一天天的显著起来了，最后她就到达了一个不得不决定去向的人生的歧路。

而最不幸的，是当她不在的中间，在爱人梅洛斯的管园草舍里，又出了一件大事。就是梅洛斯所未曾正式离婚的前妻珂资 Bertha Coutts 又突然回来了。这一位同母牛一样的泼妇，于出去同别的男人同住了几年之后，又回到了梅洛斯的草舍，宣布了他和却泰来夫人的秘密，造了许多梅洛斯的变态性欲的谣言，硬要来和梅洛斯同居，向他和他的老母勒索些金钱。梅洛斯迫不得已，就只好向克列福特辞了职，一个人又回到了伦敦。刚在自威尼斯回来的路上的却泰来夫人康尼，便私下和梅洛斯约好了上伦敦旅馆中去相会。肉与肉一行接触，她也就坚决地立定了主意，去信要求和克列福特离婚，预备和梅洛斯两人去过他们的充实的生活。

这一篇有血有肉的小说三百余页，是以在乡间作工，等满了六个月，到了来年春夏，取得了和珂资 Bertha Coutts 的离婚证后，再来和康尼同居的梅

洛斯的一封长信作结束的。“一口气读完，略嫌太短了些！”是我当时读后的一种茫然的感想。

这书的特点，是在写英国贵族社会的空疏、守旧、无为，而又假冒高尚，使人不得不对这特权阶级发生厌恶之情。他的写工人阶级，写有生命力的中流妇人，处处满持着同情，处处露出了卓见。本来是以极端写实著名的劳伦斯，在这一本书里，更把他的技巧用尽了。描写性交的场面，一层深似一层，一次细过一次，非但动作对话，写得无微不至，而且在极粗的地方，恰恰和极细的心理描写，能够连接得起来。尤其要使人佩服的，是他用字句的巧妙，所有的俗字，所有的男女人身上各部分的名词，他都写了进去，但能使读者不觉得猥亵，不感到他是在故意挑拨劣情。我们试把中国的《金瓶梅》拿出来和他一比，马上就可以看出两国作家的时代的不同，和技巧的高下。《金瓶梅》里的有些场面和字句，是重复的，牵强的，省去了也不关宏旨的，而在《却泰来夫人的爱人》里，却觉得一句一行，也移动不得；他所写的一场场的性交，都觉得是自然得很。

还有一层，劳伦斯的小说，关于人的动作和心理，原是写得十分周密的，但同时他对于社会环境与自然背景，也一步都不肯放松。所以读他的小说，每有看色彩鲜艳刻划明晰的雕刻之感。

其次要讲到劳伦斯的思想了，我觉得他始终还是一个积极厌世的虚无主义者，这色彩原在他的无论那一部小说里，都可以看得出来，但在《却泰来夫人的爱人》里，表现得尤其深刻。

现代人的只热中于金钱，Money！Money！到处都是为了 Money 的争斗、倾轧，原是悲剧中之尤可悲者。但是将来呢？将来却也杳莫能测！空虚，空虚，人生万事，原不过是一个空虚！唯其是如此，所以大家在拼命的寻欢作乐，满足官能，而最有把握的实际，还是男女间的性的交流！

在这小说的开卷第一节里，他就说：

“我们所处的，根本是一个悲剧的时代，可是我们却不想绝望地来顺受这个悲剧。悲剧的结局，已经出现了，我们是在废墟之中了，我们却在开始经营着新的小小的建设，来抱着一点新的小小的希望；这原是艰难的工作；对于将来；那里还有一条平直的大道；但是我们却在迂回地前进，或在障碍物上匍匐。不管它地折与天倾，我们可不得不勉图着生存”。

这就是他对于现代的人吃人的社会的观察。若要勉强地寻出一点他的乐观来的话，那只能拿他在这书的最后写在那封长信之前的两句话来解嘲了：

“他们只能等着，等明年春天的到来，等小孩的出养，等初夏的一周复始的时候。”（三五五页）

劳伦斯的小说的结构,向来是很松懈的,所以美国的一位批评家约翰麦西 John Macy 说:“劳伦斯的小说,无论从那一段,就是颠倒从后面读起都可以的。”但这一本《却泰来夫人的爱人》却不然,它的结构倒是前后呼应着的,很有层次,也很严整。

这一位美国的批评家,同时还说他的作风有点像维多利亚朝的哈代(Thomas Hardy)与梅莱狄斯(George Mereditth),这大约是指他的那一种宿命观和写的细致而说的;实际上我以为稍旧一点的福斯脱(E. M. Forster)及现在正在盛行的乔也斯(James Joyce)与赫胥黎(Aldousuuxley)和劳伦斯,怕要成为对二十世纪的英国小说界影响最大的四位大金刚。

MABIE 幽默论抄

美国散文作家氏 Hamilton Wright Mabie，在一本《文学申说》(Essays in Literary Interpretation)里，有一篇关于幽默的文章，题名《A Word About Humor》，系纽约 Dodd Mead and Company 所发行。现在将这一篇文字的大意，抽译剥制，介绍在下面。

要把幽默和急智(Wit 或作机智)的本质说明，界限划清，是一件很困难的事情；从古代亚利士多德以来，批评家们谁都在感到。这两个文学上无处不在的分子，变幻离奇，就是最严格最有论理头脑的思想家，也不能以范畴公式来笼住它们。它们的变化多端，不单是一种大大的爱娇，并且也证实了幽默和急智在人事万端中所演的重要任务。它们是无所不在的，凡艺术上、宗教上、历史上的精神满溢之处，喜乐与悲哀，友谊与敌忾，高洁与污浊，同时同样地都用得着它们。它们的性质是最为大家所周知所认识，可是无论如何，你总不能以一定义来说出。日常我们是乐于用它们尊重它们的，但对于固定物件似的界说，却怎么也下不了。急智变幻太多，幽默基于天性，完全的定义，是不可能的。这不是说，我们对于它们的性质，不能窥探，对于它们的歧异，全无明察，英国文学是富于急智与幽默的，因而对于两者的分析说明，也来得很多。海士立脱(Hazlitt)、来汉脱(LeighHunt)、萨喀莱(Thackeray)等，都喜欢以文章来证说(并非解释)这些，而许多英美的批评家，散文家，无不在加以令人了解它们的帮助。

准确的定义，并非是深奥的思想与了解的必要条件；而精神心理的最深邃处，却最易感到而最难捉摸。

急智含有多量智的分子，故轮廓比幽默稍为清晰，然两者性质终极近似，一见之下，往往难以辨得乌之雌雄。总之，两者的发生，同是由于一种颠倒（Incongruity或作失谐，不调）与对称（Contrast）的感知而来；不过急智较为轻快，干燥，明显，纯含智的分子，而幽默较为彻底，遍在，是根于性格和气质的。急智是才智的巧运，而幽默为天性的流露。急智是心灵的自觉的机巧，而幽默却出自人性的深处，往往不自觉地从性格中表现出来的。古代的科学者，至指幽默为组成人身的四大成分之一，实在是很可以助我们了解幽默的根本性质的解释。急智只在事物的外表上徘徊，而幽默能入它们的深处，洞彻到底，并不有意识地探握到它们的隐秘。急智是没有声色，不动情感，干燥油象的；但幽默却系全人格、全身心的表现，有柔情，有同情，有怜情，有哀情。即使撩人作笑，却也并无恶意与狠心，其为笑也，与泪相联，两种情怀，常常极自然地混合错综，像是四月里的天气。

最深的幽默，决不含破坏、讥刺、伤人之意。服尔德的幽默，常是轻笑冷讽的假面，而海涅的急智却锐利得像外科医生的钢刀。但西万提斯的幽默，是对人尊敬客气，莎士比亚的幽默，又是富于柔情哀意的。

勃须纳而博士（Dr. Bushnell）说得好："急智是干燥的故意的造作，想博得赞许，想吞没对方，且含妒意，想把人家的善处好处掩抑下去。至于幽默，是精神本身的润泽之蒸发，笑时因为满怀是笑，不得不尔，若含哀意；尽可以哭，持满充盈，啼笑皆宜。阵雨淋枝，黄樱细草也点点含珠；其后清光化日来临，照出晶莹的水滴，终无存心故意的形迹可求，将使你辨不出这究竟是笑的泪还是哭的泪。"健全、自在，是幽默的特性。急智有时也许可以自在，可以健全、甘美，可以发人隐秘，但幽默却必然地是自在、健全、甘美、显示隐秘的。

急智便于引用一句两句，不能全读，服尔德、雪特尼·斯密司（Sydney Smith）、大仲马等的急智，都是如此。它只是对话中的一句警语，如电光之一闪，不能包括人生或思想之全部，无创造的活力。比到广大、赅括，使万物成熟的阳光似的幽默，却差得多。幽默就是将全人生显示给我们的东西，如亚利士多芬纳斯、塞万提斯，莫里哀、莎士比亚等的作品，所给与我们的，便是全人生的翻译。罗雪安、拉勃来、海涅等的幽默，却是自由自在、天空海阔，打破武士制度形式，打破虚伪、自欺，打破贱民主义的狭小、自满、愚陋与浅薄的生力军。尤其是海涅，初看似乎是破坏的，但是他的那一种矛盾的性格，善感的天资，诙谐的高调，毕竟是他对时代，对环境的对抗。这便是他的作品的特长，也即是幽默的真谛。至若亚利士多芬纳斯，则更是一个破坏一切、解放人类的创造者了。

若说这一个人生广泛的包罗，与解放的力量，是破坏的幽默家的特质的话，那以真诚严肃来对待人生的建设的幽默家，如莎士比亚、莫里哀、塞万提

斯、李希泰(Richter)、喀拉爱而(Carlyle)等,更足重视他了。这两种幽默家的研究,可以使我们看出幽默所包括的背景,实在比幽默家所处的世界还要大一点。大幽默家悠然泰然游戏人间,就足证明他的了解一切人生的秘密,而较孜孜从事于工作者所包含的更伟大更自由更完满。因为游戏是一种大力量饱满后的自在的流出,是艺术家将他的思想具体化时的喜悦与丰满的游刃。

认真的论理家,不认想象与洞察力为可靠,终身营营于规矩方圆之中,见人生之一面,自以为已冒万险而穷究竟;殊不知幽默者,方站在世界圈外,静观人生,以全体的眼光,在看万象系统中之一部分人事世事。他明知人生是一悲剧,但作整个的观察时,阴影亦为光明所掩没。故幽默家对于近身事体,许为一厌世悲观者,但对于宇宙的实际,整个人生的价值与尊严,却自有他的乐观的信仰。

苏克拉底泰然处世,在人生最重要的关头,亦能以反讽的态度相处,就因为他早超出于地域人种等的小信念,而抱有一绝对根本的大信念在那里。喀拉爱而利用幽默和想象的交织,以人生背景的无限与永久为目标,故能轻视传统的旧习,以睥睨一世。莎士比亚的悲剧,和他的喜剧,同出一源,是由他的天性与人生观里溢流出来的力量。他的描写悲剧原因,是超然处于一优越者的地位,因他知道违反天则者,悲剧原是难免的结果。他以深沉大觉者的态度,描写悲剧的经过,一丝不乱,平稳安闲,因为他早就从一时的风云黑暗,而看到了彼岸的天空。这就是大幽默的沉着,系由事物的全体统观而来的沉着。

幽默在这根本的意义上,就是人生的颠倒与对称的感知。从人生的论理观点看来,这对称是悲剧的,从自由扩大的信念原意,通过想象来看,这对称却是富于幽默的。小孩子们因为不懂事物相关的界限与重要而有时会得到痛苦的经验,由成人看来,这些经验原是很可笑的;从神通的视点来看人生,也免不了有同样的幽默分子存在人生之中。以有不灭的灵魂的人类,而去经商营贩,搬弄些即灭的事物,更营营于衣食,而亟亟欲保此灵魂的外壳,必灭的躯体,岂不是很可笑的事情?幽默之源,就在这人类不灭的灵魂与必灭的物质关系的对称矛盾之上。将这幽默,说得最透辟的书,当无过于喀拉爱而的那部《衣裳哲学》(Sortor Resartus)了。

有限与无限的矛盾对称,便是人生的幽默之源,唯达观者、有信念者、远视者、统观全体者,得从人生苦与世界苦里得到安心立命的把握,而暂时有一避难之所。幽默是一牢不可破的信仰的谛观,所以带几分忧愁,是免不了的。世人之视幽默为轻率,为不懂人生的严肃者,实在是大错而特错的见解。